髙村資本
SHIHON TAKAMURA
[イラスト]
あるみっく
KOI WA FUTAGO DE WARIKIRENAI
恋は双子で割り切れない

純だったら子どもの頃からの付き合いだし安心じゃん。

神宮寺琉実
〔じんぐうじ るみ〕

神宮寺家の双子の姉。部活に打ち込む活発なスポーツ少女で、クラスの行事にも全力で参加するタイプ。隣の家に住む同級生の純のことが好きで、関係性に焦って中学三年のときに告白する。

妹
いつだってお姉ちゃんは
私より先を行く。
でも、私は私。
私には私の勝ち方がある。
神宮寺那織
〔じんぐうじ　なおり〕
神宮寺家の双子の妹。理屈屋でひねくれもの。人ごみを嫌い土日は家に引きこもるタイプ。純のことは好きだったが、趣味友達としての安心感に浸っているうちに姉に先を越された。

となりの家の神宮寺姉妹とは
家族同然で育った幼なじみ。
性格対照な双子、
姉・琉実と妹・那織。
そして僕こと白崎純。
小学校の頃から
いつでもつるんでいた
三人組だったが……。

学年主席で博識、運動はからっきし。読書家で、休み時間でも本を読む。趣味が似ている那織とはいつもオタク話に花をさかせている。琉実に告白されて付き合ったが、高校入学を前に別れて失恋引きずり中。
白崎純
[しろさき じゅん]

CHARACTERS
「登場人物」
KOI WA FUTAGO DE WARIKIRENAI
元カレ・元カノ
双子の姉妹
神宮寺那織
「じんぐうじ なおり」
神宮寺琉実
「じんぐうじ るみ」
白崎純
「しろさき じゅん」
気の合う趣味友達

亀嵩璃々須
「かめだけ りりす」
那織と仲の良い小柄な眼鏡女子。美術部所属。優等生然としているが、口の悪い那織とも丁々発止でやりあう。あだ名は『部長』。
浅野麗良
「あさの れいら」
琉実の親友で、中学の頃から一緒にバスケをしてきた仲。恋愛も経験豊富で彼氏持ち。那織のことはちょっと苦手。
森脇豊茂
「もりわき とよしげ」
女好きで、気になった子がいればすぐに告白する軽薄者。純と那織の三人が揃うとオタク趣味の話題が白熱する。あだ名は『教授』。

KOI WA FUTAGO DE
WARIKIRENAI

TABLE OF CONTENTS

恋は双子で割り切れない

KOI WA FUTAGO DE WARIKIRENAI

髙村資本
SHIHON TAKAMURA

[イラスト]
あるみっく

プロローグ1

TITLE

《神宮寺琉実の独白》

KOI WA FUTAGO DE WARIKIRENAI

間違《まちが》いの多い生き方をしてきた。

わたしの大きな間違《まちが》いは、純《じゅん》に告白したこと。そして付き合ったこと。

白崎純《しろさきじゅん》はわたしの幼馴染《おさななじみ》だ。

小学生の頃《ころ》、妹の那織《なおり》といつも遊んでいた家の横にある空き地に、家が建った。わたしたちの遊び場が無くなった代わりに、純《じゅん》の家が建った。

初めて純《じゅん》に会った時、わたしは恋《こい》に落ちた。一目惚《ひとめぼ》れというヤツだ。緊張《きんちょう》のあまり、ぶっきらぼうによろしくと言ったけど、心の中ではガッツポーズをしていた。これなら遊び場が無くなっても全然許せると思った。

純《じゅん》はカッコ良かった。もろにタイプだった。

切れ長の目で、でも目付きが悪い感じじゃなくて、鼻筋も通っていて、ちょっと生意気そうな雰囲気《ふんいき》を持ったその少年に、わたしは夢中になった。

性格も見た目通り落ち着いていて、何かあっても余裕《よゆう》たっぷりの声で、「どうしたんだ？」なんてさらっと言ってのける感じ。今にして思えば、ただ背伸《せの》びをしていただけなんだろうけど、子どもの頃《ころ》のわたしは「大人っぽくてカッコイイ」と思っていた。やることなすことカッコイイと思っていたんだから当然だ。少女の初恋《はつこい》なんて、誰《だれ》だってそうだと思う。ちょっと髪《かみ》をかき上げる仕草にドキドキしたり、頬《ほお》を伝う汗《あせ》や首筋の血管に見蕩《みと》れたり、先生に指された時、いとも簡単に正解を答えたり、屈《かが》んだ時に白い鎖骨《さこつ》が見えたり、頬杖《ほおづえ》をついて窓の外を憂《うれ》いのある顔で眺《なが》めている姿にキュンとするとか……その、色々あるよね。うん。

わたしはどちらかと言えば活発なタイプだったから、余計に純《じゅん》みたいな男の子と関わったのはそれが初めてだった。

子どもの頃《ころ》を思い出すと、純《じゅん》の傍《そば》にはいつも本があった。純《じゅん》はともかく読書家だった。十分しかない休み時間でも、本を読んでいた気がする。もちろん六年間同じクラスだったわけじゃないから、常にそうだったのかはわからないけど、わたしの中ではそういうイメージ。ちなみに、この純《じゅん》の趣味《しゅみ》が後々わたしを苦しめることに繋《つな》がるのだけど、今はちょっと置いておく。

そんなわけで、純《じゅん》はとにかく物知りで、わたしたち姉妹《しまい》に色んなことを教えてくれた。空が青く見える理由だったり、飛行機が飛ぶ仕組みだったり、双子《ふたご》が生まれる理由だったり——

でもさぁ。

やっぱり、小学生の女の子に対して、何の照れもなく卵子《らんし》とか精子とか平気で言うのはどうかと思う。今になって思い返せば、そういうことを平気で言えちゃうのが大人だ、とでも思ってたんだろうな。幼い頃《ころ》のわたしは、ただ純粋《じゅんすい》に、純《じゅん》は何でも知っててすごいって目をきらきらさせていた。我ながらバカ。

「双子《ふたご》」

それは、わたしと那織《なおり》。

わたしには那織《なおり》という妹がいる。子どもの頃《ころ》は、一卵性《いちらんせい》と疑われるくらいよく似ていた。髪《かみ》型《がた》も一緒《いっしょ》だったし、服も色違《いろちが》いとかだったからよく間違《まちが》えられた。それが面白《おもしろ》くて、わたしたちはわざと大人をからかって遊んだりもした。

でも、両親と純《じゅん》は騙《だま》せなかった。

わたしたちは一卵性《いちらんせい》じゃないから、どこをとっても見た目が一緒《いっしょ》なんてことはない。もちろん顔は似ているけど、見分けがつかない程《ほど》じゃない。そこに気付いてくれるかどうか。高校生となった今じゃ、髪型《かみがた》は違《ちが》うし体型も違《ちが》うから、もう入《い》れ替《か》わって遊ぶことはできない。

入《い》れ替《か》わろうとも思わないけど。

そんな外見と同様、わたしたちは性格も似ていなかった。子どもの頃《ころ》から、そりゃもう明確に違《ちが》っていた。男子に交じって運動したり、イベントなんかを全力で楽しむわたしに対して、那織《なおり》はいつも面倒《めんどう》くさそうな顔をして、ぶつぶつ文句を言うタイプ。筋金入りの皮肉屋。

そして……純《じゅん》以上の読書家だった。那織《なおり》は読書に限らず、映画やアニメやともかくそういうものすべてが大好きだった。この辺は間違《まちが》いなくお父さんの影響《えいきょう》。加えて、頭の回転まで良《い》いときた。言わんとすることは、もうわかってもらえると思う。

純《じゅん》はわたしより那織《なおり》と話が合ったのだ。

しかも、負《ま》けず嫌《ぎら》いな純《じゅん》は、那織《なおり》に本や映画の知識はもちろんのこと、勉強でも負けじと努力した。勉強ができなかったわけじゃないけど——というか純《じゅん》はわたしより勉強できたけど、那織《なおり》にはあと一歩届かなかった。満面の笑《え》みで満点のテストを掲《かか》げる那織《なおり》の顔を、本当に悔《くや》しそうな表情で見つめていた。

そしていつの頃《ころ》からか、一緒《いっしょ》に遊ぶ回数が減った。理由を訊《き》いた時は誤魔化《ごまか》していたけど、その理由はすぐにわかった。次のテストで純《じゅん》は満点だったから。そう、純《じゅん》は勉強していた。

そんな小学生時代を経て、今では間違《まちが》いなく純《じゅん》の方が上になった。何せ、中等部の頃《ころ》からずっと学年一位をキープしてるくらいだ。それくらい負《ま》けず嫌《ぎら》い……と言いたいところだけど、もうちょっと別の理由があることをわたしは知っている。たまらなく悔《くや》しい理由が。

それはともかく、そんなわけで、那織《なおり》とわたしの性格や考え方は全く似ていない。

だけど、好みは似ていた。と言うか、子どもの頃は幾《いく》つかの好みが被《かぶ》った。

好きなお菓子《かし》が同じだったから最後の一個は取り合いになったし、お気に入りの服も同じだったから、よくどっちが自分のかで言い合いになったりした。だから、同じものが二つずつ増えていった。多分、自分と違《ちが》うものを持っているのが気に入らなかったんだと思う。

そんな感じで、小さい頃《ころ》は好きな食べ物、好きな服、好きなおもちゃが同じだった。

そして、好きな人も。

那織がいつから純のことをそういう目で見始めたのか、そのきっかけはわからない。

　けれど、わたしたちは双子の姉妹だ。那織が純のことを好きだと気付くのにそんなに時間はかからなかった。少なくとも、中学生になる前には既にそうだったと思う。

　わたしはと言えば、中学生になって、思春期が始まって、純と喋ることに少しずつ照れや気恥ずかしさみたいなものが芽生え始めたっていうのに、那織ときたら子供の頃と同じように純と仲良く談笑していた。

　それが妬ましかった。悔しかった。

　わたしだって、純ともっと喋りたかった。

　わたしが部活にのめり込んでいる間、二人がどうしていたか知らない。純は弓道部だったからそれなりに部活に行っていたけど、那織はほとんど帰宅部みたいなもんだった。それなのに、部活終わりに二人で帰る姿を見掛けたことがある。一度や二度じゃない。仲良さげに歩く二人を見ていると、何となく声を掛けづらくて、わたしは遠くからその後ろ姿を見ることしかできなかったし、なんなら見付からないようにわざと電車を一本ずらすなんてこともした。

　だから、わたしは――

　那織の気持ちを知っていながら、気付かない振りをした。全部、見なかったことにした。

　二年生にあがって、純と同じクラスになった。一年生の時は別々のクラスだったから、学校で純を意識することはそんなに多くなかった。

でも、同じクラスになって、教室でも話すようになって、やっぱり純《じゅん》から目が離《はな》せない自分を自覚した。他の女子と話す純《じゅん》の姿を嫌悪《けんお》する自分が居た。

そして休み時間、純《じゅん》の元に現れる那織《なおり》を何度も見掛《みか》けた。

ああ、那織《なおり》はこうして一年の時から純《じゅん》のところに来ていたんだ。全然知らなかった。

那織《なおり》は純《じゅん》の友達とも仲良くなっていた。どんどん自分の居場所を作り上げていった。断られてもいい。ほんの少しでもわたしのことを意識して欲しい。

いつしかそう考えるようになっていた。

わたしは純《じゅん》に告白しようと決めた。どんな結末になるにせよ、自分の気持ちに、悩《なや》みに、区切りをつけたかった。もしかしたら楽になりたかっただけかもしれない。それでもよかった。

三年生になる前の春休みの夜、純《じゅん》を呼び出した。シャワーを浴びて部活の汗《あせ》を流して、髪《かみ》を整えて、ほんのり色付くリップを塗《ぬ》って、気合いを入れ過ぎないようにしながらそこそこカッコのつく服を着て、《コンビニに行くから一緒《いっしょ》に来て》とラインで誘《さそ》った。

照れや気恥《きは》ずかしさを感じていたと言っても、そういう頼《たの》み事《ごと》を簡単にできるくらいの関係ではあった。だって幼馴染《おさななじみ》だし、隣《となり》の家だし。

メッセージを送る時は、やばいくらい緊張《きんちょう》した。送信マークの上で、どれほど指が止まっていたかわかんない。余りの怖《こわ》さに、画面から目を逸《そ》らしたまま送信したのは今でも覚えてる。

なんてウブで可愛《かわい》かったんだろうな、あの頃《ころ》のわたし。

那織《なおり》がお風呂《ふろ》に入っている隙《すき》を狙《ねら》って待ち合わせた。さすがに黙《だま》って出て行くのは気が引けたから、「コンビニ行くけどなんか要《い》る?」とお風呂《ふろ》のドア越《ご》しに声を掛《か》けた。

何も知らない那織《なおり》は「プリンよろしく!」と無邪気《むじゃき》に返した。

その無垢《むく》な声が、わたしの心の中にある黒々とした醜《みにく》い塊《かたまり》に刺《さ》さった。

家を出ると、めんどくさいなぁという顔を張り付けた純《じゅん》が、立っていた。

そういう顔が似合うんだよね、また。困ったことに。

コンビニまで何を話したか、どこを歩いたか思い出せないほど、わたしは緊張《きんちょう》していた。いつ言おう。どうやって切り出そう。ああ、勢いで——なんて考えているうちにコンビニに着いてしまい、ひとまずプリン二つと飲み物を買った。

帰り道、「久しぶりにあの公園寄ろうよ」と純《じゅん》を誘《さそ》った。

純《じゅん》に告白するタイミングを逃《のが》し続《つづ》けたわたしは、今日こそ言うんだ——この公園で告白するんだと心に決めていた。子どもの頃《ころ》いつも遊んでいた小さな公園。滑《すべ》り台《だい》とブランコくらいしか遊具はないけど、子どもが走り回るには十分な広さと立派な東屋《あずまや》があるいつもの公園。

この思い出の公園こそが、告白の場に相応《ふさわ》しいと思っていた。

それなのに……覚悟《かくご》を決めたのに、いざベンチに座るとどうしようもなく不安になって、なんて切り出せばいいかずっと悩《なや》んでいた。断られたらどうしよう。てか断られるに決まってる。わたしは那織《なおり》みたいに可愛《かわい》らしいわけじゃないし。

というか、純《じゅん》は那織《なおり》のことが好きだし。

そう、わたしが言い出せずにいた一番の理由――純《じゅん》は那織《なおり》のことが好きだったのだ。

小学校の五年とかそれくらいの頃《ころ》、純《じゅん》はことあるごとに那織《なおり》のことを訊《き》いてくるようになった。しょっちゅう那織《なおり》と話す癖《くせ》に、「那織《なおり》は家でどれくらい勉強してる？」とか「那織《なおり》は今どんな本を読んでる？」とか。口を開けば那織《なおり》のことばっか。あいつはそうやって那織《なおり》のことをライバル視しているうちに本気になった――そうして疑念はいつしか確信に変わっていった。

誰《だれ》が見たって、那織《なおり》のことが気になって気になって仕方がないって感じだった。

それでも言うって決めたでしょ！

何度自分を奮い立たせたかわからない。

そう決めても、断られたらって考えるとどうしようもなく怖《こわ》かった。以下ループ。

ああ、わたしに告白してきた男の子たちは、こんな気持ちだったんだなんて場違《ばち》いなことを考えてしまう妙《みょう》に冷静な自分も居て、何が何だかわからなくなってしまった。そんなこと考えてる場合じゃないけど――みんな凄《すご》いよ。こんなに勇気が必要なことを乗《の》り越《こ》えてきたんだ。

ダメだ。弱気になるな。やれる。わたしはやれる。

……ここで言わなきゃ後悔《こうかい》する。

言える。うん、大丈夫《だいじょうぶ》。何度目かのループのあと、わたしは覚悟《かくご》を決めた。

人生で一番緊張《きんちょう》した。

なんてカッコつけても、臆病《おくびょう》なわたしは真面目に言うのが恥《は》ずかしくなって、「わたしと付き合ってみない?」って、ちょっと軽い感じで告白するのが精いっぱいだった。これでも相当勇気を出した。事前に用意してたセリフなんて、もうどっかに飛んで行ってしまった。死ぬかと思った。心臓がバクバクしすぎて、純《じゅん》に聞こえるんじゃないかってビクビクしてた。

沈黙《ちんもく》。そして、静寂《せいじゃく》。


「いきなりどうしたんだよ」

純《じゅん》の口からようやくでた言葉がこれだった。その言い方には、そんなこと言われても困るみたいな含《ふく》みがあった。いきなりなんかじゃないって言いたかった。

ずっと好きだったたって言いたかった。

わたしには言えなかった。

マジになるのが怖《こわ》かった。

「四月から三年生だしさ、高校に上がる前にそういうの経験してみたいじゃん。うちらは受験も無いし、ちょうどよくない? 周りでも彼氏持《かれしも》ちの子とかちらほら居るし、お試《ため》しみたいな感じでどう?」

付き合おうと言った同じ口で、お試《ため》しなんて口走ってしまうのがわたしだ。いつだって本当の気持ちを打ち明けられない。あれだけ覚悟《かくご》を決めたのに、すぐに逃《に》げてしまう。はぁ。

沈黙《ちんもく》が怖《こわ》くて、純《じゅん》が深く考え込まないように畳《たた》み掛《か》けた。

「ほら、純《じゅん》だったら子どもの頃《ころ》からの付き合いだし安心じゃん。お互《たが》いのことよく知ってるし。純《じゅん》だって、わたしなら丁度いいでしょ？　それともわたしとじゃ嫌《いや》？」

焦《あせ》るあまり、都合の良《い》い女まっしぐらなことを言ってしまった。

ダメだ。わたしはもうダメだ。ちょー情けない。自分で言ってて悲しくなってくる。

もちろんそう言ったからって、純《じゅん》は頷《うなず》くような人じゃない。そんなことわたしが一番よくわかっている。でも純《じゅん》は優《やさ》しいから、わたしの言いたいことを察してくれた、と思う。

ううん、思うじゃないね。純《じゅん》はちゃんと察してくれた。だって、じっとわたしの顔を見詰《みつ》めて、「琉実《るみ》は本当に僕と付き合いたいの？」と訊《き》きなおしてくれたから。

純《じゅん》がそう言ってくれたから、わたしは、ようやく素直《すなお》に「うん」と言えた。

「わかった。いいよ」

あれは人生で一番嬉《うれ》しかった瞬間《しゅんかん》。純《じゅん》に「よろしく」と返す時、叫《さけ》びたい気持ちをどれだけこらえたことか。一人だったら、絶対に大声で叫《さけ》んでた。

だって、だって――わたしの初恋《はつこい》が成就《じょうじゅ》したんだもん！

家に戻《もど》って、那織《なおり》にそのことを伝えたら、「これで彼氏持《かれしも》ちじゃん！　おめでとう。いやぁ、感慨深《かんがいぶか》いねぇ。初恋《はつこい》実ったねぇ」なんてお祝いしてくれた。けれども、見開かれた目の奥は、決して祝福していなかった。そんな那織《なおり》の顔を見たら、わたしはどんだけ残酷《ざんこく》なことをしてしまったんだろうと胸が痛くなった。

罪悪感――そして、優越感《ゆうえつかん》が繰《く》り返《かえ》しやってきた。

部屋に戻《もど》って、頭まで被《かぶ》った布団《ふとん》の中で純《じゅん》とのトーク履歴《りれき》をさかのぼったり、子供の頃《ころ》の写真を見ながらあれこれ妄想《もうそう》していると、いつしか罪悪感は消えていた。

お似合いのカップルだと思った。自分で言うのもアレだけど、運動が好きで明るい女子と学年トップの秀才《しゅうさい》って、間違《まちが》いないじゃん。それに、純《じゅん》は気付いていないかも知れないけど、密《ひそ》かに恋心《こいごころ》を抱《いだ》く子がそれなりに居たりする。そういう話を聞く度《たび》に、嬉《うれ》しいような悔《くや》しいような複雑な気持ちになった。わたしの方が先に見つけたんだって、言って回りたかった。

でも、そんなことを言う必要なんて無くなった。

だって、純《じゅん》はわたしの彼氏《かれし》なんだから。

彼氏《かれし》――そして彼女。

甘美《かんび》なその響《ひび》きは、わたしを有頂天《うちょうてん》にさせた。

那織《なおり》のことなんて忘れて、自分でも笑っちゃうくらい舞《ま》い上《あ》がっていた――最初のうちは。

わたしだけの純《じゅん》。

那織《なおり》に見せない恥《は》ずかしそうな顔。

優《やさ》しく耳元で囁《ささや》く吐息《といき》交じりの声。

キスをする時にわたしの頭を支える、細長い指。

そういう時、純《じゅん》の中にはわたししか居なかった。那織《なおり》の影《かげ》はなかった。

だからわたしは、いつしか那織《なおり》の悲しそうな顔を忘れていた。いや、忘れようとしていた。

最初は気をつかって那織《なおり》の前では純《じゅん》の話をしないように意識していたのに、そのうち二人で行ったデートの話なんかを一刻も早く誰《だれ》かに言いたくなってきて、いつしか那織《なおり》相手に報告するようになった。今さら遠慮《えんりょ》したってしょうがないよね、なんて自分に言い訳して。

あの子はいつもの調子で相手をしてくれていたけど、今考えるとわたしは最低だった。

罪悪感を紛《まぎ》らわせるために、はっきり言わない那織《なおり》が悪いんだよ、まごまごしているから取られちゃうんだよって、自分を——自分のしたことを正当化し始めた。マジで最低。

わたしは悪い姉だ。嫌《いや》な姉だ。意地悪な姉だ。

わたしは、姉失格だ。


だから。

こんな意地《いじ》汚《きたな》い姉だから。

わたしは耐《た》えられなくなって純《じゅん》と別れた。きっちり一年で別れた。

そうして、純《じゅん》に那織《なおり》を無理矢理押し付けた。

自分の醜《みにく》さを隠《かく》すために。罪を償《つぐな》うために。

わたしの初恋《はつこい》は、かすかに煌《きら》めいていたのに、今はどろどろで、ぐちゃぐちゃで、どれだけ磨《みが》いても、もう光らない。胸の奥にある淀《よど》んだ池の中で、今も転がっている。

プロローグ2

TITLE

《白崎純の独白》

KOI WA FUTAGO DE WARIKIRENAI

　僕はこれから、あまり世間に類例がないと思われる僕と双子《ふたご》の関係について、出来るだけ正直に、ざっくばらんに、有りのままの事実を言おうと思う。

　隣《となり》に住む双子《ふたご》の姉妹《しまい》と出会ったのは、小学一年生の時だ。

　親が家を買ったから引越《ひっこ》しをした。

　そうしたら、たまたま隣《となり》の家に同い年の双子《ふたご》の姉妹《しまい》が住んでいた。

　言ってしまえば、ただそれだけのこと。確率論とか運命論とか、そういうものを持ち出して語ったとしても、そこに大して意味はない。観測された事実が横たわるのみだ。

　なんて格好つけて言ってみても、当時の僕は喜んだなんてもんじゃなかった。ちょっとクールぶって、悪くないなんて自分を誤魔化《ごまか》していた。

　可愛《かわい》い双子《ふたご》の姉妹《しまい》が隣《となり》の家に住んでいるなんて、どれだけ恵《めぐ》まれているんだって話。

　その双子《ふたご》――琉実《るみ》と那織《なおり》は、近所でも可愛《かわい》いと評判の姉妹《しまい》だった。幼い頃《ころ》の二人は、とにかく可愛《かわい》かった。よく周りから「将来はアイドルか女優さんかな」なんて言われていた。

　そんな二人が僕に懐《なつ》いてくれる。こんなに嬉《うれ》しいことは無かった。誇《ほこ》らしさすらあった。

　女子と仲良くしていると、小学校低学年のうちはまだ良《い》いけれど、次第《しだい》に揶揄《からか》いの対象となってくる。だから、男子から女子に話《はな》し掛《か》けることに抵抗《ていこう》が芽生え始める。

　それでも二人がいつも話《はな》し掛《か》けてくれるから、僕は自然に会話することが出来た。

　今でこそ、琉実《るみ》はショートカットですらっとしていて、那織《なおり》は髪《かみ》を二つに結《ゆ》って女性らしい体形……まぁ、深くは言わないけど、ともかく今の二人は、明らかに違《ちが》う見た目をしているけれど、当時は本当に瓜二《うりふた》つだった。

二人が明確に違《ちが》いを見せ始めたのは、小学校高学年くらいだったと思う。

琉実《るみ》がいきなりショートカットにしてきて、驚《おどろ》いたのを覚えている。幼かった僕は「失恋《しつれん》でもしたのか？」なんて的外れなことを考えていた。女の子が髪《かみ》を切るのは失恋《しつれん》したからだ、なんて言葉を鵜呑《うの》みにするくらいには子供だった。どうして琉実《るみ》が髪《かみ》を切ったのか、深い理由を訊《き》いた覚えがない。

何故《なぜ》なら、当時の僕は那織のことで頭が一杯《いっぱい》だった。

恐《おそ》らく、その頃《ころ》から那織のことが好きだったんだと思う。

神宮寺那織《じんぐうじなおり》は、僕が出会った女の子の中で、群を抜《ぬ》いて頭の回転が速かった。昔から本が好きだった僕は、勉強もそこそこ出来たし、色んなことを知っているという自負があった。

だが、那織《なおり》はそのすべてにおいて、僕を軽く上回っていた。

それを思い知ったのは、出会ってから暫《しばら》く経《た》った頃《ころ》だった。

その日も僕は、本で得た知識を得意気に語っていた。進化とかそういう話だった。

琉実《るみ》と一緒《いっしょ》に「よく知ってるね」と言っていた那織《なおり》が、別《わか》れ際《ぎわ》にそっと僕の耳元で――

「恐竜《きょうりゅう》は鳥に進化したから生き残れたという言い方は、ちょっと違《ちが》うと思うよ。恐竜《きょうりゅう》と呼ばれる生き物の中に、すでにのちの鳥類になる種類が居たんだよ。その種類が生き残って、枝分かれして、今は鳥類と呼ばれているだけなんだ。方向性選択《ほうこうせいせんたく》だよ。んーと、言《い》い換《か》えると、絶《ぜつ》滅《めつ》したのが恐竜《きょうりゅう》で、生き残ったのが鳥類って言えばいいかな？　だから、鳥類に進化したから生き残ったっていう言い方は、ちょっと違《ちが》うかなって思ったの。進化って言うのは、ある日突《とつ》然《ぜん》姿形が変わるんじゃなくて、世代を超《こ》えて伝わる群体の変化のことだよ。同一個体の形が変わるのは変態って言うの。あと、ティラノサウルスには羽毛《うもう》が生えていて、実はふさふさしてたって言ったけど、それもどうかな。身体《からだ》が大きな動物って、ふさふさしてなくない？　象とかサイはふさふさしてないよね。身体《からだ》が大きくなると、体温を下げるの大変なんだよ。爬《は》虫《ちゅう》類《るい》は汗《あせ》をかけないから、余計に大変だと思うんだよね」と矢継《やつ》ぎ早《ばや》に言い放ったのだ。

こいつはいったいなんだ、と思った。琉実《るみ》の前でそういうことを言わずに居てくれたことはありがたいと思ったけど、心の底からこの生意気な女にムカついた。

那織《なおり》はテストの点数だって僕より上だった。取《と》り零《こぼ》しなんてなかった。いつも満点だった。本の知識も、蘊蓄《うんちく》も、勉強も、すべて那織《なおり》に負けていた。

僕は那織《なおり》に負けてたまるかと思って、沢山《たくさん》本を読んだ。勉強も頑張《がんば》った。那織《なおり》は僕のことを見下したりはしなかったけど、僕は勝手に対抗心《たいこうしん》を燃やしていた。

あの恐竜《きょうりゅう》の話以来、僕の中で那織《なおり》は倒《たお》すべき存在になっていた。

那織《なおり》に勝ちたかったのもちろんある。だけど、この時の僕は、那織《なおり》に自分のことを認めさ、せたかった。僕はこんなに凄《すご》いんだぞってアピールしたかった。

那織《なおり》はそんなこと露《つゆ》ほども気にしていなかったと思うけど。あいつはそういうヤツだ。

そんなある日、どういう人がタイプなのか那織《なおり》から聞いたことがある。いや、正確には僕が訊《き》いたわけじゃなくて、放課後の教室に何人かで集まっていた時に、そんな話になっただけ。

曰《いわ》く、「私より優秀《ゆうしゅう》な人」。

それを聞いて、那織《なおり》を見返すにはそれだ、と思った。那織《なおり》を悔《くや》しがらせるには勝ち続ければいいんだ。そうすれば僕の存在を意識させられる。

理想のタイプになるためと言うより、僕の中では嫌《いや》がらせに近い感覚だった。

当時は勉強の甲斐《かい》あって、那織《なおり》といい勝負を繰《く》り広《ひろ》げていた。だが、那織《なおり》の方が一枚上手だった。そういう意味では、僕がたまに勝つ、と言った方が正しい。

もし自分のことを那織《なおり》に理想のタイプだと認識《にんしき》させることが出来たら、どんなに気持ちいいだろう。当の僕にはその気がないんだ。こんなに痛快なことはあるだろうか。

那織《なおり》を完全に倒《たお》せばいい。そういうことだ。よし、まだ可能性はある。

今なら分かる。これは僕の初恋《はつこい》だ。

当時の僕は、それを素直《すなお》に認められるほど大人じゃなかった。

僕は別に那織《なおり》のことが好きなわけじゃない。あいつに勝ちたいだけ。悔《くや》しがらせたいだけ。

そうやって虚勢《きょせい》を張れば張るほど、興味の無い振《ふ》りをすればするほど、僕は那織《なおり》のことがどんどん気になっていった。那織《なおり》のクラスの前を通る時、さりげなく中を覗《のぞ》いてしまう。学年集会で那織《なおり》のことをふと探してしまう。それなのに、何故《なぜ》だか神宮寺家《じんぐうじけ》に上がりづらい。

そんなある日、男友達から「白崎《しろさき》は気になる女子っているのか？」と訊《き》かれた。

気になる？　それはどういう意味だ？　気になるを字面通《じづらどお》りに受け取るなら、那織《なおり》のことだよな。でも、この場合の気になるっていうのは、好意を示している。じゃあ違《ちが》うよな。

その質問に僕は「いない」と答えた。

本当か？　那織《なおり》のことはそういう意味じゃない……よな。そうだよな。

ん？　だったら僕は、どういう意味で那織《なおり》のことが気になっているのか？

もしかして、僕は那織《なおり》のことがそういう意味で気になっている……のか？

小学六年生の夏のことである。

かくして僕は、初恋《はつこい》と呼ばれる現象をようやく観測した。

しかし、観測された初恋《はつこい》は、それを認められない僕の幼さと、物事を斜《しゃ》に構えて語る那織《なおり》の前では、存在感を誇示《こじ》することが出来ずに、気付かないくらいゆっくりと、そして静かに輝《かがや》きを失っていくことしか出来なかった。

ただ、那織《なおり》への対抗意識《たいこういしき》から身につけた学力は、私大付属の名の知れた中高一貫校《ちゅうこういっかんこう》の受験で如何《いかん》なく威力《いりょく》を発揮した。僕はトップで合格を果たし、高等部一年の今に至るまでずっと、学年一位の座をキープし続けている。

これはただの意地だ。那織《なおり》より優《すぐ》れていたいという意地でしかない。自分から告白することの出来なかった僕は、そうやって那織《なおり》に存在をアピールするしか術《すべ》がなかった。我ながらなんと情けないと思うが、この成績のお陰《かげ》で、学年では那織《なおり》以外の人間から高く評価されるようになった。友人と呼べる人間も増えた。

当の那織《なおり》は僕を打ち負かすことなく、いつも五位以内を彷徨《さまよ》っていた。一位を争ったことはなかった。最高で三位。彼女ほどの頭脳だったら、僕の成績を上回ることも不可能ではないだろう（それはそれで困るけど）と思って、中等部二年の最後の定期考査の前に、「那織《なおり》は学年一位を目指さないのか」と訊《き》いたことがある。

この質問に対する那織《なおり》の回答こそが、彼女の性質を端的《たんてき》に表していると僕は思う。

「んー、目指してないことはないけど、今は自分にルールを課してるの。あのね、私は絶対に見直しをしないの。入試の時からずっとそう。それで、誰《だれ》よりも早くペンを置いて、試験が終わるまで寝《ね》ていたい。それで一位取れたら格好良くない？　それで最高三位なら、まぁ、良《い》いかって感じ。ちょっとは悔《くや》しいけどね。でも、テストを途中《とちゅう》で諦《あきら》めちゃうような子よりも、私の方が終わるの早いんだよ？　凄《すご》くない？　早押しなら私がトップだよ」

那織《なおり》は僕の質問に対し、事も無げにそう言った。これが僕の初恋《はつこい》の相手、神宮寺《じんぐうじ》那織《なおり》だ。

――マジかよ。

僕は思わずそう口にした。そんなこと、考えたことも無かった。誰《だれ》よりも早く解くことにしか興味ない？　それであの点数？　あの順位？　僕にそんな芸当は出来ない。

「もうちょっと時間かけて……と言うか見直しすれば一位は取れると思ってる。あとは問題文をちゃんと読むとか、ね。でもさぁ、結果の分かり切った勝負はつまらないじゃん。別に宣戦布告するつもりはない——おっと布告すべき公衆がいないから、宣戦布告は適当な表現じゃないね——って言いたいのはそこじゃなくて、うん、つまるところ学年主席だとしても油断は禁物だよってこと。あ、もしかして私に勝ったと思ってた？」

……なんだよそれ。僕はずっと手の平の上で踊《おど》らされてたってことなのか？

そんなやり方で、学年五位以内をキープし続けることが出来るのは、間違《まちが》いなく那織《なおり》くらいだろう。那織《なおり》がタイムアタックをやめたら、容易《たやす》く簒位《さんい》されるのは、火を見るより明らかだ。

「ま、この学年には私より優秀《ゆうしゅう》な人間はいないってことかな。って、ちょっと傲慢《ごうまん》すぎ？」

率直《そっちょく》に言って、その日、僕は自信を無くした。これは敗北だ。

信じていたものが崩《くず》れ去《さ》った。

自分の方が上だと思っていたのに、ようやく那織《なおり》を感服させるだけの実力を手に入れられたと思っていたのに、あいつはひとりで勝手に別の戦《あそび》いを始めていた。

それが意味するのは、僕は「私より、い、優秀な人」にはなれなかったということ。

告白なんて出来なかった。気持ちを伝えることなんて、とても出来なかった。

負けを認めるのは、那織《なおり》に気持ちを伝える資格を失うことと同義だったから。

こうして僕の初恋《はつこい》は、小さな火種となって心底《しんてい》で燻《くすぶ》る事しか出来なくなった。

炎《ほのお》を見ることなんてない。煙《けむり》が立っているから、火があることに気付くだけ。

それなのにこのゴールデンウィークから僕は、那織《なおり》と付き合っている。

一ヶ月前までは琉実《るみ》と付き合っていたにも拘《かか》わらず。

この事実だけを述べると、僕はとんでもなく不誠実極《きわ》まりない男だと思われるだろう。それはある意味正しいので、遺憾《いかん》ながらも認めざるを得ないのだが、どうしてそうなったのか、という説明をする権利くらいは行使したい。

中学三年に上がる前の春休み、琉実《るみ》から「付き合ってみない？」と言われた。

それは那織《なおり》にテストの話を聞いた少し後。那織《なおり》には勝てないと思い知った頃《ころ》。

僕なりに敗北感を味わい、那織《なおり》に勝とうなんて考えが甘かったと痛感した時。

つまり、初恋《はつこい》を告げることなく、そこから目を背《そむ》けようとしていた時だった。

女子から告白されたのは初めてじゃなかった。手元を見詰《みつ》め、もじもじする姿に見覚えがあった。だから、いつもの公園のベンチで黙《だま》り込《こ》んだ琉実《るみ》を見て、もしかして、という考えはあった。ただ、中学生になってからなんとなく距離《きょり》を感じていたし、まさかな、という想《おも》いもあった。迂闊《うかつ》なことを言って、自惚《うぬぼ》れてるとからかわれるのも癪《しゃく》だったから、言葉を待った。

琉実《るみ》から「わたしと付き合ってみない？」と言われた時、やっぱりそういう話だったかという想《おも》いと、えっと、これって琉実《るみ》から告白されたってことだよな……という驚《おどろ》きが綯《な》い交《ま》ぜになってしばらく吞《の》み込《こ》めずにいた僕は、「いきなりどうしたんだよ」とまずは真意を探《さぐ》ることにした。それこそ真面目に答えて「何？　本気にしたの？」なんて言われたら目も当てられない。しばらくそのネタを引っ張られるだろう。正直なところ、そんな雰囲気《ふんいき》じゃなかったけど、様子を見てからじゃないと、取り返しのつかないことになる可能性だってある。

そうしたら、琉実《るみ》が「お試《ため》しみたいな感じでどう？」とか「純《じゅん》だってわたしなら丁度いいでしょ？」なんて言うもんだから、告白が本気なのか余計に分からなくなった。

真意を探《さぐ》ろうとして覗《のぞ》き込《こ》んだ琉実《るみ》の目は、とても真剣《しんけん》だった。部活の試合前と同じ目をしていた。ただ、試合前とちょっと違《ちが》ったのは、どこか怯《おび》えた目をしていたことだ。

琉実《るみ》は本気なんだと、僕はようやく理解した。

「琉実《るみ》は本当に僕と付き合いたいの？」

念《ねん》の為《ため》、真意を尋《たず》ねた。琉実《るみ》が冗談《じょうだん》で言っていないことは察したが、明確な回答が欲《ほ》しかった。臆病《おくびょう》だとバカにされたとしても、そこはちゃんと確認《かくにん》しておきたかった。

少し間をおいて、琉実《るみ》が顔を赤らめながら「うん」と返した。

僕らは、その日から恋人《こいびと》になった。

琉実《るみ》と付き合うにあたって、燻《くすぶ》ったままの初恋《はつこい》は過去のこととして決別する。そう決めた。初恋《はつこい》の相手は双子《ふたご》の妹だったけど、琉実《あね》に那織《いもうと》を投影《とうえい》しようとしたわけじゃない。琉実《るみ》だって子供の頃《ころ》から一緒《いっしょ》に育った仲だったし、人として琉実《るみ》のことが好きだったから、付き合うことに照れはあっても、抵抗《ていこう》はなかった。那織《なおり》のことを諦《あきら》めた僕にとって――どう頑張《がんば》っても那《な》織《おり》に相応《ふさわ》しい男には成れないこんな僕のことを、琉実《るみ》が遠回しに好きだと言ってくれた。

今にして思えば、敗北感に苛《さいな》まれていた僕にとって、それは一種の救いだったのかも知れない。今までの努力が報《むく》われた気がして、なんだか気持ちが楽になった。

なんてあだこうだ言っても、単純に彼女が出来たということが嬉《うれ》しかった。心の中で雀《じゃく》躍《やく》した――だけじゃ足りなくて、ベッドの上で転げ回って、気付けば緩《ゆる》みそうになる頰《ほお》と格闘《かくとう》した。自分でも痛いと思うが……中学生だったし、そんなもんってことにして欲しい。

そんな訳で付き合い始めた僕らは、中高一貫校《ちゅうこういっかんこう》の恩恵《おんけい》を最大限に生かし、中学三年という普《ふ》通《つう》なら勉強漬《べんきょうづ》けになる大切な期間を受験に追われることなく、二人だけの日々を重ねることに費《つい》やした。中学生らしい、ささやかな秘密と些細《ささい》な冒険《ぼうけん》に酔《よ》いしれた。

そうやって季節が移ろう中で、僕は琉実《るみ》のことが好きになっていた。

物事を余計に考えすぎてしまう僕とは対照的に、琉実《るみ》は子供の頃《ころ》からいつも前向きで、行動あるのみといった風だった。例えば何かを相談――部活でのスランプだったり、人間関係だったり――した時も、「あれこれ考えても仕方ないんだから、まずは行動」とか「細かいことはイイから、自分がこれだと思ったようにやってみなよ」と背中を押してくれた。

それに何度助けられた――救われたかわからない。

琉実《るみ》はいつも明るくて、ちょっと怒《おこ》りっぽいところもあったけど、一緒《いっしょ》にいて素直《すなお》に楽しかった。幼馴染《おさななじみ》としてじゃなく、自分の彼女として、琉実《るみ》のことをとても大切に思っていた。

だから僕なりに、琉実《るみ》の望むようにしてやりたいと思った。

琉実《るみ》に「ギャップを楽しみたいから、普段《ふだん》はコンタクトにしなよ」と言われて、外ではコンタクトレンズをするようになった。服装もそれなりに気を遣《つか》うようになった。

そうやって少しずつ変わっていく僕に対して、「それ、お姉ちゃんの趣味《しゅみ》？　もしや言われるがままなの？　尻《しり》に敷《し》かれてると楽だから？」なんて那織《なおり》から茶化されたこともあるけど、周囲も含《ふく》めて色気づく年頃《としごろ》――つまり思春期ということもあって、他の人からあれこれ詮索《せんさく》されることは無かった。

それもそのはず、僕と琉実《るみ》のことは仲のいい友人には話していたけど、わざわざ喧伝《けんでん》するようなことはしなかった。付き合っている時は別のクラスだったこともあって、僕たちの関係が周りに知れることは無かった。

そもそも、喧伝《けんでん》どころか母親にすら言わなかった。正直、感づかれていたような気もするけど、はっきり言ったことはない。これは単純に、言うのが恥《は》ずかしかったから。

琉実《るみ》はどうしただろうかと思って訊《き》いてみると、「わたしも言ってない。てか、言う必要なくない？」と言われた。

とは言え、そこは中学生。親は別として、彼女の存在を自慢《じまん》したいという気持ちもあった。

黙《だま》っていることにむず痒《がゆ》さを覚えていた僕は、学校では大っぴらにするのも良《い》いんじゃないかと提案したことがある。だが、「隠《かく》れてコソコソ付き合ってる方が楽しくない？」という琉《る》実《み》の言葉に、「それもそうだな」なんて満更《まんざら》でもない風で返した。事実、皆《みんな》の目を盗《ぬす》んで重ねる逢瀬《おうせ》は、推理小説やスパイ小説が好きな僕にとって、一種の興だった。

何も考えずに、その言葉を額面通りに受け取るくらい、僕は浮《う》かれていた。

どうして琉《る》実《み》が僕らの関係を皆《みんな》に言わなかったのかを理解したのは、高等部進学を控《ひか》えた春休みのこと。ちょうど付き合ってから一年を迎《むか》えようとする時だった。

僕は唐突《とうとつ》に琉《る》実《み》から別れを告げられた。

告白された時と同じように、僕は春休みの夜、琉《る》実《み》に呼び出されたのだ。

琉《る》実《み》は泣くことも、笑うこともせず、いつもの顔で「今日で終わりにしよう」と言った。

もちろんそんなことを言われても納得《なっとく》なんて出来なくて、何度も問《と》い質《ただ》した。無様なほど琉《る》実《み》に縋《すが》った。喧嘩《けんか》や失敗もあった。思い返せば思い返すほど、原因になりそうなことがあれこれ思《おも》い浮《う》かんだ。僕はひたすらどこに原因があったのか琉《る》実《み》に尋《たず》ねた。

だけど琉《る》実《み》は、ただ静かに首を振《ふ》って、「突然《とつぜん》こんなこと言われてもびっくりするよね。でも、わたしの中では突然《とつぜん》じゃないんだ。もう終わりにするって決めてた。だから何を言われても無理。けど安心して。純《じゅん》のことが嫌《きら》いになったとかじゃないから。どっちかって言うと、わたしの問題、かな。わがままでごめん。でも、純《じゅん》と付き合えてとても楽しかったよ。今までありがとう」と言って、ようやく寂《さび》しそうな顔をした。
琉実《るみ》の顔を見ながら、なんて言えば良《い》いのだろうと必死に考えた。
別れるなんて考えられなかった。もう離《はな》せなくなっていた。
だって、琉実《るみ》は初めて出来た大切な彼女だったから。
琉実《るみ》のことが好きでたまらなかったから。
黙《だま》っている僕に琉実《るみ》が放った言葉は、今でも僕を縛《しば》り付《つ》けている。

『最後にお願いがあるの。彼女としての、これが最後のお願い。
那織《なおり》と付き合って。今すぐにでも那織《なおり》と付き合って。
純《じゅん》にはわたしじゃダメなの。それは那織《なおり》も同じ。純《じゅん》じゃなきゃダメなんだ……』

そして、琉実《るみ》は深々と頭を下げ、似合わない言葉遣《ことばづか》いで、お願いします、と言った。
それは遺言《ゆいごん》なんかじゃなくて、僕にかけられた呪《のろ》いの言葉だった。
僕はその呪《のろ》いに抗《あらが》うことの出来ない哀《あわ》れな男だ。
こうして僕は、初恋《はつこい》の女の子と付き合っている。

プロローグ3

TITLE

《神宮寺那織の独白》

KOI WA FUTAGO DE WARIKIRENAI

私は実にみにくい人間であります。

それは美醜《びしゅう》とかではなくて、内面の話。何せ私は、お姉ちゃんと純君《じゅん》が別れたと聞いた時、口では「残念だったね」と言いながら、これでお姉ちゃんに気を遣《つか》うこと無く、私は私のやり方で駒《こま》を進めることが出来る、なんて考えていた。我慢《がまん》は身体《からだ》によくない。

ざまぁみろ、とまでは思っていない。そこまで性格歪《ゆが》んでない。

二人が付き合いだした時、私は一晩中泣いた。文字通り、一晩中泣いた。隣《となり》の部屋で眠《ねむ》るお姉ちゃんに嗚咽《おえつ》を聞かれないように、枕《まくら》に顔を思い切り押し付けて私は泣いた。一掬《いっきく》の涙《なみだ》とはこのことなのか、なんて思ったけど、恐《おそ》らくひと掬《すく》いじゃ足りなかった。人間はこんなに涙《なみだ》が流せるものなんだとその時初めて知った。

泣けばすっきりする。

涙《なみだ》を流せばすっきりする。

そんなの嘘《うそ》だ。嘘《うそ》ばっかりだ。

エリ・エリ・レマ・サバクタニ《わが神、わが神、どうしてわたしをお見捨てになったのですか》だ。

落ち着いたと思っても、また暫《しばら》くすれば私の眼瞼《がんけん》はだらしなく決壊《けっかい》した。

その晩はいつまでもそんな調子だった。明け方、こんなに泣《な》き腫《は》らした顔じゃお姉ちゃんや親に会えないと思って、私は音を立てないように部屋のドアを開け、お姉ちゃんの部屋の前をそっと歩いて、手すりに体重を掛《か》けながら一段ずつ足元を確かめるように階段を下りて、タオルを濡《ぬ》らして部屋に戻《もど》った。上を向き、瞼《まぶた》の上に濡《ぬ》らしたタオルを置いて、熱を冷ました。

そうやって小さな部屋に一人で居ると、自分の姿が余りにも滑稽《こっけい》で、乾《かわ》いた笑いが漏《も》れた。

これはまごまごしていた私への罰《ばつ》だ。

だからこうして恥辱《ちじょく》に耐《た》えなければならないのだ。

お姉ちゃんが純《じゅん》君のことを好きだなんて、とうの昔から知っていた。それを知っていながら、私に対抗心《たいこうしん》を燃やして、勉学や読書に勤《いそ》しむ純《じゅん》君の姿を見て悦《えつ》に入っていた。ああ、彼の中には私が息吹《いぶ》いているのだ、と。ただ、仮にそうだとしても、純《じゅん》君が私のことを好いているという確証はない。

だって、お姉ちゃんと言い合いしてる時の純《じゅん》君は生き生きしてたんだ。

それを知っていた私に、気持ちを伝えるなんてことは出来なかった。

でも言いたかった。伝えたかった。お姉ちゃんじゃなくて、私だけを見て欲しかった。

けれども――そういうことを言ったら、こうして幼い頃《ころ》から三人でつるんでいる、曖昧《あいまい》で居《い》心地《ごこち》のいい関係が崩《くず》れてしまう。何も選ばない――選択《せんたく》しないからこそ楽な関係。

私たちは隣《となり》の家に住む幼馴染《おさななじみ》。親同士の仲も良《い》い。気まずくなったからって、顔を合わせないで済む距離《きょり》じゃないし、引越《ひっこ》しできるわけでもない。

理性と感情の狭間《はざま》で、私は判断を余所《よそ》に求めた。

そうして私は、ある願掛《がんか》けをすることに決めた。

ありがちなのはテストで一位を取ったら……みたいなヤツだけど、それじゃつまらない。だって、私が本気で脳漿《のうしょう》を絞《しぼ》れば一位は獲《と》れるもん。そんなんじゃ願掛《がんか》けになんない。

そんなとき、テレビのクイズ番組を観《み》ていて思いついた。願掛《がんか》け要素を見付けた。

願掛《がんか》け要素——それは早押しだった。その手があった。これなら願掛《がんか》けになる。

誰《だれ》よりも早くテスト問題を解いて、トップを目指す。見直しなんかしない。

これだ。運と実力のいいバランスだ。

トップを獲《と》ることが出来たなら、彼に思いを告げる。そうしよう。

でも、そんな悠長《ゆうちょう》なことをしている暇《ひま》などなかった。

私は百年河清《ひゃくねんかせい》を俟《ま》っていただけだった。

もっと言えば、あれこれ理由をつけて問題を先延ばしにしただけだ。ただの言い訳だ。

つまり、私はただ——臆病《おくびょう》なだけだった。

試験結果や趣味《しゅみ》の話で通じているなどというものは、幻想《げんそう》でしかなかった。私の思い上がりと勘違《かんちが》いと細《ささ》やかな恋心《こいごころ》は、純《じゅん》君がなんとか坂のメンバーみたいなショートヘアのお姉ちゃんを選んだという事実に呑却《どんきゃく》された。クジラみたいに大きな口で、まるっと呑《の》み込《こ》まれた。

自制心《スターバック》の言う事なんか聞いていられるか！　白いクジラ《モビィ・ディック》に銛《もり》を打ち込まねば！

私は、時機を待った。いつまでも落ち込んでなど居られない。

待てば海路の日和《ひより》あり。あれ、もともとは甘露《かんろ》だっけ？　ま、いいや。ともかく——、これが中学三年にあがる前、春休みに起きた最大の事件。

そして、もう一つは高一のゴールデンウィークに起きた。

それは私にとって正に驚天動地《きょうてんどうち》、未曽有《みぞう》の出来事だった。

そう来るか、と思った。何ということだ。向こうからやってきたではないか。

なんとあの純《じゅん》君がこの私に告白をしたのだ。

これぞＥＵＲＥＫＡ《エウレカ》だ！

お風呂場《ふろば》で起きた事件だったら、私もお風呂《ふろ》を飛び出してそう叫《さけ》んだかもしれない。何かを発見した訳じゃないけど、でも、こういう事も起きるんだっていう意味では、私にとってエウレカだった。ギリシャ語の感嘆詞《かんたんし》。アルキメデスが叫《さけ》んだとされる言葉。

英語読みならユリーカ！　テストに出るので覚えておくように。出ないけどね。

四年生……つまり高校一年のゴールデンウィークに、私は純《じゅん》君から告白された。

私だって馬鹿じゃないから、どうしてそんなことになったのか、凡《およ》その察しはつく。一通り舞《ま》い上《あ》がってから、憤怒《ふんぬ》に駆《か》られる程度には冷静さもあった。純《じゅん》君から告白されたことは嬉《うれ》しいけれど、それは恐《おそ》らくお姉ちゃんが仕向けたに決まってる。

だって、そうじゃなきゃおかしいでしょ？

お姉ちゃんと別れたばかりの純《じゅん》君が、私に告白なんてするわけない。

純《じゅん》君はお姉ちゃんのこと好きだったもん。

付き合ってる二人の間に入る隙間《すきま》なんて、これっぽちも無かったもん。

抜《ぬ》け駆《が》けして罪悪感に苛《さいな》まれたお姉ちゃんに言わされたんだ。どうせ。

ぴったり一年で別れる辺りがお姉ちゃんらしい。ほんとに。勿体《もったい》ない。

余計なお世話だけどね。それこそ、これ以上ないほどに余計なお世話。

まったく、私たち姉妹《しまい》に振《ふ》り回《まわ》される純《じゅん》君の事が可哀想《かわいそう》でならないよ。

だけど、そんな事情は横に置いておいて、純粋《じゅんすい》に自分の気持ちを考えれば……うん、仕方ないからいっちょ付き合ってやるかってとこ。与《あた》えられた機会は、有意義に消費してやろう。

順番が回ってきた。開き直ってそう考える。

私はそんなお姉ちゃんの意図に気付かない幼気《いたいけ》な妹で居よう。まずはこれでいい。

God's in his heaven《神が天におはしますれば、》 —— *All's right with the world.*《この世のすべてはあるべきところに》

ところで私は、どうやら純《じゅん》君をして、サブカル女子という括《くく》りになるらしい。いやいやメインカルチャーも好きですけど。何故《なにゆえ》にそうなった？　ともかく、私はそういう扱《あつか》いらしいようである。全く以《もっ》て諾了《だくりょう》出来ぬ。

斯《か》く言う純《じゅん》君も同類である。小説や映画、漫画《まんが》、アニメ等々が大好きで、私や時には友人を交えて議論したがる議論家……いや、語り屋だ。そうやってあれこれ議論することも大好きだけど、私は議論をしたくて物語を消費するのではない。ただ浸《ひた》っていたいのだ。

私は幼い頃《ころ》から数多《あまた》の本を読み、色んな映画を観《み》、様々な音楽とともに育ってきた。

端的《たんてき》に言おう。私のお父さんがそういうタイプなのだ。絵本や映画が好きだった私を、お父さんは照準線《レティクル》の真ん中に据《す》えた。そして、英才教育を施《ほどこ》した……と本人は思っている。

思い通りになんてなるか、このSFオタク《トレッキー》め。

私は騙《だま》された振《ふ》りをして、父親の蔵書やDVDやCDを片《かた》っ端《ぱし》から消費してやった。

娘《むすめ》にとって父親を騙《だま》すなんて造作もないことなのだっ。父よ、娘《むすめ》を見くびるでない。

私に振《ふ》られたお父さんは、純《じゅん》君をターゲットにした。純《じゅん》君は薫陶《くんとう》とはほど遠いお父さんの話を真剣《しんけん》に聴《き》いた。来る日も来る日も耳を傾《かたむ》けた。

その結果、お父さんの趣味《しゅみ》を色濃《いろこ》く引《ひ》き継《つ》いだ弟子《アプレンティス》が誕生した。

純《じゅん》君はフォースの暗黒面《ダークサイド》に落ちたのだ。許すまじ、わが父。シスの暗黒卿《ダース・ヴェイダー》め。

だから言わせてもらおう。純《じゅん》君こそサブカル野郎《やろう》なのだ。

大体、お姉ちゃんと付き合っている時に宇宙航空研究開発機構《JAXA》のシンポジウムをデートの行き先に挙げるような些《いさ》かヤバい人なのに、宇宙の話になった時、宇宙は最後のフロンティアだからなぁと真面目な顔で言う人なのに、好きな音楽の話になった時、クラフトワークは外せないなんて平気で言うような人なのに、私をサブカル呼ばわりする権利がどこにあるのか教えて欲しい。純《じゅん》君の方がよっぽどサブカルの塊《かたまり》じゃん。

それなのに、純《じゅん》君は周囲からサブカル呼ばわりされない。まことに、甚《はなは》だ遺憾《いかん》である。

説得力の差？　純《じゅん》君はいつも学年トップだから？

いえいいえ不肖《ふしょう》私も、学年順位が五位以内から滑《すべ》り落《お》ちたことはないのが自慢《じまん》ですから。

改めて言わせてもらうなら、やっぱり純《じゅん》君は立派なサブカルクソ野郎《やろう》だ。

あ、私の初恋《はつこい》の人の話ですよ、これ。

まぁ、初恋《はつこい》とかそういうのを抜《ぬ》きにしても、私にとって純《じゅん》君は、仲間とか戦友とか趣味友《しゅみとも》とかそういう類《たぐい》の人間って話。だから、私は純《じゅん》君といて退屈《たいくつ》だと思ったことはない。

そうであるが故《ゆえ》に、思うのだ。

お姉ちゃんは純《じゅん》君とどんな話をしていたんだろう、と。

どんなコミュニケーションをとっていたんだろう、と。

あの蘊蓄《うんちく》が服を着て歩いているような男の子とどんな風にデートをして、どんな風にいちゃいちゃしていたんだろう。私にはわからない二人だけの時間。

なんとなく想像は付くけれど、それは想像でしかない。

いつだってお姉ちゃんは私より先を行く。

友達を作るのも、服が小さくなって着られなくなるのも、ブラジャーを着けるのも。

そして、恋人《こいびと》を作るのも。キスをするのも。

全部、お姉ちゃんが先を行く。

私はそこに出来上がった道を辿《たど》るだけ。妹の私はペンギン・ハイウェイを歩くだけ。

でも、劣等感《れっとうかん》なんて抱《いだ》かない。私は私。

私には私の勝ち方がある。

テストの順位は私のが大分上だし、胸だって今や私の方が大きい。

私には、私のやり方がある。細工は流流《りゅうりゅう》仕上《しあ》げを御覧《ごろう》じろってね。

ペンギン？　いやいや。私は飛べなくなんかない。

私は夜鷹《よたか》。みにくいのは最初だけ。最後は星になるんだ。そうでしょ？

私の輝《かがや》きに目を細めるが良《い》い。高いところからなら、何でも見通せるんだよ、お二人さん。

隠《かく》れたって無駄《むだ》だからね。

切れない

高村資本
SHIHON TAKAMURA

[イラスト]
あるみっく

KOI WA FUTAGO DE WARIKIRENAI

恋は双子で割

第一章

TITLE

これくらいは変態じゃない……よね？

（白崎純《しろさきじゅん》）

KOI WA FUTAGO DE WARIKIRENAI

日差しが眩《まぶ》しくて、目が覚めた。母さんがいつもの如《ごと》く勝手に部屋に入って、カーテンを開《あ》け払《はら》ったに違《ちが》いない。休日くらい自分のタイミングで起きたい。寝覚《ねざ》めは最悪。

寝覚《ねざ》めが悪いもう一つの理由。それは夢だ。

琉実《るみ》と付き合っていた頃《ころ》の夢——夢は記憶《きおく》の整理なんて言うけれど、別れてから一ヶ月ちょっと経《た》つのに、どうやらまだあの頃《ころ》の記憶《きおく》を引《ひ》き摺《ず》っているらしい。ようやく慣れてきたと思っても、ふとした切《き》っ掛《か》けであの頃《ころ》のことを思い出す。

ったく、これで何度目だよ。

顔を上げると、ベッドの縁《ふち》に人が座っていた。ぼやけた視界でも、誰《だれ》だかすぐに分かった。

夢の続き——ではない。目の前にいるのは、もう彼女ではない唯《ただ》の幼馴染《おさななじみ》。

「朝っぱらからなんだよ」

眼鏡を掛《か》けながら、完全に覚醒《かくせい》していない頭で琉実《るみ》に言った。

「朝っぱら？　この部屋に時計は無いの？　もうお昼だけど」

「休みなんだからいつ起きようが僕の自由だろ。……で、何の用だ？　なんかあるんだろ？

制服着てるってことは、今から部活か？　それとも部活帰り？」

「部活はこれから。そして、さっき来たとこ。寝顔《ねがお》だけは子どもみたいだなって見てた」

「……悪趣味《あくしゅみ》だぞ」起き上がって、琉実《るみ》を避《よ》けつつ、よろめきながら力なく椅子《いす》に座る。

二人でベッドに並んで座るのは違《ちが》うと思った。僕らはもうそういう関係じゃない。そこを曖昧《あいまい》にするべきじゃない。それより、振《ふ》った男の部屋に一人で来るって、どういうつもりなんだ。

「どうも。そんなことより寝癖《ねぐせ》やばいよ。ピンポイントで竜巻《たつまき》が起きたみたい」

「寝起《ねお》きなんだから仕方ないだろ……。で、用って何だよ。わざわざ振《ふ》った男の家に一人で来るってことはそれなりの用があるんだろ？」

僕は髪《かみ》を手櫛《てぐし》で直しながら、ちょっと突《つ》き放《はな》した。

未《いま》だにうまく消化できない僕と違《ちが》って、振《ふ》った立場の琉実《るみ》はいつも通りに接してくる。

ただ、付き合う前よりほんの僅《わず》かだけ距離《きょり》が遠い。うまく言葉にすることが出来ないけど、それは会話の端々《はしばし》に表れる距離《きより》だったり、物理的な距離《きょり》だったりした。もちろん避《さ》けられているというほどではないけれど、見えない線を一本引いて、その線の後ろから僕に絡《から》んでいるような気がした。そういう立《た》ち居振《いふ》る舞《ま》いに安心している僕が居る一方で、やりきれない想《おも》いを感じている自分も居る。つまり、まだ心を完全に整理し切れていない。

「とりあえず、顔洗って来たら？　その頭を見ながら話するのはきつい」

さっき触《さわ》った感じ、確かに寝癖《ねぐせ》がひどいのは事実らしい……が、どうも琉実《るみ》の思惑通《おもわくどお》りに事が進んでいるような気がして釈然《しゃくぜん》としない。ま、寝癖直《ねぐせ》すけど。そういうのも含《ふく》めて、寝起《ねお》きは見られたくないんだよ。付き合ってる時も散々言ったんだけどな。

洗面所で顔を洗い、歯を磨《みが》いて、寝癖《ねぐせ》を整える。

いやに静かだなと思ってリビングを覗《のぞ》くと、誰《だれ》も居なかった。

あいつと二人きりか……いや、余計なことは考えるな。

つーか、うちの親はどこ行ったんだ？　幾《いく》ら幼馴染《おさななじみ》でも我が家の合鍵《あいかぎ》を持っているわけじゃないし……隣《となり》の家、つまり琉実《るみ》ん家《ち》にでも居るのか？

部屋に戻《もど》ると、琉実《るみ》はベッドの縁《ふち》に腰掛《こしか》けたまま、脚《あし》を組んでスマホを見ていた。制服のスカートから、締《し》まったふくらはぎが覗《のぞ》いている。横目で琉実《るみ》の顔色を窺《うかが》いつつ、椅子《いす》に座って向き直る。背もたれに寄《よ》り掛《か》かると、ギィイという擦《こす》れるような音がした。

「琉実《るみ》が来た時、うちの親はもう居なかったのか？」

「居たよ。わたしが来たら、おばさんが『琉実《るみ》ちゃん、いいところに来てくれたわね、私たち今から出掛《でか》けようと思ってたとこなの。あの寝《ね》ぼすけはまだ寝《ね》てるから、ついでに起こしてくれるかしら？』って言っておじさんと出掛《でか》けてった」

「その口振《くちぶ》り、絶妙《ぜつみょう》に似てるからやめてくれ。……はぁ、僕らだってもういい歳《とし》なんだから、そういうのを気軽に頼《たの》むんじゃないよ、全く」

「うちらの親にはそんな考え無いでしょ。何、ちょっとは意識しちゃう？」

「ねーよ。一般論《いっぱんろん》として、だよ。で、用件は何なんだよ？」

「何そのつまんない反応。ま、いいや」琉実《るみ》が手にしていたスマホを、ベッドの上に置いた。

「えっと、本題なんだけど——純《じゅん》はいつ那織《なおり》と付き合うつもりなの？　まさか忘れた……なんてことはないよね。記憶力《きおくりょく》には自信あるもんね」

「忘れるわけないだろ……。そんな突拍子《とつぴょうし》もないお願いを別《わか》れ際《ぎわ》にされて、忘れるわけなんてない。だとしても……そもそも、それはどこまで本気で言ってるんだ？」

付き合った日からちょうど一年後、琉実《るみ》は僕に別れを告げるや否《いな》や、妹の那織《なおり》と付き合えと言ってきた。振《ふ》った理由も告げずにそうお願いして来た。

はいそうですか、わかりました。なんて言える訳ない。

常識的に考えて、そんなお願いを素直《すなお》に聞き入れられる訳がない。いや、考えるまでもない。

それなのに、僕の初めての彼女だった女の子は、僕の初恋《はつこい》の女の子と付き合えと言っている。

「どこまで……？　全部本気だよ。冗談《じょうだん》でこんなこと言う訳ないじゃん。バカなの？」

「朝っぱらから人のことバカ呼ばわりすんじゃねぇよ。ったく、冗談《じょうだん》に聞こえるようなお願いをしてるという自覚はないのか？」

「そんなことわかってるよっ。いきなりそんなこと言われても困るってのはわかってる。でも、純《じゅん》だから……純《じゅん》にしか頼《たの》めないから、こーやってお願いしてんじゃん」

琉実《るみ》はそう言ったあと、そうじゃなきゃ別れた意味がないの、と消え入りそうな声で呟《つぶや》いた。

琉実《るみ》の言葉に耳を傾《かたむ》けていなかったら、なんて洩《も》らしたか聞き取ることなんて出来なかっただろう。そして伏《ふ》し目《め》がちに、やっぱり弱々しい声で「那織《なおり》は、ずっと純《じゅん》のことが好きだったんだよ」と続けた。

琉実《るみ》から「那織《なおり》にも純《じゅん》が居なきゃダメなんだ」と言われた時、その意味を考えないわけじゃなかった。でも考えないようにしていた。そうじゃなきゃ、僕と琉実《るみ》のことを否定するような気がして、気が付かない振《ふ》り——別の意味を当てはめようとしていた。

那織《なおり》のことを諦《あきら》めて、琉実《るみ》と付き合った。それは事実だ。だが僕は、琉実《るみ》のことをどんどん好きになっていった。那織《なおり》のことを全く思い出さなかったと言えば嘘《うそ》になるけど、那織《なおり》よりも、琉実《るみ》の占《し》める場所の方が大きかった。ずっとずっと大きかった。

今さら、那織《なおり》と両思いだったから何だって言うんだ。過ぎたことじゃないか。

「だからって……そんなこと言われても……」

「純《じゅん》だって那織《なおり》のこと——いや、それはいい。これはわたしからのお願い。わたしを那織《なおり》のお姉ちゃんに戻《もど》して欲《ほ》しい。それは純《じゅん》にしかできない。こういう方法しか思いつかないの」

紡錘状《ぼうすいじょう》の、くりっとした目が見開かれ、僕をまっすぐに射貫《いぬ》いたかと思うと、ふっと視線が落ちた。琉実《るみ》が誤魔化《ごまか》すように前髪《まえがみ》を掻《か》き上《あ》げる。さらさらの髪《かみ》が指を滑《すべ》っていく。

そうか。そうだったのか。琉実《るみ》はずっと前から僕の初恋《はつこい》に気付いていたんだ。僕の気持ちを知っていたんだ。言おうとして呑《の》み込《こ》んだ言葉の先に続くのは、恐《おそ》らくそのことだ。

鈍《にぶ》い僕でも分かる。「純《じゅん》にはわたしじゃダメなの」ってそういう意味で言ったのか。

本当にバカだな。

そんなのとっくに気持ちに整理はつけてたよ。

それにしたって、お姉ちゃんに戻《もど》してって言うのは……わたしの問題ってそういうことか。

——だから君は僕に別れを告げたのか？　その為《ため》に？

もしそうだとしたら、君は本当に馬鹿だ。とんでもない馬鹿だ。

それが那織《なおり》に対して、どれだけ不誠実で失礼で、小馬鹿にしたことか分かっているのか？

「……そんなにすぐ気持ちを切《き》り替《か》えられない。それにこんな気持ちで那織《なおり》と付き合うのって失礼すぎる」

「那織《なおり》のこと、嫌《きら》いじゃないでしょ？」

「もちろん」

「だったらいいじゃん」

「よくねぇよっ。おまえなぁ、そーやって簡単に言うけど、そんなに単純な話じゃないことくらい分かるだろ？　大体……僕はまだ琉実《るみ》のことを……」

「——やめて！　それ以上言わないで！　何を言われたってヨリは戻《もど》さないから！」

縋《すが》るような、絞《しぼ》りだしたような声で、琉実《るみ》はそう叫《さけ》んだ。

琉実《るみ》の声が、僕の鼓膜《こまく》を貫《つらぬ》いた。

琉実《るみ》との会話の中に潜《ひそ》む寂《さび》しそうな声色《こわいろ》。ふとした仕草に込《こ》められた意図。時折見せる翳《かげ》りのある笑顔《えがお》。そういうものを見つける度《たび》、僕は可能性を探《さぐ》った。

もう一度やり直すためには何が必要なのか考えていた。

女々《めめ》しくて、浅ましくて、立ち直ることの出来ない僕に向けられた、それは琉実《るみ》からの明確な拒絶《きょぜつ》の言葉だった。どうあがいても、那織《なおり》と付き合わないと君は納得《なっとく》しないのか。

本当にそれでいいんだな？

「それで本当に後悔《こうかい》しないのか？　僕が那織《なおり》と付き合えばそれで満足なのか？」

「……うん」琉実《るみ》がゆっくりと頷《うなず》く。

なぁ、琉実《るみ》。君は、本当にバカだ。とんでもなくバカだよ。

那織《なおり》の恋《こい》の為《ため》に。

僕の初恋《はつこい》の為《ため》に。

自分は身を引いた。そういうことだろ？　姉の矜持《きょうじ》を守る為《ため》に。

今までのは邯鄲《かんたん》の夢だった……ということでいいんだな？

本当にバカだ。こんなことバカげてる。

「僕と別れた理由ってつまり……いや、いい」そこまで言いかけてやめた。

一番バカなのは、間違《まちが》いなく僕だ。だって、琉実《るみ》の最後の願いを聞こうとしているんだから。

「でも、そういうことなんだろ？」

※　※　※

（神宮寺《じんぐうじ》那織《なおり》）


蕤賓《すいひん》のはじまり。かくも素晴らしき愛すべき日々《ゴールデンウィーク》。

深夜まで小説を読《よ》み耽《ふけ》っても、明け方まで映画を観《み》ても許される愛《いと》おしい休日。

消費せよ！　物語を消費せよ！　独り身上等。与《あた》えられた時間を目一杯《めいっぱい》使うのだ。

私は心の声に従って、初日から不規則極《きわ》まりない生活を送る。厳密には前日の夜から。

ゴールデンウィーク前日の夕食のテーブルで、連休は混むから出掛《でか》けたくないなぁと零《こぼ》した
お父さんは、久《ひさ》し振《ぶ》りに恰好《かっこう》良かった。父親の威厳《いげん》を少し感じました。

家が大好きなお父さんと私。外出が大好きなお母さんとお姉ちゃん。

これが我が家に横たわる根深い対立構造。資本主義《マーシャルプラン》と共産主義《モロトフプラン》。秘密警察《シュタージ》に気をつけろ！

ん？　どっちが資本主義陣営《じんえい》かって？

うるさいっ！　私は家に居たいんだ！　人混みになんて行きたくない！　壁《マウアー》を守るんだっ！

以下、私抜《ぬ》きの会話。

お母さんが「そうは言っても折角の休みだもの、どこか行きたいわ」と言い、お姉ちゃんが
「学校のみんなは海外やら温泉やら騒《さわ》いでたなぁ」なんてここぞとばかりに煽《あお》る。

「そうは言うけど、ゴールデンウィークなんてどこも混んでるぞ。遠出した帰りに、渋滞《じゅうたい》に

巻き込まれるのは御免《ごめん》だ。運転するのは僕なんだから」

「私も運転するから。代わり番こに運転すれば良《い》いでしょ？」

「そういえば、この前テレビでさくらんぼ狩《が》りの特集やってた！」

「あら、いいじゃない。でもさくらんぼの時期ってもうちょっと後じゃない？」

「ハウス栽培《さいばい》なんじゃないか？」

父よ！　知識をひけらかしたいという欲求を抑《おさ》えたまえ！　そこは否定でしょっ！

「それにしましょうよ」

「でも、混んでるんじゃないか？」

そうだそうだ！　もっと言ってやれっ！

「そりゃ少しは混んでるでしょうけど、そこまで遠くないしいいじゃない」

「まぁ、それくらいならいっかぁ」

威厳《いげん》、無し。恰好《かっこう》良くない。安易な点頭《てんとう》は娘《むすめ》の信頼《しんらい》失うからね。覚えとけ。

我が家はいつもこうだ。雌鶏《めんどりすす》勧めて雄鶏《おんどり》時を作る。そのトサカ切ってやる。

「那織《なおり》はどう？　さくらんぼ狩《が》り。楽しそうじゃない？」

お姉ちゃんはいつだって、こうして私にちゃんと訊《き》いてくれる……けど。

もう行く流れじゃん。絶対行くじゃん。拒否権《きょひけん》なんてないじゃん。そうやって物事が決まってから、ちゃんと確認《かくにん》してますみたいなポーズはずるいよ！　ちらっと画面に映っただけの通行人が犯人だったみたいなずるさだよ！

とりあえず私のターンだけど……同意するしかないじゃん。この流れ。

「うん。いいと思うよ」

わかったよ。一日くらいくれてやろう。これも家族の平穏《へいおん》を保つためだ。私はちゃんと空気を読むことが出来るのだ。なめたらいかんぜよ。行きたくないけどね！

そして父よ。威厳《いげん》の消滅《しょうめつ》を自覚し、自省したまえ。許さないからね。

「じゃあ決まりだね」

お姉ちゃんの嬉《うれ》しそうな顔を見られたからいい。よしとする。

「そう言えば、白崎《しろさき》さんのとこのお父さん帰って来てるんでしょ？」

「おお、そうだな。たまには庭でバーベキューでもするか？」

いいこと言うじゃないか、父よ。娘《むすめ》の信頼回復《しんらいかいふく》に努めておくれ。

「いいね。お肉食べたい。とりあえず訊《き》いてみてよ」これには私も積極的に意見を述べる。

純《じゅん》君の家とバーベキューするの久《ひさ》し振《ぶ》りだし。庭でバーベキューなら外出のうちに入んないし。人混み関係ないし。問題なっしんぐですよ。何の異論もありゃしませんぜ。

そして、なによりお肉。爆《は》ぜる脂《あぶら》。立ち込める煙《けむり》。タレにつけた瞬間《しゅんかん》のジュッという音。

「あとで訊《き》いてみるわ」

母よ、頼《たの》んだ。私はお肉が食べたい。たらふくお肉が食べたい。

ふとお姉ちゃんの顔を見やると、ちょっと難しい顔をしていた。

確かに。複雑だよね。お父さんは知らないとは言え、別れたばかりの元カレだもんね。

でもここは少しばかり我慢《がまん》して貰《もら》おう。なんてったって、さくらんぼ狩《が》りを私も呑《の》んだんだから。次は私のターン。お肉ちゃん、待っててね。すぐ迎《むか》えに行ってあげるから。

これでフェアだ。撃《う》っていいのは撃《う》たれる覚悟《かくご》のある奴《やつ》だけだよ、お姉ちゃん。

ルルーシュ？　それもだけど、元ネタはマーロウの台詞《せりふ》だからね。

そこ勘違《かんちが》いしない様に！　レイモンド・チャンドラーを読むべし。


ゴールデンウィーク二日目は、お昼過ぎに目覚めた。

私は初日の夜をとことん消費してやった。完全勝利と言って良《い》いだろう。

周りが明るくなってから寝《ね》たもんね。ヴァンパイアなら死んでるよ？

頭を掻《か》きながらリビングに入ると、お父さんが一人で映画を観《み》ていた。お父さん以外には誰《だれ》も居ない。資本主義の犬どもは、買い物にでも出掛《でか》けたのかな？　消費は美徳ってこと？

いや、お姉ちゃんは部活か。純《じゅん》君と別れてからは、前にも増して部活《バスケ》にお熱だもんね。

何を観《み》ているんだろうとテレビに目をやった瞬間《しゅんかん》、私は完全に覚醒《かくせい》した。

眠気《ねむけ》が吹《ふ》っ飛《と》んだ。

またスタートレックを観《み》てやがる！　このトレッキーめ！　部屋で大人しく本格推理小説《パズラー》で

も読んでればいいんだ！　どうして寝起《ねお》きからスタートレックを観《み》なきゃならんのだっ。

純《じゅん》君をトレッキーにした張本人め！　許すまじ。

「それ観《み》るの何回目？」

「わからん。だが、カークとピカードが共演するシーンは何度観《み》ても良《い》い。ちなみにこのシーンの馬は、ウィリアム・シャトナーの自前だ」

語られても興味ないから。迷惑《めいわく》だからやめて。聞きたくない。

宇宙モノだったらスター・ウォーズの方が面白《おもしろ》いんだ！　売り上げを見たまえ！

私は、全く感興《かんきょう》が湧《わ》きませんという想《おも》いを込《こ》めに込《こ》めて、気怠《けだる》くふーんと撃《う》ち放《はな》って、冷蔵庫からお茶を取り出し、グラスに注《つ》いでテーブルについた。

キッチンペーパーがお皿の上に被《かぶ》せてある。私のお昼かなと思ってキッチンペーパーをめくると、ホットケーキが一切れだけ残っていた。一切れだけ残っていた。

何度でも言う。一切れだけ残っていた。

一切れ⁉　私のお昼がたった一切れのホットケーキだと？　なんたるちあっ！

Who done it?《フーダニット》なんて言うまでもない。疑義《ぎぎ》の眼差《まなざ》しを携《たずさ》えて振《ふ》り返《かえ》り、お父さんを見やる。

絶対にそうだ。だってここにはお父さんしか居ない。

って、そこっ！　親指と人差し指を無意識にすりすりするんじゃない。

食べたな？　口寂《くちさび》しくて、食べたな！　ダチュラだ！　あと、ティーサーバー使ったら仕舞《しま》うことっ！　テーブルの上に置きっぱなしっ！　シャーロッキアンなら珈琲《コーヒー》を飲めっ！

　これだからトレッキーかつシャーロッキアンの男は嫌《いや》なんだ！

　神宮寺家《じんぐうじけ》における災厄《さいやく》の中心たる我が父は、ＳＦドラマ『スタートレック』のファンだ。そして『シャーロック・ホームズ』のファンだ。スタートレックの熱心なファンのことをトレッキーと呼び、シャーロック・ホームズの熱心なファンのことをシャーロッキアンと呼ぶ。

　ＳＦオタクとミステリオタクのハイブリッドなんて、誰《だれ》がどう考えてもこの世で一番厄介《やっかい》な人種だ。量子力学でも使って後期クイーン問題に挑《いど》んで欲《ほ》しい。静かになりそう。

　まったく、スター・ウォーズをバカにしやがって。あの恨《うら》みは忘れないからね。ダチュラだ。

　ちなみにお姉ちゃんは昔、ハリー・ポッターオタク《ポッタリアン》になりかけました。

　いったいこの家は何なんだ。

　そうそう、トレッキーとシャーロッキアンには迂闊《うかつ》に近付いてはいけない。心しておくように。どんな作品なの？　なんて軽い気持ちで訊《き》こうものなら、延々と、そりゃもう延々と語られる。間違《まちが》いない。どんなに嫌《いや》そうな顔をしても彼らには通じない。

　理屈《りくつ》をこねくり回すのと、言葉遊びが大好きな連中には近付くな！　ワイシャツの袖《そで》にいたずら書きされるぞ！　さもなくば純《じゅん》君みたいに取り込まれてしまうからねっ。

　だから私は、今日も父の言葉を無視するのです。これぞ我が家流の処世訓。

　さて、そんな話はどうでもいいとして目の前の問題である。これこそが事件だ。

私のお昼がホットケーキ一切れって、どういうこと？　なんという狼藉《ろうぜき》。あの父親を全力で責め立てたいところだけど、寝起《ねお》きから絡《から》みたくない。シンプルにめんどくさい。補給路を確保せねば。このままでは空腹の余り餓鬼道《がきどう》に堕《お》ちてしまう。

はぁ、バカ言ってないで、なんかこさえますか。これでも元家庭科部でありんす。

キッチンの戸棚《とだな》を開け、私は解決の糸口を探《さぐ》る。棚《たな》があったら開けよ。これ基本。

私は戸棚《とだな》から目当ての物を探し出し、苛立《いらだ》ちを滲《にじ》ませながら大きめの音を立てて扉《とびら》を閉め、包装を乱暴に破って電気ポットからお湯を注ぐ。くそっ。なんで私がこんなことを——。

カップラーメンが出来上がるまでの間、手持無沙汰《てもちぶさた》だった私は、部屋にスマホを取りに戻《もど》った。この三分も有意義に消費しなければ。負けてたまるか。消費せよ！

ん？　料理？　出来る訳なかろう。勝手なミスリードはやめたまえ。

電子レンジやカップラーメンがあれば生きていけるのだ。

料理なんて時間の無駄《むだ》だ。作れる人に作って貰《もら》うに限る。世の中は分業で回っている。元家庭科部の食べ専と呼ばれた私をなめてもらっちゃ困る。それにカップラーメンをバカにしちゃいけない。あさま山荘事件《さんそうじけん》の時、どれほどカップラーメンが——

スマホを手にして戻《もど》った瞬間《しゅんかん》、まさに刹那《せつな》、鳴動。振動《しんどう》と電子音。純《じゅん》君からのメッセージ。

《もし暇《ひま》ならどこか行かないか？》

おお。珍《めずら》しい。あの出不精《でぶしょう》からこんなメッセージが来るとは。今日は雪どころか、サメでも降ってくるのか？　サメが降ってきたら傘《かさ》じゃどうにもならん。シャークネードだよ。

お姉ちゃんと別れてから、目に見えて弱ってたからなぁ。なんで別れたか訊《き》いても教えてくれないけれど、あの不器用な二人のことだ、どうせしょうもない理由だろう。

ま、いいや。仕方ない、私が相手してくれよう。独り者同士仲良くやろうじゃないか。お互《たが》い遠慮《えんりょ》することなど、最早《もはや》ないのだ。と言うか、私は遠慮《えんりょ》しないからね。ずっと独《ひと》り占《じ》めされてたし、それくらいよかろう。中々長いターン待ちだったよ。ほんとうに。

そんなことを考えてたら、若干《じゃっかん》イラみが増してきた。なんだか悔《くや》しいから、既《き》読《どく》を付けて放置してやる。私の尊い返事を待ちわびたまえ。

さて、そうは言ってもなんて返そうかと悩《なや》んでいると、そう言えばもう三分経《た》ったのではないかと思い至り、慌《あわ》てて蓋《ふた》をめくると案の定麺《めん》が伸《の》びていた。

おいおい、麗《うるわ》しき金色のスープは何処《いずこ》にあるのだ？

「お、カップ麺《めん》食ってるのか？　僕も食おうかな。どこにあった？」

遠くからトレッキーの声が聞こえるが、ここは宇宙。遠い遠い遥《はる》か彼方《かなた》の銀河系。

真空状態だと音は聞こえないのだ。父よ、よく覚えておくがよい。

ん？　今、スター・ウォーズでは音がするじゃないかって誰《だれ》か言った？

あれはルーカスの脳内宇宙だから良《い》いんだ。細かいこと言う人、私は嫌《きら》いだな。

（白崎《しろさき》純《じゅん》）


玄関《げんかん》のチャイムが鳴った。

ドアを開けると、ボートネックの白い薄手《うすで》のニットに、淡《あわ》いピンクのミニのプリーツスカートを穿《は》いた那織《なおり》が立っていた。そして黒のオーバーニーソックス。見る人が見ればあざといと言われそうな格好だが、那織《なおり》には似合う。と言うか、那織《なおり》は何を着ても似合う。

悔《くや》しいくらいに可愛《かわい》い。

「僕から誘《さそ》ったのに、来てもらって悪いな」

「うち、今、お父さんしか居ないから。上がり込んだが最後だよ。ちなみに、さっきスタートレック観《み》てた」後ろで手を組んだ那織《なおり》が、上目遣《うわめづか》いで言う。唇《くちびる》がほんのり色付いている。

「あー、良《い》いなぁ。何観《み》てた？」

「カークとピカードが会うヤツ」

「『ジェネレーションズ』か……スポックが出ないんだよなぁ。カークありきと言うか……」

「スタートレックの話はやめてっ。で、どこ行くの？」

「映画でも行こうかなって思ってたんだけど、どう？」

「人混《ひとご》み嫌《ぎら》いの純《じゅん》君がゴールデンウィークに映画？　正気？　笑気《しょうき》ガスでも吸った？」

「おいっ、それだと完全に意識が朦朧《もうろう》としてるぞっ。で、那織《なおり》は観《み》たい映画あるか？」

「今は特にないなー。と言うかですね、誘《さそ》った当人はどうなんですかね？」

那織《なおり》が僕の肩《かた》を軽く指で小突《こづ》いてくる。

「無くはない」

「じゃあ、映画にしよう。ただ、今日はお互《たが》い都内には行かない方が身の為《ため》だよね。植民地すらも、愚《おろ》かな民草《たみくさ》で溢《あふ》れているに違《ちが》いない」

「本屋目当てでもない限り、池袋《いけぶくろ》なんて行かない癖《くせ》によく言うよ」

「それはお互《たが》い様《さま》でしょ」

僕らはそんな話をしながら最寄《もよ》り駅《えき》に向かい、東京とは逆方向の電車に乗った。郊外《こうがい》のらぽーとに併設《へいせつ》されている映画館を目的地に据《す》える。

ホームに入ってきた電車は、都心方面に比べれば乗客は少ないが、それでも流石《さすが》ゴールデンウィーク。ぎゅうぎゅうとまではいかないにしても、普段《ふだん》より人が多い。いつもなら比較的《ひかくてき》座れるのだが、今日はそうもいかない。

ただでさえ気が重いのに、那織《なおり》に告白するという爆弾《ばくだん》を抱《かか》えた僕は、より一層精神と体力が削《けず》られていくのを感じながら、電車に揺《ゆ》られていた。こんな思いをしていざ着いてみたら席が無い……なんてことになったら洒落《しゃれ》にならないので、映画館の座《ざ》席状況《せきじょうきょう》をスマホでチェックする。まだ慌《あわ》てるほど埋《う》まってはいない。これなら先に買っておかなくても大丈夫《だいじょうぶ》そうだ。

となると、問題はやはり……告白。

大体、告白ってどうすりゃいいんだ。言い出す切《き》っ掛《か》けは？　その話の前後というか、持っていき方は？　そりゃもちろん、どう言おうかとか、琉実《るみ》がどんな感じだったかとか色々考えたけど、そもそも僕は那織《なおり》に告白できなかった男だぞ。あー、やり遂《と》げる自信が無い。

ここはひとまず先送りにしよう。映画のあとで悩《なや》もう。考えてもわからん。

映画を楽しむことに集中しよう。さっき無くはないなんて言ったけど、僕はある映画を結構楽しみにしていた。ＳＦマニアの間でのみ評判のタイムトラベル物である。やっぱり、幾《いく》つになってもタイムトラベル物は外せない。その監督《かんとく》の映画は以前からよく観《み》ていたので、ＳＦマニア以外の評価が高くない理由はなんとなく察しがつく。設定やガジェットのリアルさは素晴《すば》らしいが、物語が陳腐《ちんぷ》なのだろう。

だが、ＳＦは設定こそが命だ。それを楽しめれば僕は満足だ。

「で、何観《み》るの？」

僕が映画のタイトルを告げると、那織《なおり》はふふんと鼻を鳴らした。

「やっぱりねー。好きだよね、そういうの。でも、タイムトラベル物って、結局『バック・トゥ・ザ・フューチャー』が最高でしょ？　私、あれを超《こ》える映画を知らない」

「それに関しては同感だ。映画好きが、一周回って挙げる好きな映画の代名詞だからな」

「まさにそれ。下手にマイナー映画の名前を挙げるより、ポイント高い」

「那織《なおり》みたいなサブカル好きにも受け良《い》いもんな」

「純《じゅん》君のがよっぽどサブカルクソ野郎《やろう》だと思ってるけどね、私は」

「おいっ、口が悪いにもほどがあるだろっ。大体、金魚すくいで取った金魚にガリバーと名付けるアネモネ気取りに言われたくない」

「は？『コインロッカー・ベイビーズ』はマジで正典だから。あれを最高傑作《さいこうけっさく》と言わずして何を褒《ほ》めろと？」眉間《みけん》に皺《しわ》を寄せて、腕組《うでぐ》みした那織《なおり》が口の端《はし》を歪《ゆが》ませる。

「本は責めてねぇ。僕も好きだ。ただ、僕はアネモネ気取りの那織《なおり》を――」

「ダチュラ！」

「おいっ、そういうとこだぞ」

念《ねん》の為《ため》説明しておこう。ダチュラとは小説『コインロッカー・ベイビーズ』に登場する毒であり、兵器であり、破壊《はかい》を象徴《しょうちょう》するモチーフのことである。那織《なおり》は時たまそれを口にする。

「うるさいトレッキー。スター・デストロイヤーぶつけんぞ。さきっちょのとんがった部分が頭に刺《さ》さってしまえ」

耳の下で二つに結んだ那織《なおり》の髪《かみ》が、日本ツインテール協会の分類によればカントリー・スタイルと呼ばれるツインテールの、ふんわりと広がった毛先が、胸の辺りで躍《おど》った。

髪《かみ》を切る前の琉実《るみ》は、縛《しば》る時はポニーテールが多かったが、那織《なおり》は昔から髪《かみ》を二つに縛《しば》るのが好きだった。どこか子供っぽくて、可愛《かわい》くて、那織《なおり》に似合っていて、僕は好きだ。

そして、こうやって那織《なおり》と下らない話をするのが僕は昔から大好きだ。

お互《たが》いに似たような小説や映画やアニメに触《ふ》れるのに、中々同じものを好きにならない。僕らは昔からそうだったし、今でもそれは変わらない。

だが、そのお陰《かげ》でこうやって下らない言い合いが出来る。

さっき那織《なおり》が言ったスター・デストロイヤーとは、スター・ウォーズに登場する敵の大型戦《おおがたせん》艦《かん》の名前だ。切り分けたピザみたいな形をしている。那織《なおり》はスター・ウォーズのファンなのだ。

だから、僕は応酬《おうしゅう》する。原作者《ルーカス》には原作者《ロッデンベリー》を。僕らの不毛な口喧嘩《ファンボーイズ》。

「そんなものエンタープライズ号の光子魚雷《こうしぎょらい》の前では怖《こわ》くないね。転送装置だってあるんだ」

「はぁ。これだからトレッキーは。何でもかんでも光子魚雷《こうしぎょらい》と転送装置を持ち出しよってから に……重力波だかなんだか知らないけど、ぼくがかんがえたさいきょうのえすえふじゃん。どうしてそういうとこ、うちのお父さんに似ちゃったんだろう……実の子供でもないのに」

こんなことを言うと那織《なおり》に怒《おこ》られるので口にはしないが、僕からすれば那織《なおり》とおじさんはそっくりだし、どう見ても親子だ。心持ち趣向《しゅこう》が違《ちが》うだけで、傾向《けいこう》は殆《ほとん》ど一緒《いっしょ》だ。

それに僕がスタートレックに興味をもったきっかけはおじさんじゃなくて、那織《なおり》なんだけど、本人は気付いていないらしい。あんな昔のこと覚えているわけないか。

「おじさんには本当に感謝してる。素晴《すば》らしい物を沢山《たくさん》教えて貰《もら》ったよ。……そして最後はフォースに頼《たよ》る那織《なおり》にだけは言われたくない」

おじさんとおばさんは、僕のことを実の息子《むすこ》のように可愛《かわい》がってくれる。

僕の親も、琉実《るみ》と那織《なおり》のことを実の娘《むすめ》のように可愛《かわい》がっている。

同年代の子供を持つ親同士の交流は、今も絶えない。

僕の父親が単身赴任《たんしんふにん》してから、もう二年目になる。週末は帰って来るけど、平日は基本居ない。僕の母親は大学病院で看護師をしている。当然、夜勤もある。料理のりの字もない僕は、自然と神宮寺家《じんぐうじけ》の夕食に呼ばれることが多くなった。子供の頃《ころ》のように琉実《るみ》や那織《なおり》の家に気軽に行きにくくなったこの年齢《ねんれい》になっても、そういう理由で神宮寺家《じんぐうじけ》に上がることに抵抗《ていこう》はない。

そして、それを一番喜んだのは、もしかするとおじさんかも知れない。おじさんにとって僕は、恰好《かっこう》の話し相手なのだ。僕にとっても、新しい刺激《しげき》をくれる大切な時間である。

そうこうしている内に電車が駅に着き、僕らはバスに乗《の》り換《か》えた。

ここからならバスで十分も掛《か》からない距離《きょり》だ。

ゴールデンウィークのららぽーとは、当然のことながらとても混んでいた。映画を観《み》たらさっさと帰ろうと本気で思った。恐《おそ》らく那織《なおり》も——そう思って隣《となり》を見遣《みや》ると、うげぇとでも言いたげなしかめた顔をしていた。

映画館のロビーでチケットを発券し、ベンチを探してなんとか腰《こし》を落ち着ける。映画の時間まではもうちょっと時間がある。だが、安心するのは早計だ。時間があるからと言って、雑貨屋とか本屋にでも入ろうものなら、上映開始には間に合わなくなるだろう。

「今日、お姉ちゃんから連絡《れんらく》あったりした？」

どきっとした。ベンチに座ってすぐ、那織《なおり》が突然《とつぜん》そんなことを言いだした。

「なんで？」

「起きたら家に居なかったんだよね。お父さんも知らないって言ってたし」

「どーせ、部活だろ」

「だよね。そうだと思った」爪先《つまさき》を見ながら、那織《なおり》が抑揚《よくよう》なく言葉を放る。

なぜ、急にそんなことを訊《き》いてきたのか、僕には把捉《はそく》できなかった。

それから僕らは、何となく無言でそのまま座っていた。僕がスマホをいじりだすと、那織《なおり》は鞄《かばん》から小説を取り出して読み始めた。何を読んでいるのか気になって覗《のぞ》き込《こ》むと、著者名に福《ふく》永武彦《ながたけひこ》とあった。タイトルは『廃市《はいし》・飛ぶ男』。福永武彦《ふくながたけひこ》、か。確か池澤夏樹《いけざわなつき》の父親だったな。モスラにも携《たずさ》わっていたっけか。著者について、それくらいの知識しかない。

——読んだこと無いな。

那織《なおり》は特定のジャンルに縛《しば》られることがない。小説でも映画でもアニメでも。気になったものに片《かた》っ端《ぱし》から触《ふ》れる。色んな事を貪欲《どんよく》に取り込もうとする。

かつての僕は、推理小説ばかり読んでいた。那織《なおり》と色んな話をするようになってから、様々なジャンルに手を出すようになった。那織《なおり》に追い付きたくておじさんにも沢山《たくさん》本を借りた。那《な》織《おり》を追《お》い越《こ》したくて市の図書館にも通った。それでも那織《なおり》は、まだまだ僕の知らない小説をこんな風に読んでいる。僕はいつまで経《た》っても那織《なおり》には追い付けない。

そういう劣等感《れっとうかん》も、勉強と同様に僕の初恋《はつこい》に封《ふう》をした。

勝手にライバル視して、勝手に負けて、勝手に諦《あきら》めた。

恐《おそ》らく那織《なおり》は、僕のことをライバルだなんて思っていない。仲間としてしか考えていない。だから意識して欲しくて、僕はずっと勝負をしていた。独《ひと》り相撲《ずもう》だったけど。

琉実《るみ》の言うように、那織《なおり》が僕に好意を抱《いだ》いているのなら、今までの行動は無駄《むだ》ではなかったのかも知れない。意識してくれていたのかも知れない。

だったら十分じゃないか。何を迷うことがあるんだ？

おまえは那織《なおり》の事が好きで、意識して欲しくて、今があるんだろ？

頭の中でそんな声がする。決着をつけたはずなのに、何を今さら。それはそれ、だ。

その日観《み》た映画は、確かにありがちなストーリー展開だった。それなのに、僕はスクリーンから一秒たりとも目が離《はな》せなかった。まるで椅子《いす》と身体《からだ》が一体になったかのように、身動《みじろ》ぎすら出来なかった。設定やガジェットは凝《こ》っていた。だが、僕が熱中したのは、ありがちでチープな物語の方だった。タイムマシンを開発した男が、過去で一人の女性に恋《こい》をする。未来で待つ妻と、その女性との間で苛《さいな》まれるという筋書きである。

気付けば僕は、二人の女性に琉実《るみ》と那織《なおり》を重ねていた。

どっちに誰《だれ》を重ねたのか。主人公はどちらを選んだのか。僕は語らない。

物語を反芻《はんすう》しながら劇場を後にする。モール内は相も変わらず喧騒《けんそう》に包まれていた。寧《むし》ろ人が増えた感すらある。丁度夕方だ。無理もない。これは早々に退散した方がよさそうだ。

「いやはや、設定厨《せっていちゅう》が好きそうな映画でございましたね。けど、黒板に数式を書きなぐればそれっぽく見えるなんて演出、『インターステラー』以降はハードル高いの分かってやっているのかな、この監督《かんとく》は」吹《ふ》き抜《ぬ》けの手摺《てすり》に寄《よ》り掛《か》かりながら、那織《なおり》が感想を語り始めた。

それに倣《なら》って、僕も手摺《てすり》に背中を預ける。

「確かに。四次元と五次元の重力について物理学者に本当に計算させるクリストファー・ノーランはマジで分かってる。そういうのが観《み》たい勢に対するこれ以上の提示は無いからな。何が書いてあるのかなんて分かんないけど、ちゃんとやってるという姿勢が見えればそれだけで説得力が増す。黒板と言えば『太陽を盗《ぬす》んだ男』もそうだったよな」

「原爆《げんばく》の数式のシーンだね。黒板じゃないけど、邦画《ほうが》なら『シン・ゴジラ』もリアルだった」

「あれは怪獣映画好《かいじゅうえいがず》きがよく語る、実際に怪獣《かいじゅう》が来たらどうするという脳内シミュレーションを、自衛隊の意見を交えて徹底的《てっていてき》にリアルに描写《びょうしゃ》した映画だったからな。それがいいし、それが観《み》たい。つまり、控《ひか》えめに言って最高」

「最後はリアルさをかなぐり捨てて怪獣映画《かいじゅうえいが》を貫《つらぬ》く潔《いさぎよ》さが良かったよね！　特撮《とくさつ》オタクども、在来線爆弾《ざいらいせんばくだん》をくらえっ！　したり顔で講釈《こうしゃく》垂れてても、最後はこういうのが好きだろっていうあの演出！　そういう意味では、今回の映画は熱量不足だったなぁ」

「それは同意する。丁寧《ていねい》ではあったけど、もっと熱い展開が欲《ほ》しかった」

「でしょ？　どうせならカタルシスをめいっぱい味わわせて欲しかったよ。まぁ、それはそれとして、そろそろ河岸《かし》を変えない？　もう限界。人が多すぎて酔《よ》いそう。人間臭《にんげんくさ》い」

「それに関しちゃ何の異論もないな。全面的に同意するよ。正直、人混みってだけで疲《つか》れる。静かなとこで体力を回復させないと。ちなみに、人間臭《にんげんくさ》いってスミス《マトリックス》だっけ？」

「その通りだ、アンダーソン君。全く、お姉ちゃんの体力をいくらか分けて貰《もら》えばいいのに」

「那織《なおり》こそ、だろ。那織《なおり》よりはマシだ。一緒《いっしょ》にすんな」

――と思う。体力測定でもそこまで酷《ひど》くなかったし。とは言え、走り込みをしないという誘《さそ》い文句《もんく》で弓道部《きゅうどうぶ》に入った身としては、体力に自信がないことはもちろん自覚している。

「私は女の子だし。筋力欲《ほっ》してないもん。ペットボトルの蓋《ふた》さえ開けられればいい。純《じゅん》君こそホームズに憧《あこが》れるなら、身体《からだ》を鍛《きた》えることから始めようか？　バリツを習得し給《たま》え」

那織《なおり》は脇《わき》を締《し》めて拳《こぶし》を繰《く》り出《だ》す仕草をする。

「それはバーティツじゃなくて、ボクシングだ。誰《だれ》がどう見てもボクシングだ」

「雷《かみなり》を食いちぎれ！　稲妻《いなずま》を握《にぎ》り潰《つぶ》せ！　恐《おそ》ろしい男になるのだ白崎純《しろさきじゅん》！」

那織《なおり》が口にしたのは、ロッキーの台詞《せりふ》。全く、よく咄嗟《とっさ》に口から出てくるよ。感心する。

恐《おそ》ろしい男、か。僕からはほど遠い評価だな。

「あと、言っておくがホームズに憧《あこが》れてはないからな。憧《あこが》れてたのは子どもの頃《ころ》だろ？」

「とかなんとか言っちゃって。強がんなくていいから。今だって名探偵《めいたんてい》という響《ひび》きに、並々ならぬ憧憬《しょうけい》を抱《いだ》いている癖《くせ》に。知ってるんだよ。最近はそれにスパイも加わってるんだっけ？」

「やめろっ！　そういうことを軽々しく口にするんじゃないっ！」

「そう言えば中等部の頃《ころ》に、あと一つだけいい？　ってよく付け加えてたけど、あれコロンボでしょ？　もし気付いた人が居たとして、恐《おそ》らく杉下右京《すぎしたうきょう》だと勘違《かんちが》いされてただろうけど。今日び中学生にコロンボは無理あるって。あ、もしかしてコロンボだったら気付かれないって思ったの？　そーかそーか、そういうことかぁ。にゃるほど。お察しします。ま、元ネタよりオマージュの方が有名になるのはどうしようもないよね」

やめてくれ……。これ以上、そういうことを深掘《ふかぼ》りしないでくれ……。

中学生時代の浅はかなメンタリティをこれ以上攻撃《こうげき》しないでくれ……。

「……那織《なおり》、もうその辺にしといてくれないか？」

「あらあら、思い出して居たたまれなくなってきちゃった？　しかし、純《じゅん》君って案外影響《えいきょう》されやすいよねぇ。ほら、ツイッターのBIO《プロフ》に絵文字付きで『live long and prosper《長寿と繁栄を》』なんてスタートレックネタ書いちゃうし、LINEのアイコンはスペクターのエンブレムだよね」

那織《なおり》がにやにやしながらこっちを見詰《みつ》めてくる。

「べっ別に好きなんだから良《い》いだろっ。なんか文句あんのかよ」

「文句なんか無いですよー。あ、スペクターと言えば、自己紹介《じこしょうかい》の時にジェームズ・ボンドよろしく、『純《じゅん》、白崎純《しろさきじゅん》です』みたいに言ってないよね？　言われなくても分かってるだろうけど、ボンドは苗字《ファミリーネーム》だよ？　あれ……もしかしてその顔、思い当たる節があるのかな？」

そろそろ死にそうなんだけど。いっそ一思いに葬《ほうむ》ってくれ……。

「ちょっと大丈夫《だいじょうぶ》？　顔赤いよ？　どうしちゃったのかな？　具合でも――」

「分かった。僕が悪かった。頼《たの》むからこれ以上――」

「わかればよろしい。さて、純《じゅん》君の精神をがっつり削《けず》った所で、テムズ川をもう少しばかり下りますかにゃ。ＭＩ６の本部は見えるかな？」

「……荒川《あらかわ》のことをテムズ川って言うヤツ、初めてだよ」こう言うのが精いっぱい。

男はいつまで経《た》っても初恋《はつこい》の相手には敵《かな》わないって、こういうことじゃないよな？

最寄《もよ》り駅《えき》から家に帰る道すがら、僕らが贔屓《ひいき》にしている喫茶店《きっさてん》がある。行くあてが無い時、僕らはいつもそこで時間を潰《つぶ》していた。しかし、もう夕方の六時である。父さんも帰って来ていることだし、夕飯を家で食べることを考えたら、ここでお腹《なか》を満たすのは得策じゃない。出来ることならもっと那織《なおり》と下らない話をして、緊張《きんちょう》を和《やわ》らげたい。

仕方なく僕は、いつもの公園に足を向ける。それは始まりの場所であり、終わりの場所。

琉実《るみ》のアドバイスに従うのも癪《しゃく》だが、新しく始めるのならここしかないと思った。

公園に着く頃《ころ》にはもう辺りは薄暗《うすぐら》く、周囲の境界がぼんやりとし始め、街灯に照らされた部分だけがくっきりとした輪郭《りんかく》を保っていた。空気が硬《かた》くて、やや肌寒《はだざむ》い。

三人で幾度《いくど》となく遊んだ、今は小さく感じる公園のベンチに座る。隣《となり》に座った那織《なおり》は、足を投げ出してスニーカーの爪先《つまさき》を閉じたり開いたりしている。その度《たび》にたしったしっと音が響《ひび》き、そんな訳ないのに何だか急《せ》かされているような気がした。

「寒くないか？」

「やけに優《やさ》しいじゃん。何々？　なんか頼《たの》み事《ごと》でもあるの？　お金は貸せないよ？」

那織《なおり》が身体《からだ》を屈《かが》める。

「いや、ほら、脚《あし》寒くないかなって」

隣《となり》に座って視線が低くなると、スカートから覗《のぞ》く脚《あし》に目が引き寄せられてしまう。ニーソックスとスカートの間に横たわる、視線誘導《しせんゆうどう》目的としか思えない肌《はだ》の色。

那織風《なおりふう》に言うならば、女子の生足は男子高校生にとってダチュラだ。

「笑止《しょうし》！　冬でも限界ギリギリまで生足晒《さら》す女子高生を甘く見ないでよね。タイツを穿《は》き始《はじ》めるタイミングの見極《みきわ》めすら命がけなんだから——あれは一種の駆《か》け引《ひ》きなんだよ」

「確かに。言われてみればそうだ。ってか、マジで女子のその根性《こんじょう》は称賛《しょうさん》に値《あたい》する。なんでみんなあんなに脚《あし》を出していられるのか不思議だよ。普通《ふつう》に寒いよな？」

「君は教室で膝掛《ひざか》けを使う女の子と云《い》う存在を見たことがないのかい？　観察眼がないにもほどがあると思うがそこのところはどうなのかね、探偵《たんてい》君？」

「その呼び方はやめてくれ……。けど、言われてみれば確かにひざ掛け使ってるわ」

「でしょ？　冬場の膝掛《ひざか》けは神だから。無かったら生きていけない」

「普通に冬だけスカートを長くすれば――」

「分かってないなぁ。そういう問題じゃないんだってば。アニメキャラだって一年中同じスカートの長さでしょ？　季節によって長さ変えてないでしょ？　つまり、そういうことなの。可愛《かわい》さは全てに於《お》いて優先されるの。スカートと言えば、最近のキャラは脚がむちむちしていて素晴らしいよね。安心感すら覚えるよ。私のターンだと言っても過言じゃないよね」

「そんなことを考えていたのか……アニメ観《み》てそんなこと思ったことないわ……」

「骨が折れちゃいそうなくらい華奢《きゃしゃ》な足首とか見せられると、現実とのギャップに打ちひしがれるんだよっ。けどさぁ、純《じゅん》君だって、この私のニーソのゴムに押し出された太腿《ふともも》のココの部分は、魅力的《みりょくてき》だと思うでしょ？」

　ほれ、と言いながら少しだけスカートの裾《すそ》を捲《まく》って、那織《なおり》が太ももを見せつけてくる。

「フェチズムとはこういうことでしょ？　よく見給《みたま》え。これが現実なのだよ。虚構《きょこう》とは違《ちが》う、血の通った肉とはこうなるのだ！　これがもてはやされる時代なのだっ。崇《あが》め奉《たてまつ》るがよいっ」

　やめてくれ。それはマジで破壊力《はかいりょく》がヤバい。わざわざ盗《ぬす》み見《み》ていた部分を、おおっぴらに見せつけて来るんじゃない……。だけど、正直、眼福《がんぷく》です。はい。

「わかったっ。わかったからスカートを戻《もど》せっ。完敗だよ。那織《なおり》がアイリーンだ」

「このたわけっ。私をホームズの登場人物になぞらえるなっ！」

「僕としては最高の賛辞を贈《おく》ったつもりなんだが」

「皮肉屋め……私とは程遠《ほどとお》い人物を挙げてくる辺りが……ゆるさぬぞ」

那織《なおり》が頬《ほお》を膨《ふく》らませて、鼻の頭に皺《しわ》を寄せる。まったく、子供みたいなヤツだ。

「……なぁ」

「ん？」

「……付き合わないか？」

どうしてそんなタイミングで言ったのか、自分でもよく分からない。そのことばかり考えていた所為《せい》なのか、気付いたらそう口走っていた。

「え？　それって、男女の仲的な意味の話で言ってる？」

「……ああ」

那織《なおり》は、文字をつけるなら、えへへというだらしない顔をして、あろうことか「ごめん聞こえなかった。今、なんて言ったの？」と言いやがった。

「おいっ、今の絶対聞こえてただろ！　今まさに会話してたじゃん！　聞き直しが許されるのはハーレム物だけって相場が決まってるんだぞっ！」

「ごめんね。私、生まれつき聴力《ちょうりょく》が弱いの。ほら、今、ちょうどそこの道をデコトラが走って行ったし。ババババババって凄《すご》い音だったよねぇ」

「走ってねぇよっ。デコトラなんて現実で見たことねぇ！」

「『トラック野郎《やろう》』の撮影《さつえい》かな？　リメイク？」

「デコトラ引っ張んなっ。リメイクの話なんて聞いたことないわっ！」

「……もう一回だけ。ね。お願い」

この通りと言いながら、手を合わせる那織《なおり》。

ほんとに調子が狂《くる》うな。

「えっと……僕と付き合ってくれ」


「……ごめんなさい」那織《なおり》はそう言って頭を下げた。


「え？」

このパターンは全く想定してなかった。

あれ？　琉実《るみ》さん、話が違《ちが》いませんか？　僕が聞いていた話と違《ちが》うんですけど。

那織《なおり》の気持ちがとかそういう話ありませんでした？

僕の初恋供養《はつこいくよう》だけでしたっけ？

「ごめんね純《じゅん》君。私、お母さんからトレッキーやシャーロッキアンとは関わるなって小さい頃《ころ》から云《い》い付《つ》けられていたの。アカシックレコードにもそう書いてあるの。だからダメなの。気持ちは嬉《うれ》しいけれど、応えられない。ごめんなさい」

「は？」

僕が呆気《あつけ》に取られていると、那織《なおり》が僕の肩《かた》をバシバシと叩《たた》いてきた。

「いやぁ、その顔良かった。実に良かった。黒澤明《くろさわあきら》でも一発でOKが出ると思う。自信もっていいよ。いやぁ、もし純《じゅん》君に告白されることがあったら、絶対にこう言おうって何年も温めて来たんだよ。まさか現実になるとは思わなかったよ。私の夢を叶《かな》えてくれてありがとう！」

「えっと……それって……」

「冗談《じょうだん》だよ。そんな理由で断るわけ無いでしょ、察しの悪い探偵気取《たんていきど》りさん」

そう言って緩頬《かんきょう》した那織《なおり》は、今まで見た中で、恐《おそ》らく、一番可愛《かわい》かった。

「おまえなぁ……マジで焦《あせ》ったぞ……。はぁ、心臓に悪い」

「心臓に良《い》い告白ってあるの？　懺悔《ざんげ》室《しつ》？　吐《は》き出《だ》して楽になってみる？」

「……それは告白違《ちが》いだ。ま、そういうわけで、改めてこれからよろしく」

服で手汗《てあせ》を拭《ぬぐ》ってから、すこし形式的かも知れないけれど、手を差し出した。

「引き続きお相手を頼《たの》むよ」

那織《なおり》はそう言って僕の手を握《にぎ》り返《かえ》し、「手汗拭《てあせぬぐ》った割には湿《しめ》ってる」と笑った。

「うるせぇ。そういうことは気付いてても口にするなよ。てか、那織《なおり》の手、冷たいな」

「じゃあ、温めて」ひんやりとして細い指が、僕の指の間に滑《すべ》り込《こ》んでくる。

「ねぇねぇ、ついでに冷えた太腿《ふともも》を温めてくれてもいいんだよ？」

「バカ言うな。いくら付き合ってるって言っても、日が暮れた公園で女子の太ももを撫《な》でてたら、さすがにヤバいだろ。近所の人にでも見られたらどうすんだよ」

「何がどうヤバいの？　日が暮れた公園がヤバいの？　女子の太腿《ふともも》がヤバいの？　日中の公園だったらいいの？　ねぇー、何がヤバいの？」

那織《なおり》が僕にもたれかかってくる。

「どうあがいても、いかがわしいことする寸前にしか見えないだろ」

「いかがわしいことって何？　ねぇ、何？　わかんないから教えてよ。脚《あし》が寒くて死んじゃいそう……はぁ。可哀相《かわいそう》な私。純《じゅん》君が超冷《ちょうつめ》たい。マイナス四五九・六七°Fくらい冷たい」

「どんだけ冷たいんだよっ。それ、絶対零度《ぜったいれいど》だろ。つーか、華氏《ファーレンハイト》で言うな。一瞬《いっしゅん》、何のことか分かんなかったぞ。普通《ふつう》に摂氏《セルシウス》で言え。あと、脚《あし》が冷たくても死なん」

僕は那織《なおり》を押し返し、繋《つな》いだ手をほどいて立ち上がる。

「ほら、立って。帰ろう」

「ん。これはいかがわしくないでしょ？」那織《なおり》が両手を広げて、すがるような目をする。

まったく——僕は彼女を抱《だ》きかかえるようにして立ち上がらせた。

（神宮寺琉実《じんぐうじるみ》）

※　※　※

明日でゴールデンウィークも終わり。今日は我が家の庭でバーベキューだ。

みんなでお肉や野菜を焼いて、休みの間の土産話《みやげばなし》やわたしたちが子どもの頃《ころ》の話で盛り上がった。お父さんやお母さんたちが楽しそうなのはいいんだけど、どうして毎回わたしたちの昔話をするんだろう。ちょっと恥《は》ずかしい。でも、小さい頃《ころ》、池に落ちた純《じゅん》がしばらくお風呂《ふろ》を怖《こわ》がっていた話や那織《なおり》のお尻《しり》がゴミ箱にハマって抜《ぬ》けなくなった話は、何度聞いても楽しい。

そう言えば、子どもの時に那織《なおり》と二人で青いワンピースを着て撮《と》った写真がリビングにあるんだけど、あれはホラー映画のコスプレだったと十年越《ご》しくらいに明かされた。お気に入りの写真だったのに、ちょっとショック。思わずお父さんに「言わないで欲しかった」と言ったら、純《じゅん》と那織《なおり》が口を揃《そろ》えて「あの写真を見れば、誰《だれ》だってコスプレだとわかる」と言っていた。

いや、ふつーわかんないって。

そんな感じで盛り上がってお腹《なか》がいっぱいになってくると、お酒の入った大人たちは、次第《しだい》に子どもそっちのけで語り合い始める。これもいつも通り。

この年になってまで、相手して欲しいとは思わないからいいけどね。

すっかり出来上がったお父さんとおじさんは、飛行機の話をし始めた。めっさーしゅみっとすぴっとふぁいあ？　よくわかんないけど、そのどちらが強いとかそんな話をしている。男は何歳になっても結局子どもなんだと、この二人を見ているとよくわかる。

お母さんとおばさんは、個室の病棟《びょうとう》に入院すると幾《いく》らだとか、どこそこの温泉は○○水系でペーハー（pHのことだよね？）が幾つだから肌に良いとか、定期の金利がどうとかそんな話で盛り上がっている。男の人たちと比べると、なんだか大人の話って感じ。

この四人は今まで他人だった。それなのに、家が隣《となり》というだけでここまで仲良くなれるもんなんだ、としみじみ思う。大人ですら友達になれるんだから、わたしたちみたいな同い年の子どもが仲良くなるのも無理は無い。この人たちを見るたびにそう感じる。

純《じゅん》はどうしてるかと思って見てみると、真剣《しんけん》な顔で燃える炭を見続けていた。休日仕様の純《じゅん》のメガネに、ゆらめく火が映り込んでいる。そのままなら何かのCMみたいで凄《すご》く絵になるのに、炭が爆《は》ぜるたびにのけぞる姿がちょっとバカっぽい。

そういう隙《すき》があるとこ、かわいくて嫌《きら》いじゃないけど。

賢《かしこ》そうに振《ふ》る舞《ま》って――というかクールぶってる癖《くせ》に、案外抜《ぬ》けてるとこあるんだよね。

デートの時、飲み物を家から持って来たって言って出したのが、お醬油《しょうゆ》のペットボトル。鮮度《せんど》を保つ的なパッケージのヤツ。あん時の純《じゅん》の顔ったら、今思い出してもツボ。もちろん途《と》中《ちゅう》で捨てるわけにも行かず、あの日はずっとカバンの中にお醬油《しょうゆ》が入ってた。

「純《じゅん》君はどう思うんだ？　メッサーか？　スピットファイアか？」

うちのお父さんが純《じゅん》に声を掛《か》ける。お父さんは映画とか小説も好きだけど、戦車や飛行機も大好きで、書斎《しょさい》にはプラモデルなんかが幾《いく》つも飾《かざ》ってある。那織《なおり》もそこは守備《しゅび》範囲《はんい》外《がい》らしく（最近はお父さんの相手をしないから余計に）、そういう話のできる純《じゅん》のことを昔から可愛《かわい》がっている……と言うか、色んな知識を仕込《しこ》んでいる。お父さんは純《じゅん》のことが大好きなのだ。

つまり、純《じゅん》があなってしまったのは、間違《まちが》いなくうちのお父さんのせい。

……でも、大本の切《き》っ掛《か》けは、那織《なおり》。

「僕はＰ－51マスタングを推《お》したいとこですね。やっぱりアメリカは工業国としてのレベルが違《ちが》うというか、大量生産や操縦性の平準化を考えた合理的な――」

「おい、純《じゅん》。親子の縁《えん》切るぞ。そんなことは分かってんだ！　だがな、ムスタングに美学はないんだ。美学を失った機械に魂《たましい》なんぞ宿らねぇ！　メッサーシュミットのボディラインをつぶさに観察したことないだろ？　あれは女の身体《からだ》と同じだぞ。これだから頭でっかちはダメなんだ。そんなんだから彼女が出来ないんだぞ。分かってるのか？」

おじさんに火が付いた。おじさんは酔《よ》うと饒舌《じょうぜつ》になる。これもいつもの光景だ。

おじさん、純《じゅん》は彼女居ますよ、とはとても言えない。

あと……頭でっかちには超同意《ちょうどうい》する。もっと言ってやって下さいっ！

「メッサーが女体《にょたい》とかいう白崎《しろさき》さんの意見には賛同しかねるが、美学を失った機械に魂《たましい》は宿らないというのは大いに同意する。ムスタングにはそれがない。大体、ムスタングの能力が向上したのはマーリンを積んでからだろ。マーリンはイギリス《ロールス・ロイス》のエンジンじゃないか。自国のエンジンじゃ満足のいく性能を出せなかった機体を推《お》すのはどうなんだ？　そこはせめて零戦《ぜろせん》とでも言うべきだ。訳知り顔でムスタングなんて言うのは許さないぞ！」

「いやいや。言わせてもらいますけど、戦闘機《せんとうき》が兵器である以上、求められるのは特化した性能ではなく、高水準でバランスの取れた性能こそが——」

ああ、完全に巻き込まれたな。と言うか、巻き込まれに行ったな。

わたしには見える。

これから数時間にわたって、男たちの水掛《みずか》け論《ろん》が繰《く》り広《ひろ》げられる惨状《さんじょう》が見える。お母さんやおばさんにいい加減にしなさい、何時だと思っているのと叱《しか》られる未来が見える。

やっぱり、子どもだ。バーベキューとかキャンプをやるといつもこう。何度見たことか。

男はいつだって女に怒《おこ》られないとやめられない生き物なんだ。

「始まったね」

那織《なおり》がわたしに耳打ちする。

「あれは酔《よ》いつぶれるまで止まらないよね」

「ひとしきり満足したら、今度は戦艦《せんかん》になって、その次は戦車になるんだよ」

「あー、なるね。間違《まちが》いなくなる。ホント子ども。よくあそこまで熱くなれるわ。感心する」

「純《じゅん》君も大変だ。今日も長い夜になりそう」

「ま、あいつはああいうのも楽しむタイプだからいいんじゃない？」

「お姉ちゃんってさ」

「ん？」

「悔《くや》しいくらいお母さん似だよね」

ゆらゆら揺《ゆ》れる熱気で淡《あわ》く照らされた那織《なおり》の顔は、ざっくりした顔つきはわたしと余り変わらないのに、ちょっと大人びて見えた。

那織《なおり》がどういう意図でそんなことを言ったのか、わたしにはよくわからなかった。

数日前、那織《なおり》は純《じゅん》と付き合い始めた。ゴールデンウィーク二日目。

家族で出かけたことと今日のバーベキュー以外、毎年のことながら部活《バスケ》ばっかりだったわたしは、この連休中二人がどう過ごしていたのか知らない。

知らないけれど、うまくやっているならそれでいいし、無理に知りたいとも思わない。

純《じゅん》と那織《なおり》が付き合い始めた日の夜、那織《なおり》は夕飯が終わると、テレビを観《み》ていたわたしの肩《かた》を叩《たた》いて「寝《ね》る前、ちょっと部屋に来て」と言い、リビングを出て行った。

ああ、純《じゅん》と付き合えたんだなと思った。わざわざ純《じゅん》の部屋まで行った甲斐《かい》があった。

純《じゅん》の部屋になんて行きたくなかった。純《じゅん》の部屋に入れば、間違《まちが》いなく付き合ってた頃《ころ》のことを思い出して苦しくなるに決まっているから。そして、那織《なおり》の報告も聞きたくなかった。

ううん、それは違《ちが》う。聞きたいんだけど、聞きたくない気持ちもあったって感じ。

なんて言うか、安心したのは確かだけどちょっと辛《つら》い、みたいな。

あー、何だかもうよくわかんないけど、とにかくこれでいいんだ。

あの日、わたしはちゃんと那織《なおり》に「おめでとう」って言えたんだ。

ゴールデンウィーク二日目のこと。

純《じゅん》がいつまで経《た》っても那織《なおり》に告白しないので、痺《しび》れを切らしたわたしは、部活の午後練に行く前、お尻《しり》を叩《たた》いてやろうと思って純《じゅん》の部屋に寄った。もちろん部屋に入ることに抵抗《ていこう》はあったけど、純《じゅん》と那織《なおり》が付き合わないのは、納得《なっとく》ができなかった。

なんだけど、部屋に入ってまだ寝《ね》ている純《じゅん》を見たら、やっぱり声を掛《か》けることができなくて、しばらく子どもみたいな寝顔《ねがお》を眺《なが》めることしかできなかった。第一、わたしは純《じゅん》の顔が好きなんだ。いつまでも見ていられる。だから、時折機嫌《きげん》が悪そうな顔になってもぞもぞ動いて、しばらくすると安心しきった顔で眠《ねむ》る純《じゅん》を見ていたら、起こすなんてとてもできなかった。この寝顔《ねがお》を壊《こわ》すなんてわたしにはできなかった。

わたしは純《じゅん》のことが嫌《きら》いになって別れたわけじゃない。

今だって純《じゅん》のことが好きだ。

かすかに開いた口から寝息《ねいき》が聞こえる。胸が上下する。寝汗《ねあせ》で額に張り付いた前髪《まえがみ》。

もう無理っ。どんな拷問《ごうもん》なの？

好きな人が目の前で寝《ね》ている。無防備な寝顔《ねがお》をわたしに向けている。

この間まで、手を伸《の》ばせば簡単に触《ふ》れられたのに、今はとても遠い。

あ――――、もうっ。

恋愛映画《れんあいえいが》みたいにキスで起こしたい……なんて考えちゃダメだ。落ち着け。

そう言い聞かせるのに、夢想が止まらない。息苦しくなって起きた時、わたしの顔が目の前にあったら純《じゅん》はどんな反応するのかな？　あんな振《ふ》り方《かた》しちゃったけど、まだわたしのこと意識してくれるかな……なんて、バカみたい。

そんなこと――もしそう思ってくれるならめっちゃ嬉《うれ》しいけど、揺《ゆ》らいじゃう。決心が、揺《ゆ》らぐ。揺《ゆ》らぐって言うか、無かったことにしちゃうよね。絶対に我慢《がまん》できない。まだまだやりたいこといっぱいあったもん。

ほら、早く起きろ。キスしちゃうぞ。わたしだって我慢《がまん》してるんだぞ。

って、さすがにキスは無理。できない。できるわけない。したいけど。

だったらせめて――純《じゅん》の首元に鼻をうずめたい欲求に駆《か》られたわたしは、それくらいなら許されるだろうと純《じゅん》の肩《かた》あたりにそっと手をついた。徐々《じょじょ》に体重をかけていく。布団《ふとん》がゆっくりと沈《しず》んでいく。首元に顔を近付けると、懐《なつ》かしい匂《にお》いが鼻腔《びこう》に広がっていく。

ああ、この匂《にお》いだ。純《じゅん》との思い出が鮮明《せんめい》な記憶《きおく》として蘇《よみがえ》る。純《じゅん》に抱《だ》き着《つ》いた時、わたしはいつも首筋に頬《ほお》を寄せてこの匂《にお》いを吸い込んでいたんだ。

いつまでもこうしていたい。

純《じゅん》がうんと唸《うな》る。やばい。離《はな》れないと。こんな姿を見られたら引かれる。神宮寺《じんぐうじ》家《け》の長女としての尊厳に関わるし、なにより那織《なおり》に顔向けできない。

しっかし、マジで起きないな。

わたしは悔《くや》しくなって、レースのカーテンも開けた。こうすれば起きるでしょ。

ベッドの脇《わき》に座り直し、目元に光が差し込む純《じゅん》を見下ろす。触《ふ》れたい欲求を抑《おさ》えながら。

純《じゅん》は太陽から逃《に》げるように丸くなって唸《うな》ったあと、目を覚ました。

ひとつだけ、白状する。

純《じゅん》に寝癖《ねぐせ》を直すように促《うなが》し、純《じゅん》が部屋を出たあと、わたしは純《じゅん》のベッドに飛び込んだ。

寝癖《ねぐせ》がどうのなんて詭弁《きべん》だ。我ながら自然な誘導《ゆうどう》だと思った。

主《あるじ》が不在の部屋で、わたしは枕《まくら》に顔を擦《こす》り付《つ》けて、思い切り深呼吸した。タオルケットを丸めて、思い切り匂《にお》いを吸い込んだ。純《じゅん》、これぐらい許して。本当ならパジャマ代わりにしているTシャツが欲《ほ》しいくらいなんだ。こんなことなら、別《わか》れ際《ぎわ》に貰《もら》えばよかった。

一応言っておくが、わたしは変態じゃない。

これくらいは変態じゃない……よね？　彼氏《かれし》の脱《ぬ》いだ服の匂《にお》いが好きって普通《ふつう》だよね？　女子は同意してくれるよね？　わたしだけじゃないよね？　ってか、元カレか。元カレって言った瞬間《しゅんかん》にストーカー感がヤバい。ヤバいけど、わたしはストーカーじゃない。だから大丈夫《だいじょうぶ》。

はぁ。やっぱり、別れたくなかったな。でもああするしかなかったし、そうでもしなきゃ那《な》織《おり》は——そこまで考えて、思考を止めた。今はそんなこと考えたくない。こうやって純《じゅん》のベッドで純《じゅん》の匂《にお》いに包まれていると、付き合っていた時のことが蘇《よみがえ》って来る。

少しくらい浸《ひた》ってもいいよね。わたしだって我慢《がまん》してたんだ。

——んっ……って、バカバカ。わたしったら、何してんのっ。

いや、してない。うん、まだしてないから。違《ちが》う違《ちが》う。それはさすがに……慌《あわ》てて我に返ると、階段を上《のぼ》る音が耳に届く。やばっ。ああもうっ。

わたしは慌《あわ》てて身体《からだ》を起こし、丸めたタオルケットを雑に広げてなんとか取《と》り繕《つくろ》う。スマホを取り出して——というところでドアが開いた。スマホはロック画面のまま。

あっぶない。あんなとこ見られたら家出するしかなくなるっ！

純《じゅん》はのん気に「琉実《るみ》が来た時、うちの親はもう居なかったのか？」なんて言って、つまんなそうな顔をしながらわたしの正面に座った。

ちょっ、正面はやだ。目見れない。てか、こっち見んな。

気付いてない。気付いてないよね？　セーフ？　てか、セーフも何も、別にしてないし。

「居たよ。わたしが来たら、おばさんが『琉実《るみ》ちゃん、いいところに来てくれたわね、私たち今から出掛《でか》けようと思ってたとこなの。あの寝《ね》ぼすけはまだ寝《ね》てるから、ついでに起こしてくれるかしら？』って言っておじさんと出掛《でか》けてった」

おばさんの声色《こわいろ》を真似《まね》て、純《じゅん》の気を逸《そ》らす作戦。

「その口振《くちぶ》り、絶妙《ぜつみょう》に似てるからやめてくれ。……はぁ、僕らだってもういい歳《とし》なんだから、そういうのを気軽に頼《たの》むんじゃないよ、全く」

「うちらの親にはそんな考え無いでしょ。何、ちょっとは意識しちゃう？」

わたしは強がって純《じゅん》にそう言った。純《じゅん》が平然としているのが悔《くや》しい。なんか、わたしばっかり我慢《がまん》して振《ふ》り回《まわ》されてる気がする。ひとりでドタバタしてバカみたいっ。このっ。

とか言いながら、そもそも振《ふ》ったのはわたしなんだけどさぁ。

てか、純《じゅん》はわたしに付き合ってくれてたんだからしょうがないか。

それでも、付き合ってる時、純《じゅん》と気持ちが通じたと思った瞬間《しゅんかん》は何度もあった。あの時の純《じゅん》は、わたしのことを見てくれていた。けど、最初からわかってた。

純《じゅん》は優《やさ》しいから、合わせてくれているんだって。だって純《じゅん》は那織《なおり》のことが好きだから。

そう思い始めたら、どんどん純《じゅん》に申し訳なくなった。

那織《なおり》に内緒《ないしょ》で抜《ぬ》け駆《が》けして、純《じゅん》に付き合って貰《もら》って、わたしだけが楽しんだ。

だから、わたしは決めた。

純《じゅん》と付き合うのはきっちり一年間だけにするって。そうしないと、純《じゅん》の優《やさ》しさに甘えてずるずるとそのまま行ってしまいそうだった。だからわたしは期限を設けた。

そんなことが那織《なおり》に対する罪滅《つみほろ》ぼしになるなんて思わないけど、付き合わせている純《じゅん》に対する誠実さだとは思わないけど、そうせずには居られなかった。

「ねーよ。一般論《いっぱんろん》として、だよ。で、用件は何なんだよ？」

「何そのつまんない反応。ま、いいや。えっと、本題なんだけど——純《じゅん》はいつ那織《なおり》と付き合うつもりなの？　まさか忘れた……なんてことはないよね。記憶力《きおくりょく》には自信あるもんね」

「忘れるわけないだろ……。そんな突拍子《とっぴょうし》もないお願いを別《わか》れ際《ぎわ》にされて、忘れるわけなんてない。だとしても……そもそも、それはどこまで本気で言ってるんだ？」

「どこまで……？　全部本気だよ。冗談《じょうだん》でこんなこと言う訳ないじゃん。バカなの？」

「朝っぱらから人のことバカ呼ばわりすんじゃねぇよ。ったく、冗談《じょうだん》に聞こえるようなお願いをしてるという自覚はないのか？」

「そんなことわかってるよっ。いきなりそんなこと言われても困るってのはわかってる。でも、純《じゅん》だから……純《じゅん》にしか頼《たの》めないから、こーやってお願いしてんじゃん」

そうじゃなきゃ意味がないの。わかってよバカ。言いたくないけど、純《じゅん》は鈍《にぶ》いから、わたしははっきり言ってやった。「那織《なおり》は、ずっと純《じゅん》のことが好きだったんだよ」

その言葉を聞いて、純《じゅん》は難しい顔をしたまま黙《だま》ってしまった。つまり、わたしの役目は終わってしまった。純《じゅん》と那織《なおり》が両想《りょうおも》いだったことを伝えてしまった。

「だからって……そんなこと言われても……」

「純《じゅん》だって那織《なおり》のこと——いや、それはいい。これはわたしからのお願い。わたしを那織《なおり》のお姉ちゃんに戻《もど》して欲《ほ》しい。それは純《じゅん》にしかできない。こういう方法しか思いつかないの」

純《じゅん》だって那織《なおり》のこと好きでしょと言《い》い掛《か》けて、慌《あわ》てて口を噤《つぐ》んだ。

そこまで言う必要はない。それはわたしが関知することじゃない。

「……そんなにすぐ気持ちを切《き》り替《か》えられない。それにこんな気持ちで那織《なおり》と付き合うのって失礼すぎる」

「那織《なおり》のこと、嫌《きら》いじゃないでしょ？」

「もちろん」

力強く言われて、わかっていても、ちょっとだけ複雑な気分になる。

「だったらいいじゃん」

「よくねぇよっ。おまえなぁ、そーやって簡単に言うけど、そんなに単純な話じゃないことくらい分かるだろ？　大体……僕はまだ琉実《るみ》のことを……」

「――やめて！　それ以上言わないで！　何を言われたってヨリは戻《もど》さないから！」

わたしは思わず叫《さけ》んだ。その言葉は聞いちゃいけないと思った。

でも……待って……わたしのこと何？　その続きは？　好き？　好きでいいの？

ホントに未練感じてくれてるの？

それって、純《じゅん》も好きでいてくれたってことでいいの？

ああ、つい勢いで遮《さえぎ》っちゃったじゃん。今さら訊《き》き返《かえ》せないじゃん。

って、そんなことあるわけないよね。うん、そうだよね？　それはさすがに、ね。

もし未練を感じてくれていたとしても、突然《とつぜん》居なくなったからそう感じるだけだよ。

純《じゅん》は那織《なおり》と付き合った方が幸せになれる。那織《なおり》も喜ぶ。それですべてが丸く収まる。

「それで本当に後悔《こうかい》しないのか？　僕が那織《なおり》と付き合えばそれで満足なのか？」

「……うん」

「僕と別れた理由ってつまり……いや、いい」

純《じゅん》が一呼吸おいて「でも、そういうことなんだろ？」と続けた。

多分、純《じゅん》が思っている通りだよ。わたしは不器用で、ずるい姉なんだ。

那織《なおり》の気持ちを知っていながらズルをした。純《じゅん》の気持ちを知っていながらズルをした。

そんなズルをした自分が許せない。だから別れたの。これは自分の為《ため》。

そして、那織《なおり》の為《ため》。純《じゅん》の為《ため》。二人の為《ため》にも別れるしかなかった。だからこれでいいんだ。

私は純《じゅん》の言葉を無視した。「何でもいいから那織《なおり》と付き合って」

「考えとく」

「それじゃダメ」

「……おまえなぁ、どんだけ自分勝手――」

もうっ、これじゃ埒《らち》が明かないっ。かくなる上はっ――

「って……おいっ、何して……っ」

わたしはベッドから立ち上がり、純《じゅん》の膝《ひざ》の上に向かい合わせに座って、頭を抱《だ》きかかえて口を塞《ふさ》いでやる。少しくらいサービスしてあげる。ぶっちゃけ、わたしがしたいのもあるけど。

付き合っていた時、よくこうやって抱《だ》き合《あ》った。そして、キスをした。

もちろん、今はしない。

「お願い。多分、こんなお願いするのは最後だから……ね」

久しぶりに純《じゅん》の頭を指でなでながら、わたしは優《やさ》しく言った。

「わかったから、まずは離《はな》れろ」

純《じゅん》が腕《うで》の中でもぞもぞと抵抗《ていこう》する。嫌《いや》がってるけど、なんとなく本気じゃない……そんな感じがして、ちょっと嬉《うれ》しいような、名残惜《なごりお》しいような気分になる。頭に鼻を近づけて、純《じゅん》の匂《にお》いを吸い込んでから、腕《うで》に力を込《こ》めて「本当に？」と念押しの確認《かくにん》をする。

「ああ。僕の負けだ。だから離《はな》してくれ」

わたしは離《はな》れた。しょーがないから、これくらいで我慢《がまん》してあげる。

スカートの裾《すそ》を軽く直して、わたしは再びベッドに腰掛《こしか》けた。

「ただ、琉実《るみ》はそうやって簡単に言うけど、実際問題どうすりゃいいんだよ」

ほんのり純《じゅん》の頰《ほお》が上気している。満足。

「純《じゅん》の頭は物事を考えるようにできていないわけ？」

「僕より成績悪い癖《くせ》によくそういうことが言えるな」

「テストの点数で頭の良さがすべて決まるなんて幻想《げんそう》だね。お勉強ができることと賢《かしこ》さは必ずしも同じじゃない。世界には学校に行けない子どもだっているけど、そういう子は賢《かしこ》くないの？　違《ちが》うでしょ？　そういう子が勉強して政治家になる例だってあるじゃん」

「そんなの詭弁《きべん》だ。今、自分で勉強というプロセスを口にしただろ？　テストはその勉強という行為《こうい》を経たその人が、どの程度アウトプット出来るかを確認《かくにん》するのに最適だ。どんなに地頭がよかろうが、それを客観的に証明することが出来なければ意味がない。能力を評価するのに万全《ばんぜん》とは言わないが、指標のひとつとして、その優位性は揺《ゆ》るがないよ」

「べらべらうるさいっ。大体それを言い出したら、わたしだって純《じゅん》と同じ特進クラスなんだからそこそこ勉強できるってことだし、うちの学校の中じゃ十分成績イイ方でしょっ」

「だったら、一緒《いっしょ》に考えるくらいのことしてくれよ。僕だって寝起《ねお》きで頭が働いてないんだ」

「はぁ。そんなの一緒《いっしょ》に映画でも行ってデートして、帰りに公園かなんかで告ればいいでしょ。簡単じゃん。こういうのは定番で良いんだよ」

「公園でって、まんま琉実《るみ》じゃん、それ」

「わたしの時はコンビニの帰りだったけど、別に悪くなかったでしょ？」

ちょっと大人ぶってアドバイスしたけど……ガッチガチでしたっ！

事前に用意した言葉もどこかに行っちゃって、めっちゃ適当な告白しましたっ！

二度と告白なんてしたくない。思い出すだけでも逃《に》げ出《だ》したくなる。

「……まぁ」

だーかーらー、微妙《びみょう》な顔でまぁとか言うなっ！　そこは素直《すなお》に同意しろっ！

そういうとこは付き合ってる時から嫌《きら》いだったぞ。

「ベタでいいんだよ。男はすぐサプライズとか意外性とか求めたがるけど、奇《き》をてらってもしようがないんだって。下手こくと傷が増えるだけだかんなっ！」

「分かりましたよ……あっ、もしかして今のは橋本環奈《はしもとかんな》って返すべきだった？」

「うるさいっ！　わかったらとっととライン送れっ！」

これでいいんだ。わたしは間違《まちが》ってない。そう自分に言い聞かせる。

抜《ぬ》け駆《が》けしたのはわたし。那織《なおり》に相談せずに突《つ》っ走《ぱし》ったのもわたし。

ねぇ、純《じゅん》。声に出して言う事はできないけれど、一年間ありがとう。

とても楽しくて、しょっちゅう失敗したけど、わたしにとっては夢のような日々だった。

なのに、苦しかったんだ。ううん、段々と苦しくなってきた。

デートから戻《もど》って、別れたあと。家のドアに手を掛《か》けた時。

わたしの中に居たのは純《じゅん》じゃなくて、那織《なおり》だったんだ。

決まって、那織《なおり》の悲しそうな顔が思《おも》い浮《う》かぶんだ。

わたし、もう一度、那織《なおり》のお姉ちゃんに戻《もど》る。

やっぱり那織《なおり》も大事なんだ。家族だから。

※　※　※

（神宮寺那織《じんぐうじなおり》）


純《じゅん》君から告白されたことを伝えた時のお姉ちゃんの顔は、しばらく忘れられないだろう。

ゴールデンウィーク二日目の夜、私は夕飯のあとお姉ちゃんを部屋に呼んだ。

ノックのあと、ドアが遠慮《えんりょ》がちにゆっくりと開いた。私はベッドに寝転《ねころ》んだまま、小説を読んでいる。お姉ちゃんの気配を背中で感じながら、私は顔を上げない。

「どーした？」

お姉ちゃんがそう言って、ぼふんという感じでベッドに腰《こし》を下ろす。

私の足がちょっとだけ跳《は》ねた。

「今日ね、純《じゅん》君に付き合ってって言われた」

私は本から顔を上げずにそう告げた。

「マジで？　おめでとう！　良かったじゃん」

どんな顔でそう言ったのだ？　と思って身体《からだ》を起こし、お姉ちゃんの目を見る。

目が弱々しいよ、お姉ちゃん。アニメだったら目のハイライトが揺《ゆ》れているよ。

「それでいいの？」

知らない振《ふ》りをしようかと思ったけど、そんな目をされたら、視界をちらっと横切る程度には尻尾《しっぽ》を出してあげたくなっちゃうじゃん。私は優《やさ》しいから、ヒントを出す時はちゃんと段階的に出してあげるタイプ。あとで、あの時こう言ったじゃん、この時もこう言ったじゃんって言いたいタイプ。ほら、誰《だれ》にも分からない伏線《ふくせん》を解決編に使うのは三流でしょ？

だったら、種まきはきちんとしておきたい。

ええ、存じております。面倒《めんどう》な女の自覚はありますよ。ご安心を。

「ん？」

そう。そういうことね。分かった。あとで後悔《こうかい》しても知らないよ？

「うーん、いいや」

「何よ。言《い》い掛《か》けたなら最後まで――」

「強《し》いて言うなら、私だったら今のテイクは使わない」

純《じゅん》君にしても、お姉ちゃんにしても、役者の才能が無いんだよね。映画好き《シネフィル》をなめちゃだめだよ。素人《しろうと》の大根くらいすぐ分かるんだ。

「何それ」

「しかし、そう来るかという意外性はあったよ。だから、振《ふ》ってやった」

「え？　……どういうこと？」

狐《きつね》につままれた顔って、こういうことを言うんだろうな。

「冗談《じょうだん》だよ。しかし……今のはいい表情だったね。そういう顔が意識して作れるようになったら、女優を目指しなよ。顔は悪くないんだし」

二人して全く同じ表情をするんだよねぇ。全く良《い》いコンビだよ。妬《や》けるね。ほんと妬《や》ける。

ま、いいけどね。折角だし、全力で道化《どうけ》を楽しませてもらうよ。

「あんた、騙《だま》したわねっ……って、それ、遠回しに自分のこと褒《ほ》めてない？」

「私の場合は、胸のサイズで更《さら》に有利かな？」

「は？　何それ。ガチでムカつくんだけど。ま、那織《なおり》の場合、胸以外にも脂肪《しぼう》がついてる気がするけど、そこんとこはどうなの？　わたしの方がスレンダーだと思うけど？」

そう言ってお姉ちゃんが私の太腿《ふともも》を触《さわ》る。やめろ。熟成肉に安易に触《ふ》れるでない。

「……ってか、リアルになんかむちってない？　もっと外出したら？　一緒《いっしょ》にジョギングでもする？　付き合うよ？　それか、普段《ふだん》わたしがやってるストレッチメニュー一緒《いっしょ》にやる？」

「嫌《いや》だ。絶対に嫌《いや》。全力で拒否《きょひ》する。ちなみに、近年では私みたいにちょっとむちってるくらいの方が好きという殿方《とのがた》も多いのだ。我が姉よ、美とは女性の数だけあるのだ。多様性。なんとも素晴《すば》らしい言葉じゃないか。生物多様性条約だよ。オーバーニーの口ゴムが食い込む太腿《ふともも》や、パンツのゴムが食い込むこの腰《こし》こそが、フェティシズムなのだ。嗚呼《ああ》、私に市民権をありがとう。これこそ人間と市民の権利宣言。ラ・マルセイエーズだね」

「何がラ・マルセイエーズよ。ねぇ、那織《なおり》。そういうのなんて言うか知ってる？」

「何？」

「開き直り」

「まさか直りと那織《なおり》を掛《か》けたわけではあるまいな？　低俗《ていぞく》な洒落《しゃれ》は侮蔑《ぶべつ》の対象だよ。それに私は開き直ってなどいない。ありのままを受け入れて欲しいだけなんだ。子供の頃《ころ》、お姉ちゃんだってありのままがどうとかってしょっちゅう歌ってたでしょ？」

「那織《なおり》はありのまますぎるのよ。軽く運動した方がぜったい健康に良《い》いって」

ありのままじゃないとこも沢山《たくさん》あるけどね。私は私なりに妹をやってるんですよ。

ん？　体型の話？　体型は知らん。それはありのままを愛せ。顔の可愛《かわい》さは努力してやる。

「お姉ちゃんは何でそんなに運動させたがるの？　汗《あせ》かくの嫌《いや》じゃない？」

「そう？　わたしは運動好きだから気にならないなぁ。思いっ切り汗《あせ》かくと気持ちいいし」

そう言えばそうだった。お姉ちゃんは運動もだけど、サウナが大好きなタイプだった。汗《あせ》かきたい病だった。失念していた。私からすれば、サウナなんて拷問《ごうもん》。整いたくない。

「もし汗《あせ》かくのが嫌《いや》なら、夜にウォーキングするってのはどう？　……そうだっ！」

お姉ちゃんの思い付きはいつだってロクでもない。

「ボディガード役に純《じゅん》を誘《さそ》うってのはどう？」

ほらみたことか。そんなことだろうと思ったよ。それ、墓穴《ぼけつ》だよ。自分で掘《グレイブ・デイガー》ったでしょ。

「ボディガード？　それは無い。よく考えてごらん？　暴漢に襲《おそ》われたら、純《じゅん》君はすぐ死にそうだよ？　弓でも持たせる？　弓を持たせたところで、レゴラスにはなれないと思うけど」

ボディガードならケビン・コスナーってパターンもあったけど、お姉ちゃん分からなそう。

「あー、ごめん、ノリで言った。浅はかだったよ。うん、あいつにボディガードは間違《まちが》ってた。どう逆立ちしても、オーランド・ブルームにはなれない」

子どもの頃《ころ》は、よくお姉ちゃんと一緒《いっしょ》に映画を観《み》てた。特に『指輪物語《ロード・オブ・ザ・リング》』や『ハリー・ポッター』シリーズは、お姉ちゃんが好きで何度も一緒《いっしょ》に観《み》た。映画を一緒《いっしょ》に観《み》なくなったのはいつからだろう。覚えてないや。

ちなみにお姉ちゃんは、『指輪物語』の原作は読んでいない。トールキンにgalu《幸》あれ。

なんて言ってみても、悲しいかなお姉ちゃんには通じない。こっちはわざわざエルフ語《シンダリン》を覚えたんだよ。それなのになんで読まないの？　ポッターの呪文《じゅもん》は覚えようとしてた癖《くせ》に。

「でしょ？　ウォーキング・デッドなら一話目で死んでる。……私だったらどこまで生き残れるかなぁ。うーん、正直、見た目優先枠《ゆうせんわく》だろうし、かわい子ぶって――いやまぁ実際カワイイんだけど――童貞《どうてい》を誘惑《ゆうわく》して、出《だ》し抜《ぬ》こうとして失敗する役どころになっちゃうかも……下手すると、胸の谷間を強調する衣装《いしょう》を着させられるお色気要員にされるかも。そして最後は助けを請《こ》いながら食われるタイプ。自分で言ってて思ったけど、マジで私可哀想《かわいそう》」

「どんだけ自分のキャラ設定歪《ゆが》んでるの？　それに童貞《どうてい》を誘惑《ゆうわく》してとか言うのはどうなの？　あと、絶妙《ぜつみょう》に自慢《じまん》が入ってるのがいちいち気に障《さわ》る」

「ここには私たちしかいないんだし、何を今さら遠慮《えんりょ》することがあるの？」

姉よ、カマトトぶったところで、私は色々知っているんだからな。

「そりゃそうだけど……ちなみにわたしの役どころは？」お姉ちゃんが身を乗り出してくる。

口ではあれこれ言いながら、こういう話好きだよね。

「白いタンクトップで、バットを振《ふ》り回《まわ》して、ゾンビを倒《たお》すタイプ。物語中盤《ちゅうばん》まで生き残って、主要キャラと恋仲《こいなか》になるけど、ラブシーンのあとは食われる。上手《うま》く生き残った場合は、彼氏《かれし》が食われる。その場合は、失意の中で復讐《ふくしゅう》の鬼《おに》になるパターン」

お姉ちゃんは、もろにマギーだよね。

「……なんかちょっとわかるかも」

「でしょ？　ってか、私の役どころは何っ！　これからホラーとかゾンビ物を観《み》る度《たび》、バカ女に感情移入しそうっ！　やだ。死にたくない。ちょっとでいいから生き残りたい」

「一話で死ぬ純《じゅん》よりマシじゃない？」

「たしかし。ちなみに純《じゅん》君が物語に絡《から》むパターンを想定すると……知識だけで、講釈《こうしゃく》ばかり垂れて、ひ弱な癖《くせ》に何故《なぜ》か生き残って、いざって時にうにゃうにゃゴネて主人公グループの足を引っ張るタイプだね。観《み》てて一番イライラする奴《やつ》。正直、早く死ねって思う」

「ねぇ、曲がりなりにも今日から彼氏《かれし》なんでしょ？　辛辣《しんらつ》過ぎない？」

「生き残ってる時点で優《やさ》しいじゃん。ホラーとかゾンビ物は陰キャ《ナード》に優《やさ》しいんだよ。ほら、スクールカーストのトップ勢なんて秒殺でしょ？　アメフト部とかチア。映った瞬間《しゅんかん》、あ、こいつ死ぬなって思うもん」

「確かに。すぐ死ぬ」

「ああいう映画作るヤツなんてみんな根暗なんだよ。卒業パーティー《プロムナード》でいい思いが出来なかったヤツらがアメフト野郎《ジョック》やチアア女《クイーン・ビー》を殺す為《ため》の映画なんだ。それでいてチアリーダーが生き残ると、ナードとくっつくっていう。最後はそれかよ！　みたいな寒さがあるよね。腹立たしいことに、いつまで経《た》っても女はトロフィーなんだよ。ナードがマッチョを出し抜《ぬ》く映画なのに、結局は男性優位主義《マチスモ》に帰結するあたりが、コンプレックス丸出しって感じで嫌《いや》になるよね。そういう意味で言うと、構造としてはハリウッドのラブコメだね」

「物凄《ものすご》く敵を作りそうな発言なんだけどそれ……」

「そういうお約束を破るというのもまた定番だけどね。それはハリウッドに限らず、創作の世界では常に起こることだけど。ミステリーなんて特にそうじゃない？　でも、約束を破るなら、本筋は王道。これこそが大切。テンプレを破るだけが創作じゃない。神は細部に宿るのではなく、細部に宿らせるのだっ」

「そのパターンなら、那織《なおり》も生き残れるんじゃない？」

「私は女子から嫌《きら》われる女の自覚があるから、甘んじて受け入れる。同性に嫌《きら》われようとも、ナードをたぶらかして生存チャンスが上がるなら、それに賭《か》けたいという想《おも》いは変わらない。その結果、物語展開の為《ため》に死ぬのなら仕方ない。お約束通り殺してくれたまえ。ただ、じわじわ痛いのは嫌《いや》。あと、顔は綺麗《きれい》なままじゃなきゃ許さない」

「妹じゃなくて、ただのクラスメイトだったら、わたし那織《なおり》と友達になれる自信ないわ。てか、自分を女子に嫌《きら》われるお色気要員とか言えるその根性《こんじょう》こそが、嫌《きら》われる要因だと思うけど？」

「言ってくれるじゃないか、双子《ふたご》の姉よ」

妹の為《ため》に彼氏《かれし》と別れる癖《くせ》に。よく言うよ。

嗚呼《ああ》、可哀想《かわいそう》な純《じゅん》君。こんなにめんどくさい姉妹《しまい》と幼馴染《おさななじみ》になってしまって。

なんて言っても、そこそこ可愛《かわい》い双子《ふたご》の姉妹《しまい》だし、いいよね。それで許して。

それにしても、彼氏《かれし》ねぇ。ふーん。彼氏《かれし》かぁ。恋人《こいびと》。パートナー。相方。

うーん、相方とかパートナーって言うヤツは胡散臭《うさんくさ》いな。かぶれてる感がぷんぷんする。

彼氏《かれし》ねぇ。そっかぁ。

へっ、へへへ。はぁ。もうしょーがないなぁ。

さーて、神宮寺《じんぐうじ》琉実《るみ》のことなんて忘れさせてやんよ。首を洗って待っとけ。重いって言わせてやる。何年も飼い殺して肥大化した、歪《ゆが》んだ私の愛を受け止めよ。

あ？　重いって物理的な意味じゃないからねっ。口には注意したまえ。我が家からしばらく行けば自衛隊の駐屯地《ちゅうとんち》があるんだからね。戦車呼ぶよ？　てか、コブラぶつけるよ？

って、朝霞《あさか》にコブラは居ないっけ？　対戦車ヘリは千葉《ちば》？　んー、どっちでもいいや。

（白崎純《しろさきじゅん》）

※　※　※

今日はゴールデンウィーク最終日。バーベキュー翌日のことである。

昨日は喋《しゃべ》った。久《ひさ》し振《ぶ》りに男だけで熱い議論を重ねた。片付けを終えた後は、神宮寺《じんぐうじ》家《け》のリビングに移った。大人二人は改めて酒を飲《の》み据《す》え、僕はバーベキューで余った二リットルのペットボトルを端《はし》から片付ける役に徹《てっ》した。全く、バーベキューで飲み物が余らなくなる計算式を作れば、フィールズ賞が貰《もら》えるんじゃないだろうか。

最初は戦闘機《せんとうき》の話をしていた。そこから水上機の話になって、気付けば艦艇《かんてい》の話になった。

しかし、次第《しだい》に酔《よ》いが回った大人たちは、困った事に……非常に困った事に、僕に向かって
「純《じゅん》は琉実《るみ》や那織《なおり》と付き合う気は無いのか？」などと訊《き》いてきたのだ。這《ほ》う這《ほ》うの体《てい》で酔《よ》っぱらいの詰問《きつもん》を躱《かわ》し、あれこれと話題を変え、何だかんだでお開きになったのは深夜一時だった。

それから酔《よ》った父さんを家に連れて帰り、僕はシャワーを浴びて床《とこ》についた。映画や小説に触《ふ》れる元気なんて微塵《みじん》もなかった。それでもいつもに比《くら》べれば、十分に早い就寝時刻《しゅうしんじこく》だ。

お陰《かげ》で、那織《なおり》が訪ねて来る頃《ころ》には、目が覚めていた。

「純《じゅん》君は何故《なにゆえ》に椅子《いす》に座っているのかね？」

ベッドの上で本を読む那織《なおり》が、活字から目を離《はな》さずに言った。

那織《なおり》が寝転《ねころ》んでいるのは、僕のベッドだ。つまるところ、ここは僕の部屋である。ちょうど胸の辺りに枕《まくら》を入れ、俯《うつぶ》せになって本を読んでいる。若干《じゃっかん》はだけたTシャツの裾《すそ》からはお腹《なか》が覗《のぞ》き、ショートパンツというかホットパンツから伸《の》びるもっちりとした肉感的《にくかんてき》な脚《あし》は、アンクルソックスのみ。

……ちょっと性的すぎないか？

その胸の下に押し込んだ枕《まくら》で今日も寝《ね》るんだぞ。高さ調節に使いやがって。しかも、パンツがデニムじゃなくてチノクロスだから、その……裾《すそ》がちょっとゆったりしていて、下着が見えそう――いや、やめよう。考えるな。別に那織《なおり》はそういうつもりであんな恰好《かっこう》をしている訳じゃないんだ。あいつの部屋着なんてあんなもんだ。今に始まったことじゃない。そこに意図なんてない。しつこく頭に浮《う》かんでくる未必の故意という言葉を、屈強《くっきょう》な意志で追《お》い払《はら》う。

ひとまず、那織《なおり》が読んでいる本に意識を向けよう。

タイトルはさっき寝返《ねがえ》りを打った際にちらっと見えた。古川日出男《ふるかわひでお》の『ベルカ、吠《ほ》えないのか』だ。作家の名前は知っているが、読んだことは無い。

以前、那織《なおり》にどういう基準で本を選ぶのか聞いたことがある。

那織《なおり》は「その日の気分に合致《がっち》した語感」と答えた。

僕は何となくつながりを求めるタイプだ。だから、その時期によって傾向《けいこう》がある。特定の作家を追いかけるとか、文学賞繋《つな》がりとか、レーベルとか、映画原作とかそういう類《たぐい》だ。関連性を広げていきたいタイプと言えば良《い》いだろうか。

恐《おそ》らく、多くの人は僕と同じタイプだろう。何かしらの切《き》っ掛《か》けがあると思う。だが、那織《なおり》にはどうやらそれが無いらしい。好きな作品の傾向《けいこう》はあるが、本にしろ、映画にしろ、選定基準が僕にはいまいち分からない。だから僕は、いつまで経《た》っても追い付けない。

その日の気分とやらは、那織《なおり》にしか分からないから当然か。

だから、図書館や本屋で那織《なおり》と同じ本を手に取ろうとして——なんてことは一度だってないし、『耳をすませば』みたいなこともない。もっとも、借りた人の名前が書いてあるブックカードなんて、話の中でしか見たことないけど。

「僕のベッドを那織《なおり》が占領《せんりょう》しているからだろ？」

「純《じゅん》君は面白《おもしろ》いことを言うね。遠慮《えんりょ》せずこっちに来ればいいのだよ」

那織《なおり》が壁《かべ》の方に寄って、スペースをあけ、手でぽんぽんと布団《ふとん》を叩《たた》いた。

それってつまり、横に寝《ね》ろってこと？

確かに那織《なおり》はそういうことを気にせず、平気で出来るタイプだけど、それはためらうぞ。

那織《なおり》は初恋《はつこい》の相手で、今は僕の彼女で——

この状態ですらめちゃめちゃ意識しているっていうのに、いきなりそれは無理がある。

どうしたものかと困惑《こんわく》していると、那織《なおり》が「はよせい」と強めに言うので、言われるがままベッドに腰《こし》を下ろして、仰向《あおむ》けになった。狭《せま》いベッドに二人で寝転《ねころ》ぶ。左肘《ひだりひじ》が那織《なおり》のお腹《なか》に触《ふ》れる。じんわりと熱が伝わって来て、僕は否《いや》が応《おう》でも、隣《となり》の女の子のことを意識してしまう。

もちろん、那織《なおり》の方を向くなんて芸当は出来ない。そんな余裕《よゆう》はない。

そういうことをナチュラルに出来る人は、どんな精神構造をしているのか教えて欲しい。

隣《となり》で寝転《ねころ》ぶ女の子のことから意識を逸《そ》らす為《ため》、左手を引き寄せて、那織《なおり》に触《さわ》らないようにスマホを掲《かか》げ、『ベルカ、吠《ほ》えないのか』と入力して、あらすじや評判を調べる。

もちろん、那織《なおり》に見られないように。

そうやってスマホを眺《なが》めることで気は紛《まぎ》れたが、早くもこの作戦は失敗だと気付いた。手が疲《つか》れる。スマホを顔面に落としそうだ。体勢を変えたい。横向きになりたい。

那織《なおり》に背を向けて横になれば——そんなことを考えていると、那織《なおり》が、んしょんしょという感じで脇《わき》の間に頭を入れてきた。シャンプーなのか、甘い香りがふわっと漂《ただよ》った。

琉実《るみ》と同じ匂《にお》いがした。

「ナチュラルに腕枕《うでまくら》させるんじゃねぇ」声に冷たさを潜《ひそ》ませる。

マジでやめてくれ。今、全力で考えないようにしているんだ。

あと、そこに居られると、動悸《どうき》を悟《さと》られそうで嫌《いや》なんだけど。

「この店はそういうサービス無いの？　オプション？」

「店じゃねーよっ。なんだよ、オプションって。それ、絶対にいかがわしい店じゃねぇか。女子高生がそういうこと言うな」

「へへ。いいじゃん、これくらい」

こっちを見上げた那織《なおり》の目が細くなる。くるんとカールしたまつ毛が、瞬《まばた》きで揺《ゆ》れる。

可愛《かわい》いと思った。

違《ちが》うな。

僕が初めて恋《こい》をした女の子は、今でも変わらず魅力的《みりょくてき》だった。

慌《あわ》ててスマホに意識を向ける。あのまま那織《なおり》のことを見詰《みつ》めていたら、後戻《あともど》り出来なくなりそうだった。心の奥底で燻《くすぶ》っていた火種がどうなったのか、僕はまだ観測していない。

観測しなければ、それは事実ではない。

——そもそも、後戻《あともど》りする必要はあるのか？


(神宮寺那織《じんぐうじなおり》)


右耳を純《じゅん》君の身体《からだ》にぴったりくっつけると、心音が微《かす》かに聞こえる。

これは生《せい》の音だ。生きている。血が体を巡《めぐ》っている。

平常時で一分間に約七十回。筋肉が収縮を繰《く》り返《かえ》す。

およそ八十ccの血液が、その臓器から送り出される。

響《ひび》く鼓動《こどう》は、七十回どころじゃない。それが嬉《うれ》しい。

私はアネモネになりたいけれど、私たち姉妹《しまい》はハシとキクだ。いつだってこの生《せい》の音を聞き

たかった。この音を聞いて、胎内《たいない》に回帰する。いろんな考えがカタチを失って、どろどろに溶《と》けていく。身体《からだ》のあちらこちらが役割を失って、未分化細胞《みぶんかさいぼう》となり、胚《はい》に戻《もど》っていく。

生命のスープの中で、私の意識だけが漂《ただよ》っている。

ずっとお姉ちゃんに独《ひと》り占《じ》めされてきたけど、これからは私がこの生《せい》の音を聞くのだ。

私は頭の悪い二人に勝手に類推《るいすい》され、判断され、今に至る。

初めて純《じゅん》君に会ったとき、お姉ちゃんは恋《こい》に落ちた。

理知的な少年にお姉ちゃんは惹《ひ》かれた。自分の周りに居ないタイプの少年に関心を持った。

私に言わせてもらえば、それは自分の父親に似たタイプを見付けたから、気になっただけでしかない。所詮《しょせん》、少女の恋《こい》なんて大抵《たいてい》そんなものだ。自分だけの父親を見付けたかっただけなんだ。父親に対する独占欲《エレクトラコンプレックス》だ。お父さんが私にばかり構うから、お姉ちゃんは父親に似た男の子を好きになったんだ。

そんなお姉ちゃんと違《ちが》って、私は昔から慎重《しんちょう》だった。理性的だった。

この男の子は、お姉ちゃんが惚《ほ》れるに値《あたい》する男の子なのか調べなければ。そう思った。

気持ちで突《つ》っ走《ぱし》るお姉ちゃんを諌《いさ》めるのは私の役目だ。

その使命を果たす為《ため》、私は隣《となり》に住む男の子を観察した。本を読む姿を見れば、どんな本を読んでいるのか尋《たず》ねた。映画を観《み》たと聞けば、どんな映画を観《み》たのか尋《たず》ねた。まずは彼の嗜好《しこう》と思考を探《さぐ》った。

そうやって蓄積《ちくせき》された情報は、純《じゅん》君は悪い奴《やつ》じゃないと私に告げた。親同士も仲が良《い》い。勉強も出来るようだし、進学や就職でそれほど苦労することは無いだろう。条件は悪くない。唾《つば》をつけておくには悪くない物件。それが幼き日の私の結論だった。

しばらく純《じゅん》君を観察して得られた物はもうひとつあった。

切《き》っ掛《か》けなんて分からない。

一緒《いっしょ》に観《み》た映画の好きな場面《とこ》が同じとか、こっちが言おうとしていることをいちいち説明しなくても酌《く》んでくれるとことか、別れるのが惜《お》しくて玄関前《げんかんまえ》で話し込んじゃうとか、そういうありがちなことの積み重ねだった。たまに純《じゅん》君のことを見直す出来事があったりもしたけど、それはそれ。いつも一緒《いっしょ》に居て、趣味《しゅみ》の話をして、ふと実感しただけ。

——なるほど。こういうことか、と。

姿かたちはそこそこ似ていた私たちだけど、性格は似ていなかった。初潮を迎《むか》える頃《ころ》には、体型にも差異が生じ始めた。それでも、お姉ちゃんはもっと明確な差異を求めて髪《かみ》を切った。

でも、私は知っている。そんなことしなくても、小さな頃《ころ》から知っている。

私たちは別の人間だ。差異を探すなんて自己認識《じこにんしき》が甘いだけだ。そう思っていた。

それなのに、同じような環境《かんきょう》で同じ男の子を見て育つと、こんなややこしいことになってしまうのか、と些《いささ》かがっかりした。

あとから気付いた私に、お姉ちゃんを出《だ》し抜《ぬ》く図々《ずうずう》しさは無かった。関係を壊《こわ》す勇気も無かった。冷静な判断こそが私の美徳だと思っていた。だから願掛けなんかに逃げてしまった。

本を置き、私は胎児のように丸くなる。生の音を聞いた私は、すべてをリセットする。

環境と時間と経験と知識が人を作るのだ。塩基配列なんてほっておけ。ミトコンドリアゲノ

ムも知らん。すっこんでろ。私は私のやりたいようにやってやる――、

不意に私の頭に手が置かれた。

これはどういうことだ？　いつからそんな芸当が出来るようになったのだ？

このっ。犬の頭を撫でるみたいなことしやがって。

――くそう。にやけそうになるでしょ。てか、にやける。ズルいよ。

「それは追加料金取られない？　サービスの内という認識で良い？」

「ああ、ごめん。なんか気付いたら撫でてた」

純君が手を引っ込める。途中でやめるのはずるい。ルール違反だ。

「それ、お姉ちゃんと勘違いしてやったなら一生呪う。焚書してやる」

顔を埋めたまま、私は毒づいた。何だよ。結局、私も素直じゃないじゃん。

純君が息を呑んだ。

私は今、君の横隔膜の隣でうずくまっているのだぞ？　身体的反応は筒抜けだよ。

「でも、そうじゃないなら、そのまま続けて」

　これで手を戻《もど》さない男が居たら、そいつはクズだ。関係を断《た》つべし。

「さっき読んでた本って面白《おもしろ》い？」私の頭を撫《な》でながら純《じゅん》君が尋《たず》ねる。

　こういうのって、なんだかカップルみたいだ。やだ。照れる。けど、悪くない。

「めちゃくちゃ面白《おもしろ》い。買って良かった。今度貸してあげようか？　ちなみにわんこの話ね」

「そんなに言うなら読んでみたい。しかし、よくジャンルが偏《かたよ》らないよな。僕はどうしても傾《けい》向《こう》が出ちゃうから、中々ジャンルが広がらないんだよ。この前までル・カレを読んでたから、ちょっと遡《さかのぼ》ってフォーサイスに手を出す、みたいな感じばっかりだ」

「それでいいんじゃない？　純《じゅん》君は、物語を咀嚼《そしゃく》して、反芻《はんすう》して、それから綺麗《きれい》に形を整えて抽斗《ひきだし》の中に並べて仕舞《しま》っておきたいタイプなんだよ。だから特定の作家を追いかけたり、テーマを決めて選んだりするんだよ。でも、それはそれでとても大切なことだと思う」

「あーそう言われると、そうかも知れん」

「私は違《ちが》うの。整理する気なんてないの。大きな湖に、読んだもの、観《み》たもの、聴《き》いたものをどんどん投げ込んで、私はその湖の上でぷかぷか浮《う》いていたい。自由で居たい」

「密度が濃《こ》すぎて、頭から落ちたら犬神家《いぬがみけ》になりそうだな」

「それって、一九七六年の角川映画《かどかわえいが》から始まったイメージだからね。そこは押さえておかないとダメだよ。それより前の一九五四年東映版《とうえいばん》『犬神家《いぬがみけ》の謎《なぞ》　悪魔《あくま》は踊《おど》る』では、あの足のビジユアル出て来ないから」

「そうなの？　知らんかった」

「そもそも原作だと、足だけじゃなくて、臍《へそ》から上が凍《こお》った水面に埋《う》まってる、だよね」

「そう言えばそうだったな。で、東映版《とうえいばん》は面白《おもしろ》かったのか？」

「……ごめん、実は観《み》てない。完全に耳学《じがく》。観《み》なきゃとは思ってるんだけど」

「なんだよそれ。……ただでさえ那織《なおり》を追いかけるのは大変なのに、ブラフは卑怯《ひきょう》だぞ」

え？　追《お》い掛《か》ける？

それって――私は思わず身体《からだ》を起こして純《じゅん》君の顔を見る。

「追《お》い掛《か》けてたの？　私の読んでる本とかを？」

ぷいっと顔を背《そむ》けて、純《じゅん》君が私の目から逃《に》げた。

読んだ数だけだと思ってた。私の読んだ本を、あとからこっそり読んでいたんだ。私に対してそんなに興味を持ってくれていたんだ。そんなの全然気付かなかった。

私は脈動を感じる。血汐《ちしお》を感じる。私は、私の生《せい》を感じた。

「……まぁ」

何だよ何だよ。可愛《かわい》いとこあるじゃん。このっ。

「何その曖昧《あいまい》な返事。気に入らない」

「……ああそうだよ。僕は那織《なおり》が読んでる本は大体読むようにしてたんだ。さっきの本だって那織《なおり》が貸してくれるって言わなきゃ、自分で探して読むつもりだった……」

「貸してって言えばいいのに」

「……だってそれはなんか負けた気がして」

こっちを向いてよ。その顔を見せて。

弱々しくて隙《すき》だらけで、本音を披瀝《ひれき》した儚《はかな》い顔を見せて。

こんな時、純《じゅん》君がどんな表情をするのか、私は知りたい。

こっちを向かせようと顎《あご》に手を添《そ》えると、振《ふ》り払《はら》われた。

けちっ。

でもいい。

私はちゃんと意識されていたんだ。私たちの会話はまだ続いていたんだ。

「ねぇ、キスしよっか」

「は？」

うるさい。選択肢《せんたくし》など与《あた》えてたまるか。私の初めてを慈《いつく》しめ。

生《せい》の音を聞いて、私はリセットされたのだ。

第二章

TITLE

わたしは、なんて嫌な女なんだ。

（神宮寺《じんぐうじ》琉実《るみ》）

KOI WA FUTAGO DE WARIKIRENAI

「琉実《るみ》は本当にバカだよね。とんでもないバカ。ありえない」

ゴールデンウィーク明けの月曜日。屋上に続く階段の途中《とちゅう》で、わたしは浅野《あさの》麗良《れいら》とお弁当をつついていた。麗良《れいら》に相談をする時は、いつもここが指定席。屋上は普段《ふだん》施錠《せじょう》されているので、この階段を上《のぼ》ってくる生徒はいない。ここに来るのは、わたしたちのような静かな所で話をしたい生徒か――逢《あ》い引《び》きか。そのどちらかだ。

……ええそうですとも。

使いましたよ。利用させてもらいましたよ！

中等部の校舎も同じような造りで・し・た！

純《じゅん》とよく待ち合わせに使いましたとも。いいでしょそれくらい。文句ある？

「そこまで言う？」

「白崎《しろさき》のこと好きなのに別れたって聞いた時は、マジでどうかしてると思ったけど、今回の件に関してはそれ以上だよ」

「そんなこと言わないで。こんなこと話せるの、麗良《れいら》だけなんだから」

麗良《れいら》は一番の親友で、中等部の頃《ころ》からずっと一緒《いっしょ》にバスケをしてきた仲。そして、何でも話せる大切な相談相手。背が高くて、恋愛的《れんあいてき》にも経験豊富で、大人びている。

「妹にもチャンスをって言って別れたのは、一万歩譲《ゆず》って良《い》いとしても、それをわざわざくっ付けるお膳立《ぜんだ》てまでするって本当に意味がわからない。シスコンにも限度があるって」

「でもさぁ、那織《なおり》の気持ちを知ってて抜《ぬ》け駆《が》けしたのはわたしだし、ずっと引《ひ》っ掛《か》かってたんだよ。だから、あのままってわけには行かなかった。自分が許せなくて」

「双子《ふたご》だからって、そこまで考えるのは絶対おかしい。なんて言うか、軽くキモい」

女子高生《うちら》が普段《ふだん》言うキモいは軽いけど、麗良《れいら》のキモいは重い。

「そこまで言うか……って言いたいとこだけど、少しはわたしも自覚してる」

「それで白崎《しろさき》が、完全にあの妹のことを好きになったらどうすんの？」

「って言うか、純《じゅん》の初恋《はつこい》の相手は……那織《なおり》。だから余計にその方が良《い》いかなって」

「もう、なんで琉実《るみ》は……。マジでバカじゃないの？　どうして自分で自分の首を絞《し》めることばっかするの？　その結果、琉実《るみ》は何を得るの？」

「姉として、友人として、胸を張れる……かな」

「無いわ。マジで無い。琉実《るみ》がそこまでバカだとは思わなかった。考え方があまりにも違《ちが》いすぎて、付いていけない。私だったら絶対にそんなことしない。先に付き合ったもんの勝ち。それで終わり。他には何も無いし、興味も無い」

麗良《れいら》が残りのサンドイッチを口に放り込んで、ジュースで流し込む。

わたしは、その力強い言葉と、男っぽい仕草に思わず見惚《みほ》れてしまった。口の端《はし》を手《て》の中《こう》でぬぐうのも含《ふく》めて完璧《かんぺき》。いつ見てもカッコイイ。目鼻立ちがくっきりしていて、唇《くちびる》がぽってりしていて、大人っぽい顔をした麗良《れいら》は、こういうことをした時とても絵になる。

わたしは童顔だから、麗良《れいら》みたいなタイプに憧《あこが》れる。ちょっとはカッコよくなれるかなと思って切った髪《かみ》も、横に並ぶと子どもっぽく感じてしまう。那織《なおり》みたいに可愛《かわい》いキャラじゃないし、今さら伸《の》ばすのもなぁ、と思ってずっとこのままだ。

「何じろじろ人のこと見てんの？　私、なんか変なこと言った？」

「ああっ、ごめん。麗良《れいら》はカッコイイなぁって思って」

「……バカ。急に何だよ……」

「ほら、麗良《れいら》ってわたしと違《ちが》ってしっかりしてるし、大人っぽいし、羨《うらや》ましいなって」

「さっきまでうにゃうにゃ言ってたと思ったら……まったく」

「もうよくわかんないから、麗良《れいら》で現実逃避《げんじつとうひ》」

「私なんて別に大人っぽくないし、カッコよくなんてない」

「またまたご謙遜《けんそん》を。中等部の頃《ころ》、後輩《こうはい》にモテモテだったじゃん」

麗良《れいら》はとにかくモテた。いつも後輩《こうはい》から「浅野《あさの》先輩《せんぱい》、一緒《いっしょ》にお昼どうですか？」「汗拭《あせふ》くのにこのタオル使って下さい」「さっき冷たいスポドリ買ってきたのでどうぞ！」なんて言われていた。部活の時だって、麗良《れいら》がシュートを決める度《たび》、体育館に黄色い声が響《ひび》いたくらい。

麗良《れいら》って、女子なのに片手《ワンハンド》でシュートを打つんだよね。それがもうカッコよくて、わたしだって憧《あこが》れる。そう言えば、昔、バスケ部のみんなでワンハンド練習したなぁ。

「後輩《こうはい》にモテモテって……それ、女子ばっかじゃん」

「あの時のモテっぷりは嫉妬《しっと》を覚えるレベルだった」

「琉実《るみ》だって後輩《こうはい》から慕《した》われてたじゃん」

「わたしは部長だったから、立場的なトコあるじゃん。普通《ふつう》の先輩後輩《せんぱいこうはい》の範疇《はんちゅう》だよ。麗良《れいら》の場合はそういう次元じゃなかった。女子校かと錯覚《さっかく》するくらいだったよ。純《じゅん》が関東大会の応援《おうえん》に来た時、後輩《こうはい》にモテモテの麗良《れいら》を見て、『琉実《るみ》より浅野《あさの》の方が部長に適任だったんじゃないか？』なんて言ってたもん」

蹴飛《けと》ばしてやったけど、ちょっと同意しちゃうとこもあったりして複雑。

「すぐ白崎《しろさき》の話出てくるよね、琉実《るみ》は」

「――っ。そ、そんなことないっ」

「白崎《しろさき》のこと超《ちょう》好きじゃん。大好きじゃん。そうなんでしょ？」

麗良《れいら》が真面目な顔をして、詰《つ》め寄《よ》ってくる。大きくてぱっちりとした目が、わたしを捉《とら》える。

わたしは思わず身じろいで、ちょっと逃《に》げ気味《ぎみ》になったけど、麗良《れいら》の目力に負けて、下を向きながら、弱々しく、うんと答えた。麗良《れいら》の目を見つめ返すのは、恥《は》ずかしかった。

こういう時の麗良《れいら》の目はちょっと怖《こわ》い。なんでも見抜《みぬ》かれそうで。

「だからバカなんだよ、琉実《るみ》は。救いようのないバカ」

「バカバカ言うなっ……傷付く」

わたしだってそんなことわかってるよ！

こうしなきゃ居られなかったんだから、仕方ないでしょ！

「ごめん。はぁ、じゃあさ、ちょっと考え方変えよう。とりあえず、琉実《るみ》は妹に対して、これで自分の罪を償《つぐな》ったわけでしょ？　少なくとも琉実《るみ》の中では」

「うん。そういうことになる……かな」

「じゃあ、そのあと白崎《しろさき》がどうしようが勝手だよね。だったら、白崎《しろさき》が妹を振《ふ》って、琉実《るみ》に告白してくれれば完全勝利で後腐《あとくさ》れ無しってことでしょ？」

考えもしなかった。そんなシナリオ全く頭になかった。

だって純《じゅん》は那織《なおり》のことが好きだし、そんな可能性があるなんて思いもしなかった。


――そんなこと、ある……の？


いやいや、それはさすがにないって。ないない。ありえない。

「……それはさすがに無いよ。だって純《じゅん》は那織《なおり》と居た方が話も合うし……元々那織《なおり》のことが好きだったわけだし」

「負《ま》け癖《ぐせ》がすごいよ。どれだけ妹に劣等感《れっとうかん》を抱《いだ》いているんだ、このお姉ちゃんは。だとしても、一年間付き合ってたアドバンテージはあるっしょ。白崎《しろさき》の初恋《はつこい》だかなんだか知らないけど、直近の記憶《きおく》の方がインパクトあるって」

「でも、那織《なおり》のアドバンテージがわたし以上だったら、ハナから勝負にならなくない？　那織《なおり》はわたしから見ても可愛《かわい》らしいと思うもん」

「誤差だよ。意識の差」

「うーん、そうは言っても、わたしはカワイイ系のキャラじゃないし。あんなに可愛《かわい》さを前面に押し出して生きてはいけない」

「琉実《るみ》って、バスケの時はポジティブの塊《かたまり》みたいな熱血系なのに、こういうことになるとすぐうじうじするんだから。そのマイナス思考、直した方がいいよ。しっかりしなよ、我らがポイントガード。県大会での勢いは何処《どこ》行ったの？」

「そうだけど……それとこれとは……。それに那織《なおり》は純《じゅん》と趣味《しゅみ》が同じってのも大きい。初恋《はつこい》とかそういうのを抜《ぬ》きにしても、わたしじゃ無理だもん」

「琉実《るみ》は付き合ってた時、話しなかったの？」

「……うーん、普通《ふつう》にしてた」

「なら、オタクじゃなきゃ話が出来ない訳じゃないじゃん」

「私は妹より琉実《るみ》の方が可愛《かわい》いと思うけどなー。人の妹摑《つか》まえてこんなこと言いたくないけど、なんていうか、あざとい感じがするんだよね。狙《ねら》ってるというかさ」

「そう言っちゃえばそうだけどさぁー。そういうもんでもないでしょ」

麗良《れいら》は昔から那織《なおり》のことが苦手だ。那織《なおり》のことを、名前で呼ぶのを見たことがない。

きっかけは、恐《おそ》らく麗良《れいら》を那織《なおり》に紹介《しょうかい》した時のやりとり。浅野麗良《あさのれいら》という名前を聞いて、

「あだなを付けるならいにおだね。でもそれだと男っぽすぎるからプンプンあたりが妥当《だとう》かな？　ああプンプンも男だった。この際それは無視して……いや待てよ。麗良《れいら》って名前からして強くない？　デレク&ザ・ドミノスだよね？　レイラ……いとしのレイラ……勝てぬ。本名に勝てぬ」と那織《なおり》が一人でぶつぶつ言っている姿を見て、麗良《れいら》は傍《はた》から見てもわかるくらいドン引きした顔をしていた。麗良《れいら》のあんな顔はあとにも先にも、その時しか見たことがない。眉《み》間《けん》の皺《しわ》がとんでもなく深かったもん。その一件以来、麗良《れいら》は那織《なおり》に近付かなくなった。

しかし、運命とは簡単に期待を裏切ってくれるみたいで（わたしなんて裏切られてばかりかも）、麗良《れいら》は那織《なおり》と同じクラスになった。

こう見えてっていうのも失礼だけど、麗良《れいら》の成績はかなり良《い》い。那織《なおり》と同じ特進クラスだから当然なんだけどね。わたしと同じクラスになれたら良かったのに。

え？　わたし？　わたしだって純《じゅん》と同じクラスだし、もちろん特進ですけど。いやぁ、うちの高等部には特進が二クラスあるんだよね一。正直、特進の中だと下の方だけど。

べ、別に純《じゅん》が高等部の特進クラスを目指してるって聞いて、中等部の頃《ころ》必死に勉強したとかそういうわけじゃないから。ほら、純《じゅん》も那織《なおり》も特進なのに、わたしだけ普通《ふつう》のクラスだとカッコつかないじゃん。そういう理由だから……はい、嘘《うそ》つきました。二人と一緒《いっしょ》が良かったから必死に勉強しました。当時はまだ純《じゅん》と付き合ってたから、めっちゃ教えて貰《もら》いました。

「もしかして、あの子、クラスで迷惑《めいわく》かけてる？」

「そんなことはない……けど、色んな意味で目立ってはいる、かな。浮《う》いてるとかではないんだけど……。でも、それなりに友達もいるみたいだし、心配しなくて大丈夫《だいじょうぶ》。独特なポジションで上手《うま》くやってると思う。ただ、それはそれとして、私的に、なんとなく仕草とか発言みたいなのがわざとらしいと言うか、計算でやってるような感じがするって言うか……ごめん。別にそんなつもりじゃなくて……」申し訳なさそうに麗良《れいら》が言う。

ナードをたぶらかす、同性に嫌《きら》われやすい女。

わかるよ麗良《れいら》。姉のわたしでもそれはわかる。

「ううん。大丈夫《だいじょうぶ》。それ、本人も自覚してるみたいだし」

「それ全然大丈夫《だいじょうぶ》じゃないから。自覚してるならなおさらタチが悪いよ」

「あの子は、完全に開き直ってふんぞり返ってる」

麗良《れいら》が、視線を上にあげて、あ、といきなり声を上げた。

何か居たのかと思って、麗良《れいら》の視線を追おうとした時――

「琉実《るみ》が妹に勝てないとこあったわ」

「何？」

「胸」流し目で麗良《れいら》が言った。

「……なめてんの？」

「ふんぞり返るで思い出した」

「思い出さなくていい！　ってか麗良《れいら》だって――」

「私は琉実《るみ》の妹と張り合ってないから」麗良《れいら》が顔の横で手をひらひらさせる。

「……くっ」

那織《なおり》のブラのサイズを聞いた時、久《ひさ》し振《ぶ》りに怒《いか》りが込み上げてきたのを思い出した。未《いま》だに納得《なっとく》が行かない。姉妹《しまい》でこの差は何なのだと、本気で神を呪《のろ》った。わたしの前に現れたら、顔面にボールを全力でぶつけてやりたい。

……すみません。嘘《うそ》です。色々とお願いがあるんで、今のは撤回《てっかい》します！


去年の秋の話だ。わたしは久《ひさ》し振《ぶ》りに那織《なおり》と買い物に出掛《でか》けていた。隙《すき》を見せるとすぐ本屋とか雑貨屋に行きたがる那織《なおり》を連れて服を見たり、アクセを見たりして、モール内をぶらぶらしていた。そしてカップ付きキャミソールが欲《ほ》しいなと思って、ふと下着屋に寄った。その楽さを一度味わってしまったわたしは、何着か揃《そろ》えておきたくなったのだ。

わたしが見繕《みつくろ》ってる間、那織《なおり》はつまんなそうな顔をしていた。

「そんなのメインは部屋着でしょ？　どれでもいいじゃん。見せるわけじゃないんだし」

「そういう問題じゃないの。普通《ふつう》に下着として使えるし、そこそこするんだし、どうせ買うなら気に入ったヤツがいいじゃん。大体、那織《なおり》は部屋着がヤバすぎるんだって。あの穴の開いたヨレヨレのTシャツは年頃《としごろ》の女子としてどうなの？」

「レギュラー落ちした可哀想《かわいそう》な衣類を有効活用して何が悪いの？　エコだよ？」

「それは良《い》いけど、限度があるでしょ。穴開いてるし、あちこちほつれてるし、襟元《えりもと》なんてダボダボじゃん」

この妹はとにかく家ではズボラなのだ。部屋は汚《きたな》いし、脱《ぬ》いだ服はそのままだし、部屋着にしてるTシャツの大半は、さっき言った通りの有り様。酷《ひど》い物になると、クルーネックなのにデコルテ全開になるくらい伸《の》び切《き》っている。原因はわかっている。体育座りをして、たまに肌《はだ》寒《ざむ》いとか言いながら膝《ひざ》ごとTシャツで覆《おお》う癖《くせ》の所為《せい》だ。そのくせ我が妹は、長いパンツを穿こうとしないで、家では生足を晒《さら》したまま。そして、いとも簡単に風邪《かぜ》をひく。成績はいいけど、それが実生活には全く生かされていない。頭がいいんだか悪いんだかわかんない。

「それより早く選んだら？　キャミ買うのに余りにも悩《なや》んでるから、純《じゅん》君に見せる為《ため》なのかと勘繰《かんぐ》ってしまったよ」

「まだ付き合って半年しか経《た》ってないのに、どうしてノーブラ前提のキャミ姿を見せなきゃいけないのよ。同棲《どうせい》してるカップルじゃないんだから。ってか、那織《なおり》も買ったら？　楽だよ？」

そんなズボラな妹でも、ブラだけは絶対に着けている。寝《ね》る時も。

楽を知った私は……いや、多くは語るまい。

「脂肪《しぼう》が流れ出すからいい。ってか、多分、足りない。それならスポブラで充分《じゅうぶん》。欲を言えばナイトブラが欲《ほ》しいとこだけど、結構するんだよねぇ」

流れ出す？　何処《どこ》に？　流れ出すって何？　流れないけど。留《とど》まってるけど。意味不明。

「……大きい人は大変なんだねぇ。どうせわたしには関係ない話ですよ。てか、実際、那織《なおり》ってブラのサイズ幾《いく》つなの？」

「Eの七〇。ブランドによってはFの七〇の方がしっくりくる時もある。Fでアンダーさげるとしっくりこないから、私のおっぱいは微妙《びみょう》なサイズなんだろうね。やわやわなのかな」

ちょっと姿勢を正して、那織《なおり》が胸の下を手で支えながら得意気な顔をする。

「え？　F？　そんなあんの？」

「あるんですよ。けど、安心して。微妙《びみょう》なサイズだという認識《にんしき》は持ってるよ。下手すると太って見えるだけか、詐欺《さぎ》って言われる。脳内でイメージするEとかFを再現するには、寄せ集めて詰《つ》め込《こ》まないとダメなんだよ。家じゃそんなことしないけど。学校でもしないけどね」

「流れるってそういうことなのか……それに言われてみれば、旅行なんかに行った時、いつもより谷間あるなって思ったことあるわ」

てか何、ブラ使い分けてるなんて初めて知ったんだけど。なんとなく干してある下着見て、バリエーション多いなとは思ってたけどさ。わたしなんて、最近はずっとカルバン・クラインとかの地味なスポブラばっかだし、ちょっと買い足したいなとも思いつつ、こうしてカップキャミでいいやとか考えちゃってるのに、この美意識の差は何？

美意識？　食べて寝《ね》てを繰《く》り返《かえ》しているのに、美意識？　なんか違《ちが》う気がする。

てか、どこからそんなお金が出てるの？　那織《なおり》だけ多く貰《もら》ってるとか——ああ、そう言えば小さい頃《ころ》からお小遣《こづか》いが足りないとか言って、追加で貰《もら》ってた。そうだった。

お母さんに「使いすぎ」って断られると、決まってわたしの所に来たよなぁ。

「うむ。気付いてくれて何よりだよ。努力の甲斐《かい》があるってもんだよ。油断すると乳が脇《わき》に逃《に》げるんだよ。いわゆる巨乳感《きょにゅうかん》を出して谷間を作る為《ため》には、サイドががっちりしてるブラじゃないとダメなの。流出防止的なヤツ。もはやダム。ただ、そういうブラって高いんだよ。だからその辺は、服に合わせてって感じかな。傷むとイヤだから普段《ふだん》はしない。そうやって使い分けてるから、アニメで巨乳《きょにゅう》キャラを見ると、あのボリューム感を維持《いじ》するには裏でどれだけの苦労が……と感情移入してしまうよ。よほど強靭《きょうじん》なクーパー靭帯《じんたい》を持ってると見える。そうでなければ、めっちゃ硬《かた》い。目指せアルデンテ」

「生々しい悩《なや》みをありがとう……。にしても、不公平じゃない？　わたしたち双子《ふたご》だよね？」

「二卵性《にらんせい》だし、タイミングが重なっただけで、私たちは普通《ふつう》の姉妹《しまい》だよ」

「だとしてもっ！　納得《なっとく》がいかない！　許せない。本当に許せない」

どうせわたしはハリネズミだよ！　ハリネズミ二匹《ひき》だよ！

そして思い出す。自分の母親を。あれ？　我が家でわたしが一番小さくない？

えっと、神様はいらっしゃいますか？　あと、ボールを用意してもらえると助かります。

「お姉ちゃん、バスケに胸は邪魔《じゃま》だよ。慣性モーメントがぶれるよ。お姉ちゃんもバスケなんてやめて、私と一緒《いっしょ》に家でごろごろして体脂肪率《たいしぼうりつ》上げてみる？　一緒《いっしょ》に鶏肉《とりにく》食べよ？」

「うるさい！　その勝《か》ち誇《ほこ》った顔やめろ！　ニワトリめ！」

「ニワトリ？」

「──そういうCMがあったの！　Eってことはニワトリ二羽《わ》なの。はぁ、マジむかつく」

「ニワトリは大袈裟《おおげさ》な気がするけど……道理で邪魔《じゃま》なわけだ。非常時にフライドチキンになってくれるなら、喜んで受け入れるのに。で、お姉ちゃんは？　そこには何が居るの？　ウサギちゃん？」

それはDカップだ。バカにしてんのか？「……妹よ、荒川《あらかわ》に沈《しず》めるぞ」

「えらく浅い川をチョイスしたね。ニワトリさんがぷかぷか浮《う》いたらごめんね」

那織《なおり》がわたしの肩《かた》に腕《うで》を回して、にやつきながら顔をじろじろと見てきた。

「あ──────もう────────帰るっ!!」

あの時の那織《なおり》の顔は今思い出しても腹が立つ。あの勝《か》ち誇《ほこ》った顔。わたしが勝ってるのは身長だけ。と言っても、一センチ。待って。ニワトリがいるってことは、わたしのが身長高いけど、那織《なおり》の方が重いはずだ。最近、むちむちしてきたから間違《まちが》いない。

……嬉《うれ》しくない。全っ然、嬉《うれ》しくないっ。


「ねぇ、琉実《るみ》。聞いてる？」

麗良《れいら》がわたしの肩《かた》を揺《ゆ》する。聞いてなかった。全く耳に入って来なかった。

寧《むし》ろ、何か話してた？

「ごめん。ちょっと昔のこと思い出してた。……あームカつく」

「ん？　思い出し怒《いか》り？」

「思い出し怒《いか》り」

「訊《き》かない方がいい系？」

「訊かない方がいい系。那織《なおり》のことがもっと苦手になる。間違《まちが》いない」

「じゃあ、やめとくわ」

「ねぇ麗良《れいら》」

「何？」

「那織《なおり》が女に嫌《きら》われるのも仕方ないわ」

（白崎純《しろさきじゅん》）

ある昼休み、食事を終え、僕が教授こと森脇豊茂《もりわきとよしげ》と平成ガメラシリーズについて熱く語っていると、那織《なおり》がやって来た。机の上で腕《うで》を組み、そこに顎《あご》を載《の》せてしゃがむ。まるで夕飯を横取りしようと狙《ねら》う猫《ねこ》みたいな格好だ。

いちいち行動が可愛《かわい》いな。

三日前のことが頭をよぎる。僕は、那織《なおり》とキスをした。というか、された。

気付くといつも那織《なおり》のペースに呑《の》まれている。

那織《なおり》と僕は違《ちが》うクラスだ。ただ、非常にややこしいことに、琉実《るみ》と僕は同じクラスだ。琉実《るみ》とは中等部の頃《ころ》、一度だけ同じクラスになったことがある。だが、那織《なおり》と同じクラスになったことは一度もない。こうやってしょっちゅう顔を出すから、あまり気にしたことはないけど。

そして僕と教授は、中学二年のクラスを除いて、ずっと同じクラスである。ある意味、あの双子《ふたご》より、この軽薄《けいはく》な男の方が僕にとってよほど運命的であるらしい。

「何の話してたの？」

「イリスはエロスという話だ、神宮寺《じんぐうじ》」

那織《なおり》が頭に疑問符《ぎもんふ》を浮《う》かべ、満足気な顔を張り付けた教授と僕を見比べる。

※　※　※

「ガメラの話だよ。教授は、イリスは女体《にょたい》の象徴《しょうちょう》だと言い張ってる」

「純《じゅん》君の意見は？」

「うーん、ガメラ3って、平成ガメラシリーズで初めて一般《いっぱん》の集客も意識した映画だし、金子《かねこ》監督《かんとく》もガメラ3は恋愛映画《れんあいえいが》だと言っていたし、基本的にイリスはイケメンの男キャラだと思ってる。ヒロインの綾奈《あやな》との絡《から》みなんて、もろに性的な演出をしていたじゃん」

「…イリス、熱いよ……はヤバい。あのシーンは何度観《み》てもたまらない。シャツのボタン外す演出は神《かみ》ってる。女の私でもドキッとする」

「神宮寺《じんぐうじ》、よくわかってるじゃないか。あのシーンこそ最大の見せ場と言っていい」

「比較的序盤《ひかくてきじょばん》だけどな。でも、那織《なおり》の言うことも分かる。あと、外せないのは飛行シーンだよな。イリスの飛行シーンは、日本怪獣映画史《にほんかいじゅうえいがし》に残る素晴《すば》らしさだ。あのシーンだけで、イリスの只者《ただもの》じゃない感が伝わってくる」

「うんうん。あのシーンはマジで神がかってた。満月をバックに現れるイリス、綺麗《きれい》だったなあ……あ、だから教授はイリスを女だと思ったの？」

うっとりとした顔で語ったかと思うと、目を丸々とさせる。黒目がちな瞳《ひとみ》がくるくるとよく動く。子どもっぽいんだか大人びているんだか――いや、同居してるんだな。

「ああ。つまり、あれは百合映画《ゆりえいが》だ。イリスがクトゥルフをモチーフに男根《ファルス》的な要素を取り入れてデザインされたって聞いたことあるけど、それにしたって女っぽい。あれは女だ」

「ふむ。でも、イリスってちょっと少女マンガの王子様っぽいよ。俺様系の」

「確かに……強引《ごういん》だしな」僕は思わず同意した。言われてみれば俺様系だ。

「ね。超強引《ちょうごういん》だよ。綾奈《あやな》を取り込んじゃうし。あんなのレイプだよ。まー、何だかんだ言っても、あの映画のラストは、ガメラが全てを持ってくよね。あれは泣ける。ラストでようやく気付いたよ。この映画はハードボイルド映画なんだと。背中……というか甲羅《こうら》で語る完全なハードボイルド映画」

僕や教授は麻痺《まひ》しているから、那織《なおり》の口からレイプという言葉が出ようが、いちいち反応しない。教授の下ネタを平気な顔で打ち返す女だ。学校の外じゃこんなもんじゃないしな。

「そして流れる『もういちど教えてほしい』！」

「やめて教授！　観《み》たくなっちゃう！　ああ、またガメラの背中を見たい！」

「神宮寺《じんぐうじ》よ、久々に三人で上映会やるか？」

言うまでもなく、教授は同族だ。語り屋である。

この学校で、趣味《しゅみ》がここまで合うのは教授くらいだ。親友と称《しょう》するのが適当か分からないが、ともかく僕にとっては大切な友人なのだ。

僕と教授と那織《なおり》は、中等部の頃《ころ》からずっとこんな感じでやってきた。教授の家が学校から比較的《ひかくてき》近い事もあって、学校帰りに教授の家でアニメや映画を観《み》るなんてことも度々《たびたび》あった。さらに言うと、教授の部屋にはスクリーンがある。

僕と那織《なおり》がそれを見過ごす理由がどこにある？　上映会というのは、そういう意味だ。

「いっちゃう？　ガメラいっちゃう？　三部作いっちゃう？　ああっドキがムネムネする！」

「お？　マラソンするか？　ギャオスからいきますか？」

「ダメ、イっちゃう。そんなこと言われたらもう我慢《がまん》できないっ！」

那織《なおり》が立ち上がって、自分の身体《からだ》を抱き締《し》めながら、艶《なま》めかしい声でそんなことを口にするもんだから、何事だ？　という男子の興味津々《きょうみしんしん》な視線が集まる。

こいつ、分かっててわざと言ってるな……。

僕は目が合った数人の男子に、気にすんなという顔をして頷《うなず》いた。いつものことだ。

「盛り上がってるとこ悪いが、平日に三部作マラソンはやばい。あと那織《なおり》、少し黙《だま》れ」

「この、クソマジメ！」

教授が吐《は》き捨《す》てるように言った。

「そうだそうだ。黙《だま》れクソマジメ！」那織《なおり》が同調する。

「おまえらいい加減にしろっ！　つーか、今日は予定があるんだよ」

「じゃあこの昂《たかぶ》った私の感情はどうすればいいの？　お預けなの？　焦《じ》らしっくパーク？」

潤《うる》んだ目の那織《なおり》が、身を乗り出して顔を近付けてくる。

いや、近いって。距離感《きょりかん》考えてくれ。

「そうだぞ白崎《しろさき》。責任取れ。俺だってこのままじゃ、午後の授業をどんな気持ちで受けたらいいかわかんねぇっ！　この滾《たぎ》る熱い想《おも》いをドコにぶつければいいんだっ！」

「おまえら……揃《そろ》いも揃《そろ》ってそういうわざとらしい言い方すんなっ！　大体、教授は家に帰れば観《み》られるだろうが！」

「は？　それは無いっしょ。おまえらと観《み》るから楽しいんだろ？」教授が真顔になる。

「さっすが教授。わかってるね。私、教授が一人で勝手に満足したら、末代まで呪《のろ》うところだったよ。ヴードゥーの呪術《じゆじゆつ》について学ばなきゃいけないとこだったよ」

「分かった。分かったから。今度みんなでガメラ祭りをしよう」

「だよな。そうだよな。それでこそ、だ。ちなみに、今週末なら空いてるぞ」

「じゃあ、土日のどっちかに怪獣映画《かいじゆうえいが》祭《まつ》りしよっ。これで安寧《あんねい》な日々が過ごせるよっ！」

「それで決まりだな」

話がまとまったところで顔を上げて視界を広げると、琉実《るみ》が教室に入って来るのが見えた。昼休みになると同時に教室を出て行ったので、バスケ部の仲間か別のクラスのヤツとご飯を食べていたのだろう。琉実《るみ》は交友関係広いからな。

琉実《るみ》と視線がぶつかる。琉実《るみ》は那織《なおり》を見付けると、真《ま》っ直《す》ぐこちらに寄ってきた。

「ちょっと那織《なおり》、もう昼休み終わるよ？」

「でたなエセ前田愛《まえだあい》。寄せるならもう少し髪《かみ》を切れ」

「は？」琉実《るみ》が怪訝《けげん》な顔をする。

暫《しば》し考えて、ああ、ショートカットだからか、と遅《おく》れて僕は気付いた。

「わけわかんないこと言ってないで、クラスに戻《もど》りなよ」

「はいはい。分かりましたよ。私は芝公園《しばこうえん》に落とされますよ」

僕と教授にしか分からないであろう捨《す》て台詞《ぜりふ》を残して、那織《なおり》が教室から出て行った。

琉実《るみ》が僕の隣《となり》の席に座る。手ぶらってことは、今日は学食か。

「あの子、ずっと居たの？」机に肘《ひじ》をついて前のめりになった琉実《るみ》が、呆《あき》れた風に言う。

「いや、さっきふらっとやって来た」

「で、またしょーもないオタク話してたの？」

「神宮寺《じんぐうじ》姉《あね》よ、しょーもないオタク話とは聞き捨てならんぞ。特撮映画《とくさつえいが》の話だ」

「どっちも一緒《いっしょ》でしょ。まったくいつまでも子どもなんだから」

「おい白崎《しろさき》、神宮寺《じんぐうじ》姉《あね》が俺たちのことを子《こ》供扱《どもあつか》いしてくるぞ。おまえも何とか言ってやれ」

「僕と那織《なおり》でも沼《ぬま》に沈《しず》められなかったんだ。何を言っても無駄《むだ》だよ」

「と言うか、どうしてそこまでハマれるのかわかんない。何をそんなに話すことがあるの？」

「そりゃ、あそこの演出がとかカメラワークが、とか……なぁ？」

教授が僕に助けを求める視線を向けて来る。

そういうことを語っても琉実《るみ》は納得《なっとく》しないって。僕が一番よく分かってる。

「まぁ、何でもいいけど、森脇《もりわき》も早く自分の席に戻《もど》りなよ。迷惑《めいわく》だよ」

「そうだぞ、教授」

へーいと気の抜《ぬ》けた返事をして、教授は自分の席に戻《もど》って行った。

「大体、その教授っていうあだ名がもうアレ。ホームズだっけ？」

「森脇《もりわき》でモリアーティ。でも、言い出したのは僕じゃなくて那織《なおり》だから」

那織《なおり》はおじさんのシャーロック・ホームズ好き――僕も好きだけど――を揶揄《やゆ》して色々言う癖《くせ》に、僕が教授を紹介《しょうかい》した時、開口一番「モリアーティみたいな苗字《みょうじ》だね」と言った。それ以降、モリアーティ教授に肖《あやか》って、森脇《もりわき》は教授と呼ばれている。

「あの子って、ほんとにお父さんそっくり。暇《ひま》さえあれば、本や漫画《まんが》を読んでるか、映画観《み》てるか、アニメ観《み》てるかのどれかだもん。休日の過ごし方が、お父さんと大差ない」

「那織《なおり》はお父さんっ子だったからなぁ。エリート教育の賜物《たまもの》だな」

かくいう僕もおじさんの教育を受けた身。同じ穴の貉《むじな》。僕はおじさんの趣向《しゅこう》にどっぷりハマったという点で、那織《なおり》とは違《ちが》う。ただ、那織《なおり》はおじさんの趣向《しゅこう》を揶揄《やゆ》するものの、おじさんの趣味《しゅみ》から全くと言っていい程逃《ほどのが》れられていない。僕から言わせてもらえば、那織《なおり》は同じジャンルの別作品を推《お》してるだけだ。

「小さい頃《ころ》は、いっつもお父さんにべったりだったねぇ」

頬杖《ほおづえ》をついて、琉実《るみ》が昔を懐《なつ》かしむような遠い目をする。

琉実《るみ》はおばさんに似ている。あの妹の世話を焼いていれば、自然と母親っぽくなるのも仕方がない。そこまではいい。ただ、琉実《るみ》はどんどん自分に役割を課してしまう。自分で背負いこんでしまう。そして、責任感に押《お》し潰《つぶ》されそうになるのだ。

——もう少し早くそれに気付けてやれたら。

僕は琉実《るみ》のことを理解した気になっていただけだった。本当は、全然分かっていなかった。

わかるわけねぇよ。言ってくれなきゃわかんねぇよ。

琉実《るみ》は頑固《がんこ》だから、僕がどんなに食い下がっても絶対に譲《ゆず》らない。

だから僕は従った。ひとまず琉実に従った。これが琉実《るみ》の望むことなんだ。

ただ、中途半端《ちゅうとはんぱ》な気持ちのまま那織《なおり》と付き合うことに対して、忸怩《じくじ》たる思いはある。幾《いく》ら初恋《はつこい》の相手だと言っても、僕はまだ琉実《るみ》のことを引《ひ》き摺《ず》っているし、諦《あきら》めたはずの初恋《はつこい》を今さらという気持ちもある。どうやって気持ちを整理したら良《い》いのか——わかるわけねぇよ。

こんなこと、一体、誰《だれ》に相談出来るのだろう。誰《だれ》に打ち明けられるのだろう。

那織《なおり》だったら、「*I thought what I'd do was, I'd pretend I was one of those deaf‐mutes.*《僕は耳と口を塞いだ者たちの一人として振る舞おうと考えた》」なんてサリンジャーを引用するんだろうか。いや、しないな。これは完全に僕の趣味《しゅみ》だ。

ゴーストは囁《ささや》かないし、早く電脳化したい。デジタルに考えたい——けれども。

やっぱり教授に相談するしかないよなぁ。

（神宮寺那織《じんぐうじなおり》）

我が教室は、ゴールデンウィーク前に行われた基礎《きそ》テストの結果に一喜一憂《いつきいちゆう》する生徒で溢《あふ》れかえっている。授業の終わり間際《まぎわ》に返却《へんきやく》されたその紙は、生徒たちの休み時間を様々な色に染めていく。若人《わこうど》たちよ、特進クラスに入れたからと云《い》って安心するでない。ここは通過点だ。一般《いつぱん》クラスなら今回のテスト結果を受けて、幾《いく》つかの授業が成績毎《ごと》のグループに分けられるところだが、特進クラスはその限りでない。だから今回のテストを軽《かろ》んじている生徒が居るのも、理解出来なくはない。本番は定期考査だ、と。だが、大学受験はとっくに始まっている。皆《みな》の者、心して掛《か》かれよ。私は良《い》いの。お勉強は得意だから。

「先生は何点だった？」

私に話《はな》し掛《か》けて来たロリ声の小柄《こがら》な眼鏡女子は、名を亀嵩璃々須《かめだけりりす》と言う。なかなか蠱惑的《こわくてき》で瀟洒《しようしや》な名前だと思うのだが、本人は下の名前で呼ばれることを快く思っていないらしい。可《か》愛《わい》い響《ひび》きだと思うのだが、リリン的にはどうだろうか？　私なんて同音なら名折りだよ？

それはそれとして、私にかかれば彼女に新たな愛称《あいしよう》を授《さず》けることなど容易《たやす》い物である。亀嵩《かめだけ》という苗字《みようじ》を聞けば誰《だれ》だって思うだろう。あ、『砂《すな》の器《うつわ》』だな、と。だから私は言ったのだ。清張《せいちよう》はどうか、と。それを——これ以上ないあだ名だと思ったのに——彼女は嫌《いや》だと申したのだった。一体全体、彼女はどんな教育を受けて来たのだ！　渋々《しぶしぶ》私は、主人公の階級に肖《あやか》って彼女を部長と呼ぶ事にした。学校内では違和感《いわかん》を微塵《みじん》も抱《いだ》かせない呼称《こしよう》。天才かよ。

余談ながら、中等部の頃《ころ》から美術部一筋の部長は、三年生の時分、名実ともに部長と相成った次第《しだい》でありんす。私の先見の明よ。天才だね。なのに定着しないのは、納得《なっとく》いかない。

そして部長は、私のことを先生と呼ぶ。皮肉がこもっているとしても、先生と呼びたい気持ちは分かる。大いに分かるが、是非《ぜひ》とも教師の居る前で、その呼び名はやめて欲しい。

「九十六」

返ってきたばかりの英語のテストの点数欄《てんすうらん》を、私は読み上げた。

ま、こんなもんだろう。この程度は a piece of cake《あさめしまえ》 ってヤツですよ。

「さすが先生」言葉とは裏腹に、部長がつまらなそうな声を出す。

「教員が居る前で先生と呼ぶでない。部長はどうだった？」

「九十三。また先生に負けちゃった。自信あったのになぁ～」

部長は人の話を聞かないところがある。と言うか、平気で無視する。しかも、ロリ声で毒を吐《は》く。気弱そうな優等生然とした見た目に反して、これで案外図太い女なのだ。しかも気の置けない相手に対しては快哉《かいさい》なくらい毒づく。気の置けない相手……だと括《くく》りが大きいな。この場合、私に対してだけ、が正しい。そうでなきゃ私と友達を続けられない？　そんな失礼なことを言うヤツは誰《だれ》だ？　ギャオスに食われてしまえ。

「高々三点差じゃん。まだまだ挽回《ばんかい》出来る点数だよ。ちなみに今回一番自信があるのは？」

部長が額に拳《こぶし》を当てて、わざとらしく考えるポーズをする。「うーん、数学」

「じゃあ、数学で勝負と決め込もうじゃないか」

「よし。そうこなくっちゃ。明日の数学の授業が待ち遠しい！　採点に時間がかかったなんて言《い》い掠《かす》んだら許さない。で、今回は何賭《か》ける？　高等部になってから初めての勝負だよ？　景気よく行かないと！」

やっぱり。あの胡散臭《うさんくさ》い芝居《しばい》。大方そんなとこだと思ったよ。

「……余程《よほど》自信があるようだね」

「そりゃ先生に挑《いど》むくらいだからね。リベンジかかってるし。……スイパラ八十分おごり？」

「やめろ……み、魅力的《みりょくてき》だが……これ以上私にカロリーを与《あた》えないでくれっ」

「バカロリー先生がそういうの気にするの珍《めずら》しいじゃん。ありのままの私を認めてくれとか夢の国みたいなこと言ってたくせに」

「……このゴールデンウィークで三キロも増えたんだよぉぉぉぉ。ああ、何故《なぜ》？　どうしてあの時、私は体重計に乗ってしまったのだ……とんだ愚行《ぐこう》だ……常軌《じょうき》を逸《いっ》した愚行《ぐこう》だ……認識《にんしき》しなければ、それは事実にはならなかったのに……あと、バカロリー先生言うなっ。それは完全に悪口だからねっ」なんて窘《たしな》めたところで、部長には効かない。よく知ってる。

ひたすらごろごろして、怠惰《たいだ》な生活をして、バーベキューがとどめを刺《さ》したのだ。肉め。くそ忌々《いまいま》しい肉め。土日で私の脂肪《しぼう》に転生しやがって。許さん。

でも、牛タンだけは裏切れない。愛してる。夫にするなら牛タンみたいな人がいい。

「何にも気にせずお腹一杯《なかいっぱい》まで食べる先生の食生活が愚行《ぐこう》なんだよ。あと運動しないこと」

「忌々《いまいま》しい正論党め。紅茶にして飲んでくれる」

「琉実《るみ》ちゃんみたいにとは言わないけど、もう少し運動すればいいのにー」

「みんなして運動運動うるさいっ！　ちゃんとネットで痩《や》せる音楽聴《き》いてるよっ」

「それ、確実に意味ないから。無駄《むだ》な抵抗《ていこう》にもなってないよ。ヨガとかストレッチなら気軽に始められるし、最初はそういうのでもいいんじゃない？」

「水揚《みずあ》げされたマナティーになる自信がある」

「そう言えば、先生って身体硬《からだかた》いもんねー。体力テストの時、余りの硬《かた》さにびっくりしちゃった。前はそこまでじゃなかったのに。かなり悪化してるよ？　どうせ、家でずっとごろごろしてるんでしょ？　筋肉ほぐさなきゃ――」

「アザラシになるなんて、そんな酷《ひど》いこと言うなよー。そこまで皮下脂肪《ひかしぼう》ないよー」

「言ってないから。ってか、さっき自分でマナティーって言ってたじゃん。まったく、絶妙《ぜつみょう》に可愛《かわい》い海獣《かいじゅう》をチョイスする辺りが憎《にく》たらしいのよ。よし、カラオケフリータイムおごりでどう？　多少はカロリー消費できるでしょ。ねっ、バカロリ先生っ♡」

「……それなら頑張《がんば》れる。あと、可愛《かわい》く言ってもバカロリ先生は絶対に許さない」

カラオケに行く社交性くらい私にもあるのだ。家が大好きだからと言って、勘違《かんちが》いしてもらっては困る。私にだって若者文化を享受《きょうじゅ》する資格がある。なんてったって、女子高生なのだ。

ＪＫなのだ。

ちなみに、インターネット老人クラブの我が父曰《いわ》く、ＪＫというのは常識的に考えての略らしい。は？　常考《じょうこう》って何？　後鳥羽《ごとば》かよ。知らん。インターネット老人クラブは大人しくしてろ。そんなに語源が大切なら古語で話せ。古語って言っても、どの時代か難しいけど。

はてさて。

次の授業が始まったわけであるが、私は忘れていたのだ。

今日は純《じゅん》君が家に来る日なのだ。我が家で夕飯を食べる日なのだ。おばさんが夜勤の日は、こういうアニメみたいなイベントが発生するのだ。男子高校生にも……というかあの自活能力皆無《かいむ》な純《じゅん》君にも、お湯を注ぐことや電子レンジのスイッチを押すことくらい出来そうなものだが、おじさんが単身赴任《たんしんふにん》になってからと云《い》う物、お母さんの世話焼きが発動したのである。その結果、おじさんは帰ってくる度《たび》、いつも世話になっているからと大量のお土産《みやげ》をくれる。そして、おじさんは宮城県《みやぎけん》に居る。こうして点と点が繋《つな》がるのであります。ジョブズ風に言えば、Connecting the dots ってわけです。

つまり、純《じゅん》君が我が家で夕飯を御馳走《ごちそう》になる限り、我が家には牛タンが供給されるシステムが確立したわけである。ああ、愛《いと》しの牛タン！　愛《いと》しのと言えば、レイラはテストどうだったんだろう？　ま、いいか。レイラはお姉ちゃんの友達であって、私のではない。

さて、純《じゅん》君が我が家に来るから……なんてのはこの際おまけにすぎない。我が家には、まだバーベキューで焼ききれなかった牛タンが冷凍庫《れいとうこ》にあるのだ！　客をもてなす日に牛タンが食卓《しょくたく》に並ばない訳がない。若い客には肉を。猫《ねこ》には鰹節《かつおぶし》だ。

ん？　マタタビ？　あれは食べもんじゃないでしょ？　猫《ねこ》まんま食わせとけ。

おじさん、申し訳ないけどしばらく宮城《みやぎ》に居て欲しい。家族に会えなくて寂《さび》しいかも知れないけれど、牛タンの日々がなくなってしまうこともまた、同じくらい寂《さび》しいの。

部長には言わなかったけど、そういう訳で私はまだまだカロリーを摂取《せっしゅ》する。

これで週末にケーキバイキングに行ったら本当にマナティーになってしまう。

今、太るとかバカロリ先生って言ったヤツ、廊下《ろうか》に立ってなさい。

そうそう、マナティーとジュゴンの違《ちが》いは知っているかね？　尾《お》ビレを見るのだ！

（白崎《しろさき》純《じゅん》）

ホームルームが終わり、帰《かえ》り支度《じたく》をしていると、教授が僕の所に来て、「ちょっとうちに寄る時間はあるか？」と訊《き》いてきた。琉実《るみ》が、わかってるよねと言いたげな目で釘《くぎ》を刺《さ》しながら席を立って、教室をあとにする。わかってるよ。

「ちょっとくらいなら大丈夫《だいじょうぶ》だ。なんかあるのか？」

「白崎《しろさき》が観《み》たがってたヤツ貸そうかなと思ってさ」

「お、全部観終《みお》わったのか。面白《おもしろ》かったか？」

「それはあとのお楽しみだ。時間あるなら早く行こうぜ」

教授の家は学校から徒歩で二十分ほどの距離《きょり》にある。この一帯が住宅地として整備される前からあった家をリフォームしたと聞いたことがある。かつて大々的に農家を営んでいた森脇家《もりわきけ》は、とにかく家の敷地《しきち》面積《めんせき》が広い。同じ敷地《しきち》内《ない》に祖父母の家と教授の住む家が二棟《むね》並び、かつて農機具なんかを仕舞《しま》っていたであろう、納屋《なや》を改築した大きな倉庫もある。その倉庫は、中にあるものを全て外に出せば、車が十台くらいは収まるんじゃないかというくらい広い。中等部の頃《ころ》、倉庫の中でプラモデルの塗装《とそう》をしたりして遊んだ覚えがある。

教授の部屋もまた広く、恐《おそ》らく十五畳《じょう》以上はある。だが、そのスペースのほとんどは本やDVD、フィギュア、プラモデルを始めとしたさまざまなモノで溢《あふ》れかえっており、実際の居住スペースは四畳半《じょうはん》くらいなんじゃないかと思う……と言うか、久々に来たらパワーアップしていた。これ、四畳半《じょうはん》もないんじゃないか？

「また一段と狭《せま》くなったな。いい加減整理して倉庫にでも納めたらどうだ？」

「そんな暇《ひま》はねぇよ。仮に、暇《ひま》があってもやる気が足りねぇ。とうの昔に売り切れだ」

「間違《まちが》いなく、入荷《にゅうか》未定《みてい》だな」

「生産してねぇだろうな。とりあえず飲み物でも持ってくるわ」

「おう」

部屋をぐるりと見渡《みわた》す。いつ来ても凄《すご》い量の本やDVDだ。羨《うらや》ましい限り。更《さら》に言えば、こここにあるコレクションはほんの一部であり、件《くだん》の納屋《なや》にはすでに幾《いく》つもの段ボールが積んである。そして、教授が倉庫と称《しょう》して使っている空き部屋もある。つまり、地主の息子《むすこ》の財力は半端《はんぱ》ない。弟の部屋まで侵食《しんしょく》しているという疑惑《ぎわく》もある。

教授の部屋で幾《いく》つか気になるタイトルを見付けたものの、あちこちに聳《そび》え立《た》つ暗黒の塔《ダーク・タワー》を避《よ》けてまで発掘《はっくつ》する勇気は無かった。下手に触《さわ》って崩《くず》したら、部屋ごと崩壊《ほうかい》しそうだ。

さて、これは一体どこに座るべきなんだ？　としばし逡巡《しゅんじゅん》したのち、僕はベッドの端《はし》に座ることにした。それくらいしか座る所が無かった。ベッド脇《わき》のローテーブルの上に、ケースに入れられていない裸《はだか》のＤＶＤがひっくり返しで置かれていた。何のＤＶＤだろうとそれを手に取ってみる。特に何も考えていなかった。置いてあったから、手に取ってみただけだ。

『何度イっても幼馴染《おさななじみ》のロリ巨乳《きょにゅう》が俺を許してくれない　地獄《じごく》の責め苦　～悦楽編《えつらくへん》～』

なんだこれ、ただのＡＶじゃねぇかっ。せめて友人を家に呼ぶなら隠《かく》せよ。しかも、盤面《ばんめん》に埃《ほこり》が被《かぶ》ってないぞ。明らかについ最近観《み》ただろ。

制服姿で笑う女優のラベルを眺《なが》めていて、ふと思う。

那織《なおり》に似ている。顔がというわけではないが、雰囲気《ふんいき》が似ている。ツインテだし。

もう一枚ＤＶＤがある。同じようにひっくり返されたＤＶＤが。

まさかな……と思いながらも、僕は悪い予感に襲《おそ》われた。

『今夜のシコシコホームパーティをロリ巨乳《きょにゅう》がお手伝いします！　秘密のらくチンレシピ』

同じ女優っ！

そして、どんなホームパーティだよ。そのパーティの参加者、全員アホだろ。何がらくチンレシピだ。やかましいわ。タイトルの所為《せい》でちょっと気になるだろ。

「見たな？」

声の方を向くと、五百ミリペットボトルのジュースを二本手にした教授がドア口からこっちを見ていた。が、焦《あせ》っている感じでは、もちろんない。この程度で教授は焦《あせ》らない。

「よくこの状態で上映会しようなんて言えたな」

足でドアを閉め、教授が僕の隣《となり》に座る。そうだよな。座るにはここしかないよな。椅子《いす》の上すら漫画《まんが》で埋《う》め尽《つ》くされているもんな。野郎《やろう》二人でベッドに腰掛《こしか》けるのもいつものこと。

「さすがに神宮寺《じんぐうじ》が来るならもう少し整理するさ」

「少しでどうこうなる物量じゃねぇよ。あと、まさかとは思うが、一応、念《ねん》の為《ため》、訊《き》いておきたいことがあるんだ。……これって那織《なおり》に似てるから選んだのか？」

「おまえがそう言うってことはだぞ、幼馴染《おさななじみ》の目から見てもその女優は神宮寺《じんぐうじ》に似てるってことだよな。やっぱり俺の目に狂《くる》いは無かった。お墨付《すみつ》きってわけだ」教授が誇《ほこ》らしげに言う。

「顔はそこまで似てないが、雰囲気《ふんいき》は確かに……って、僕が訊《き》きたいのはそこじゃねぇよ。おまえ、最低だな。普通《ふつう》、友達に似てるからって——」

そこまで言って、あることに思い至った。まさか、な。だが、もしそうだとしたら……。

「もしかして……その……教授って那織《なおり》のこと――」

好きなのか？　とは言えなかった。

「それに関しては、何と言ったら良《い》いか――」教授はうーむと唸《うな》ったまま、暫《しば》し考え込んだ。

この反応、マジか。マジでそうなのか。もしそうだとしたら、ちょっと相談し難《にく》いぞ。唯一《ゆいいつ》相談出来そうな相手だったのに。ただ、なんだろう、分からなくはない。そんな気がする。

「えっと、好きか嫌《きら》いかで言えば好きだ。中等部ん時、告白したこともあるしな」

「は？　告白したのかっ？　マジで？　初めて聞いたんだけど」

「そっか、神宮寺《じんぐうじ》は黙《だま》っててくれたのか。何だかんだ言っても、あいつは優《やさ》しいなぁ。俺が神《じん》宮寺《ぐうじ》に告白したのは、白崎《しろさき》から紹介《しょうかい》されてすぐくらいだな。肝胆相照《かんたんあいて》らす仲になる前って言えばちったぁ文学的か？」

最近の話じゃないんだな。それなら、まぁ、相談してもいいか。

「ちったぁ文学的かもな。……それにしても那織《なおり》と教授の間にそんな話があったなんて思いもしなかった」那織《なおり》がそんな素振《そぶ》りを見せたことはなかった。

「教授は那織《なおり》のどこが良かったんだ？」

「顔と胸」これ以上ないくらい清々《すがすが》しいドヤ顔で教授が言い切った。

「……お、おう」

そんなことだろうとは思ったけど、マジでブレねぇな。

「俺の周りにあの手のロリ巨乳《きよにゆう》は居なかったからな。神宮寺《じんぐうじ》って学校じゃそんなでもないけど、プライベートで遊ぶ時の谷間ヤバいよな。隠《かく》れ巨乳《きよにゆう》ってこのことを言うんだって思った。あれは卑怯《ひきよう》だわ。しかも趣味《しゆみ》の話も出来るとくれば、付き合うには文句なしだろ。彼氏《かれし》になれば、合法的にあの胸を揉《も》めるしな。盛っているのか本当に巨乳《きよにゆう》なのか見極《みきわ》めたいじゃんか」

教授は黙《だま》っていればイケメンで通用する風貌《ふうぼう》をしている。スクリーン映《ば》えする俳優顔とでも言えばいいのか、彫《ほ》りが深くて目力がある。おまけに成績だって悪くないし、ノリもいい。

だが、ともかく女子受けが悪い。

理由を端的《たんてき》に述べれば、軽薄《けいはく》だからである。ノリが軽すぎるのだ。

教授は気になった女子にいとも簡単に告白する。ためらいなど無い。僕の知る限り、その相手は二十人じゃとてもきかない。付き合った女子も少なからず居た。

だが、これまた僕の知る限り、その関係は長くて一ヶ月、平均すれば恐《おそ》らく一週間くらいで破局を迎《むか》えている。振《ふ》られ率《りつ》は今のところ一〇〇パーセントである。

これまた理由は軽すぎるところにある、とも言える。というか、教授は躊躇《ちゆうちよ》しない。己《おのれ》の欲望を微塵《みじん》も隠《かく》そうとしないのだ。それも、初日から。

結果、教授は女子から「身体目当《からだめあ》てのクズ野郎《やろう》」という称号《しようごう》を得た。教授の弁によれば、「俺は身体目当《からだめあ》てなんじゃなくて、身体も目当て」とのことらしいが、それこそ詭弁《きべん》ってもんだろう。羨《うらや》ましいくらい欲望に忠実な男だ。

ただ、男子は下ネタで盛り上がれれば仲良くなれる。

その点においては、欲望に忠実というのはマイナスにはなり得ない。教授というあだ名が男子の間にも瞬《また》く間《たま》に浸透《しんとう》した背景には、そういう理由もある。一部の男子からはリハーサルのプロ呼ばわりされていることも付け加えておく。

ちなみに、教授が話《はな》し掛《か》けて来た時の第一声は「トップ入学果たすヤツって、やっぱ数字にも興奮するのか？　オカズは医学書か？」である。流石《さすが》にこいつ大丈夫《だいじょうぶ》か、と思った。

それがここまで深い付き合いになるとは。世の中分からないものである。

親友と断言しなかった理由、そして僕が教授のことを軽薄《けいはく》と形容した理由は、こういうところをひっくるめてである。僕にとって教授は、悪友と言った方がニュアンスとして近い。

「それはそうだけど……那織《なおり》ってロリ属性か？　同学年だし、身長だって確か一六〇は超《こ》えてるんじゃないか？　小柄《こがら》という形容はそぐわない。強《し》いて言えば髪型《かみがた》くらい――」

「白崎《しろさき》は本当にバカだな。ロリってのは概念《がいねん》なんだよ。定義じゃねぇんだ。形而上学《けいじじょうがく》で扱《あつか》うべき存在なんだよ」

「何が形而上学《けいじじょうがく》だよ。アリストテレスに呪《のろ》われろ。……で、中等部の時に告白した相手に似た女優を見付けたから勢い余って買ったのか？　那織《なおり》が聞いたらブチギレるぞ」

言ってから思った。那織《なおり》はブチギレない。仔細《しさい》に亘《わた》って感想を訊《き》き出《だ》すに違《ちが》いない。「ねぇ、どのシーンが一番興奮した？」なんて言い出すに決まっている。ヤツはそういう女だ。

「そのＤＶＤは告白する前に見つけた思い出の品だよ。仕舞《しま》い忘《わす》れただけだ。久《ひさ》し振《ぶ》りに引っ張り出して来たのは、ゴールデンウィークの最中に、ふと神宮寺《じんぐうじ》の顔を見たいなって思ったからだよ。だからエロ切《き》っ掛《か》けじゃない。俺なりの純粋《じゅんすい》な友情だ」

「友情を語る相手をＡＶで代用すんな。発想がイカれすぎてて感心するわ」

「ばーか。白崎《しろさき》と遊んでたりしたら悪いかなって思って、気を遣《つか》ってやったんじゃないか。ほら、神宮寺《じんぐうじ》って白崎《しろさき》のこと好きだし、その辺は俺も弁《わきま》えてるわけよ。あいつ、学校外じゃ白崎《しろさき》が居ない限り呼んでも出てこないしな。しっかしわかんねぇよなぁ。俺だったら、間違《まちが》いなく姉より妹を選ぶんだけどなー。確かに、神宮寺姉《じんぐうじ・あね》も悪くないよ。悪くない。同じクラスになってモテる理由がよくわかった。気さくで絡《から》みやすいし、ノリもいい。そして、可愛《かわい》い。そりゃモテるのは当然だ。けど、どっちを選ぶかって言われたら、妹だろ。あんな子なかなか居ないと思うんだがな。頭良《い》いし、下ネタにも寛容《かんよう》だし、オタ話もできる」

今、なんて言った？

「ちょっと待ってくれ。……教授も気付いてたのか？　那織《なおり》が……その……僕のことを――」

「おう。普通《ふつう》気付くだろ。俺の場合は、断られた時にそう言われたってのもあるけど、普段《ふだん》から神宮寺《じんぐうじ》のこと見てればそう思うって。まさか、おまえ……気付かなかったのか？」

「……つい最近知った」

僕はゴールデンウィークに起きたことを教授に話した。初恋《はつこい》のことも。教授は真剣《しんけん》な顔で僕の話をひとしきり聞いたあと、「姉妹丼《しまいどん》じゃん。すげぇな。しかも双子《ふたご》。羨《うらや》ましすぎて死んで欲しい。是非《ぜひ》とも悲しみの向こうに辿《たど》り着いてくれ。つーか、死ねっ」と目を剝《む》いて叫《さけ》んだ。

全く、いちいち芝居《しばい》がかった男だな。本当に俳優でも目指したらどうだ？　あと、下の名前が誠《まこと》じゃなくて良かった。ネットで流れてくるから、僕でもそれくらいのネタは分かる。

「てめぇ……こっちは真剣《しんけん》に悩《なや》んでるんだぞ。よくそういうこと言えるな」

「わかんねぇっ！　悩《なや》みどころがわかんねぇっ！　そんな理想のシチュ手に入れといて、何を悩《なや》むことがあるんだ？　しかも、白崎《しろさき》は元々神宮寺《じんぐうじ》のことが好きだったんだろ？　じゃあ良《い》いじゃん。何の問題もない」

「……そうだけどさぁ、そこまで割り切れないって言うか」

「姉のことが気になるのか。ま、思春期こじらせすぎて、もはや病的だけど……言いようによっちゃ健気《けなげ》だよな。ショートカットだし」

「今の話にショートカットはまったく関係ないだろ」

「俺、実はショートカット萌《も》えなんだ」

「うるせぇよ。さっきツインテがどーのって言ってただろっ」

教授に仕方なく突《つ》っ込《こ》みを入れ、コーラで喉《のど》を湿《しめ》らせてから正直に告げた。

「はぁ。とにかく話戻《もど》すけど、結局のところ、僕はまだ琉実《るみ》に未練があるんだよ。確かに那織《なおり》は初恋《はつこい》の相手だ。だけど……琉実《るみ》と丸一年付き合って、忘れなかったと言えば嘘《うそ》になるけど、初恋《はつこい》のことなんて殆《ほとん》ど考えなかった。それに琉実《るみ》と付き合いだした時は、那織《なおり》のことは諦《あきら》めようとしてた時期だったし、那織《なおり》とは趣味《しゅみ》の仲間として付き合っていければいいと思ってた。現に、最近までそう認識《にんしき》していたし、疑問も抱《いだ》かなかった。それなのに今さら初恋《はつこい》の相手だからって言われても……という気持ちもあるんだ。こんな気持ちで付き合うのは那織《なおり》に申し訳ないって言うか……」

「それぱっかりは白崎《しろさき》が向き合うしかないな。前の彼女とか彼氏《かれし》のことを忘れられないなんて悩《なや》みは、この世のカップルの大半が抱《いだ》いているんだよ。折り合いつけるしかねぇんだ。それに、姉の方に未練があるって言っても、神宮寺《じんぐうじ》は初恋《はつこい》の相手なんだろ。だったら、ぶっちゃけ嬉《うれ》しいって気持ちも当然あるよな？」

「ああ」

「だよな。ってことは、あとは覚悟《かくご》しかねぇよ。覚悟《かくご》決めろ。そんなの、人にアドバイスを求める話じゃねぇ。助言で決まるのは、覚悟《かくご》じゃねぇ。言い訳だよ」

「……ぐうの音も出ねぇ」

全く、一人で益者三友《えきしゃさんゆう》、損者三友《そんしゃさんゆう》みたいな男だな。

「どうしても姉のことが忘れられないってんなら、土下座でもしてすがれ。先っちょくらいならどうにかなるかも知れんぞ。先っちょだけで我慢《がまん》できるかは別として」

「それは遠慮《えんりょ》しとくわ。土下座したところを狙《ねら》って、かかと落としされる」

教授は「ああ、しそうだわ」と同意してから、「俺も誰《だれ》かさんみたいに、そういう悩《なや》みを抱《かか》えたいもんだ」とペットボトルの蓋《ふた》を開けながら毒づいて、コーラを呷《あお》った。

「辺り構わずに片《かた》っ端《ぱし》から告白するのやめればいいんだよ。そういうことばかりしてるから、女子の当たりがキツくなるんだ。あとは我慢《がまん》って言葉を覚えるべきだな。先っちょだけとか言ってるからそういうことになるんだよ」

「片《かた》っ端《ぱし》からっていうのは心外だぞ。俺なりの基準がちゃんとある。それに俺はありのままを受け入れて欲しいんだ。我慢《がまん》なんてしたくない。数打ちゃいつかありのままを受け入れてくれる子に出会えると信じてる」

ここにもありのまま教の信者が居たよっ！　那織《なおり》もよくありのままがどうとか言うし、子供の頃《ころ》は琉実《るみ》もよく言ってた……というか歌っていた。どうやら、僕の周りではありのまま教が流行《はや》っているらしい。それって最早《もはや》、努力を放棄《ほうき》した個性の履《は》き違《ちが》えじゃないのか？

「穿《は》き蒸《む》らした黒タイツで顔面を踏《ふ》んでもらえたら是非《ぜひ》とも報告してくれ。教授が理想の痴女《ちじょ》に巡《めぐ》り合《あ》える日を楽しみにしてるよ」

「おう、楽しみに待っててくれ。早く三日以上穿《は》いてくれる子に巡《めぐ》り合《あ》いたいもんだ。最悪、下着でもいいんだがなぁ。期待にこか……胸を膨《ふく》らませるのもそろそろ飽《あ》きてきたぜ」

「おい臭《にお》いフェチ、今、股間《こかん》って言おうとしただろ」

「ちょっと口が滑《すべ》った。……そうだ肝心《かんじん》なことを忘れてた。バカ話してる場合じゃねぇ」

バカ話の自覚があって何よりだ。

ちなみに教授は匂《にお》いフェチではなく、臭《にお》いフェチ――どうでもいいな、こんな話。

教授が机の上に積まれた本の脇《わき》をごそごそと漁《あさ》り、崩《くず》れそうになる塔《とう》を押さえること数回、DVDのパッケージ三つと文庫本三冊をなんとか手にし、僕に渡《わた》す。

「ほら、これ。原作もついでに貸すよ。もしかしてもう読んでたか？」

教授が僕に手渡《てわた》したのは、伊藤計劃《いとうけいかく》の小説三冊とそのアニメ映画のDVDだ。

これこそ今日の本当の目的である。

「まだだったからマジでありがたい。ちなみに、どれがオススメ？」

「それを言ったらつまんないだろ。観終《みお》わってからお互《たが》いに感想を言い合うべきだ」

「その方が盛り上がるな」

「ああ。ただ、まずは原作を読むことを勧《すす》めるよ」

「分かった。サンキューな。今度、僕も何か持ってくる」

僕と教授は、趣味《しゅみ》が合う。そっち方面以外は。ちなみに、那織《なおり》とは話が合う、といった感じ。

この微妙《びみょう》な差、分かる人には分かってもらえるはず。

「そん時は頼《たの》む。さ、このあと予定あるんだろ？」

「ああ。今日のところは退散するよ」

僕は教授の家から帰る道中、電車の中で早速《さっそく》『ハーモニー』を取り出して、読み始めた。

三十四歳という若さで急逝《きゅうせい》した作家の物語に没入《ぼつにゅう》する。それは、病床《びょうしょう》で執筆《しっぴつ》された物語。作者が不在となっても、物語は決して死なない。だから僕は物語が好きなんだ。


夕飯の時間になり、神宮寺家《じんぐうじけ》に顔を出す。

テーブルの上には、既《すで》に幾《いく》つかの料理が並んでいた。

だが、いつもなら甲斐甲斐《かいがい》しくおばさんの手伝いをしている琉実《るみ》の姿が無かった。

那織《なおり》はむくれた顔で頬杖《ほおづえ》をつき、空疎《くうそ》な影《かげ》を料理に落としている。

「いらっしゃい」

おばさんが僕を認めて台所から声を掛《か》ける。ソファに座ってテレビを観《み》ていたおじさんが、

「待ってたぞ」と背中越《せなかご》しに言った。テレビの中では芸能人がイタリアの海岸を紹介《しょうかい》していた。

「琉実《るみ》は?」

那織《なおり》に声を掛《か》けたつもりだったが、おばさんが応える。

「それが今日、部活で怪我《けが》しちゃったらしいのよ。左手首をねん挫《ざ》。それで凄《すご》く落ち込んじゃってて……あの子、今度の大会でレギュラー目指すって張り切ってたの。そして今日、レギュラーに決まったのに怪我《けが》しちゃったみたいで。何度か声掛《か》けたけど、部屋から出て来ないの」

「私が行っても出てきてくれないんだよー。こうなったらドアの前で踊《おど》るしかないかも」

那織《なおり》が明後日《あさって》の方を向いたまま、不満げに零《こぼ》した。

確かに琉実《るみ》はこの家の天照《あまてらす》かも知れないけど、どう考えても逆効果だろ。さすがに不謹慎《ふきんしん》すぎるぞ、と言《い》い掛《か》けたところで、「バカ言ってんじゃないわよ。可哀想《かわいそう》なくらい落ち込んでるんだから、そういうこと言わないの」とおばさんが那織《なおり》を諫《いさ》めた。

「そうだぞ、那織《なおり》。琉実《るみ》の気持ちも考えてやれよ。——ちょっと様子見てきます」

琉実《るみ》は中等部の頃《ころ》からずっとバスケばかりしていた。僕と付き合っている時だって、デートより部活を優先した。僕よりバスケを優先するのか、なんて子供《こども》染みたことを考えたこともあったけど、それを口に出すことなんて出来なかった。それくらい琉実《るみ》は真剣《しんけん》だった。幾《いく》ら僕だって、そんなつまらないことで水を差すのは違《ちが》うと思った。

そっか、まだ一年なのにレギュラーか。すげぇな。さすが元部長。

琉実《るみ》の部屋の前で、なんて声を掛《か》けるべきか考える。大丈夫《だいじょうぶ》か、は違《ちが》うよな。大丈夫《だいじょうぶ》じゃないんだから。どうした、というのも変だ。どうしたも何もない。

うーん、と暫《しばら》く悩《なや》んで、僕は、「なぁ、入っても良《い》いか？」と言った。

（神宮寺琉実《じんぐうじるみ》）

ドアの前に誰《だれ》か来た気配があった。

純《じゅん》の声だ。今日は純《じゅん》の来る日だった。そんなことすっかり忘れていた。

（白崎純《しろさきじゅん》）

部屋に投げかけた声が、しばし漂《ただよ》った。

なんとなく人の気配は感じるものの、物音が一切《いっさい》しない。声を殺して泣いているのだろどうしよう。今、純《じゅん》に会ったら絶対に甘えちゃう。はぁ。でも無視できない。

わたしは立ち上がって、ドアを開けた。

部屋の電気を点《つ》けていなかったせいで、純《じゅん》の表情はよく見えない。でも、声色《こわいろ》で何となくわかる。


うか。とにかく、僕は待った。

ガチャっと云《い》う音が響《ひび》いて、ドアが開いた。

さっきまで泣いていたのだろう。廊下《ろうか》の明かりに照らされた琉実《るみ》の目元は、やや腫《は》れていた。


「手、痛むか?」

「今は湿布《しっぷ》貼《は》ってるから……でもズキズキする。……うん、痛い」


わたしはベッドの縁《ふち》を背もたれにして、床《ゆか》に座った。純《じゅん》が隣《となり》に座れるスペースを考えてしまう自分のずるさが嫌《いや》だ。

わたしは結局、純《じゅん》に甘えようとしている。

泣き言を聞いて貰《もら》おうとしている。


琉実《るみ》が無言でベッドの脇《わき》に腰《こし》を下ろしたので、その隣《となり》に座る。

こうして体温を感じられるくらい近くに並んで座るなんていつ以来だろうと、僕は場違《ばち》いなことを考えたが、それを追《お》い払《はら》った。


「なんか、わたしって何やってもダメだね……失敗ばかり。今日ね、わたしが一年で唯一《ゆいいつ》、大会でレギュラー入りだって言われたの」

「うん」

「それなのに練習している時、バランス崩《くず》して、手首やっちゃった……これでレギュラーは絶望的。よくてベンチってとこだけど、それもわかんない。もう、自分で自分のことが本当にイヤになる。なんでわたしっていっつもこうなんだろう……」


言いながら、声がかすれてくのがわかる。

泣くなって言い聞かせれば言い聞かせるほど、どんどん辛《つら》くなる。

純《じゅん》がわたしの肩《かた》を抱《だ》いた。

わかってる。わたしは純《じゅん》に甘えたかった。

ずっとこうしてほしかった。

那織《なおり》の為《ため》に別れたのに、ずるいわたしは結局、純《じゅん》に頼《たよ》ってしまう。


琉実《るみ》はいつも気を張っていて、こうやって自分の弱さを見せることは稀《まれ》だった。涙《なみだ》を堪《こら》えているのは明白だった。

僕は琉実《るみ》の肩《かた》を抱《だ》き寄《よ》せた。そうすることが自然だと思った。琉実《るみ》の肩《かた》は僕が知っているよりずっと細くて、弱々しかった。

那織《なおり》やおばさんじゃなくて、僕を部屋に入れてくれたことが、嬉《うれ》しかった。

いや、そんなこと考えちゃダメだ。


「琉実《るみ》はいつだって頑張《がんば》ってたし、真剣《しんけん》だったよな。バスケの為《ため》にデート断られたことだって何度もあった。バカな話だけど、バスケに嫉妬《しっと》したこともあるんだよ。でも……だからこそ、これだけは言える。知った顔で、部活もしていない僕が琉実《るみ》を慰《なぐさ》めることなんて出来ない。だからさ――思い切り泣けよ。悔《くや》しいよな。腹立つよな。泣きたいよな。だから、すっきりするまで泣いていい」


わたしは、泣いた。

初めて純《じゅん》の胸で泣きじゃくった。

純《じゅん》がわたしの背中を、頭を撫《な》でる。

ダメだ。ダメだ。ダメだ。でも――

やっぱり、わたしは純《じゅん》のことが好き。

気持ちに整理なんてとてもつけられない。

那織《なおり》、ごめん。

こんなお姉ちゃんでごめん。

自分勝手で最低でごめん。

わたしはお姉ちゃん失格だね。

こんなことなら、純《じゅん》と付き合わなきゃ良かったよ。わたしがちゃんと我慢《がまん》すれば良かっ

琉実《るみ》が僕の胸に顔を押し付けて、声を上げて泣いた。僕は琉実《るみ》を抱《だ》き締《し》めて、背中をさすり、空いた右手で子供をあやすように頭を撫《な》でた。

付き合っている時だけじゃない。僕は琉実《るみ》がこうして泣く姿を、子供の時以来、見ていない。そうか、琉実《るみ》はその頃《ころ》から我慢《がまん》してたんだ。良き姉で居るために、妹の規範《きはん》になるように、泣くことすら、弱音を吐《は》くことすら我慢《がまん》してたんだ。

そう思ったら、僕は琉実《るみ》のことが愛《いと》おしくて、どうしようもなく可愛《かわい》らしくて、ずっと

た。やっぱりわたしは失敗ばかりだ。
わたしはどうすれば良かったの？
純《じゅん》の手がわたしの頰《ほお》に触《ふ》れる。
やめて。
そんな優《やさ》しい目で見られたら、抗《あらが》えない。
わたしは純《じゅん》を拒《こば》めない。だから、お願い。
……でも。
わたしは…。
ねぇ、どうしたらいい？

「どう？　落ち着いた？」

那織《なおり》の声がした。
わたしは何をしようとした？
流れに任せて、何をしようとした？
わたしは思わず純《じゅん》を押しのけた。

頑張《がんば》ってきたこの女の子のことを褒《ほ》めてあげたかった。無理しやがって…。
琉実《るみ》の頰《ほお》に手を添《そ》えると、真っ赤になった目で僕のことを見詰《みつ》めて来る。
僕は、琉実《るみ》の頰《ほお》を両手で挟《はさ》む。
琉実《るみ》の潤《うる》んだ目が揺《ゆ》れる。琉実《るみ》のくりくりとした大きな目に吸い込まれそうになる。
琉実《るみ》の瞼《まぶた》がそっと閉じる。
目尻《めじり》から涙《なみだ》が溢《あふ》れ、漏《も》れて頰《ほお》を伝う。

那織《なおり》だ。
僕は何をするつもりだった？
那織《なおり》が居ながら、僕は――
琉実《るみ》が僕を突《つ》き放《はな》す。

――僕は、最低だ。

わたしは、なんて嫌《いや》な女なんだ。

（神宮寺那織《じんぐうじなおり》）

「ごめん、今行く」

お姉ちゃんの声がした。中の惨状《さんじょう》なんて、ドアを開けずとも容易に想像がつく。

だって、お姉ちゃんの声が、あまりにも取り繕った声だったから。それは泣いて嗄《か》れた声を誤魔化《ごまか》すとか、そういう類《たぐい》の響《ひび》きじゃなかった。私たちはお母さんのお腹《なか》の中にいる時から一《いっ》緒《しょ》だったんだ。一緒《いっしょ》に泣いて育ったんだ。そんなことくらい分かる。

胸がむかむかする。

落ち着け、那織《なおり》。こんなことくらい想定内でしょ？　承知の上でしょ？　あの二人が綺麗《きれい》に別れていないことくらい十分すぎるほど知っているでしょ？

うん。知ってる。よく知ってる。だから、私は私のやり方でやるしかない。

私は、何にも気付いていない、いたいけな妹。

与《あた》えられた役を全うしなければ。でも、ちょっとくらいは尻尾《しっぽ》を出してあげよう。

そうだよ。それこそが私のやり方だったじゃないか。私らしいやり方じゃないか。

いつまで我慢《がまん》できるかなぁ。この調子だと長くは持たないかもなぁ。

ドアが開く。

目を真っ赤にしたお姉ちゃんが、申し訳なさそうな顔をして現れた。

「心配かけてごめん」

「お父さんとお母さん、待ってるよ」

胡乱《うろん》さを微塵《みじん》も滲《にじ》ませずに私は言った。完璧《かんぺき》な立《た》ち居振《いふ》る舞《ま》い。私の方がよっぽど役者だ。

「うん。先下りるね」

そう言い残して階段に向かうお姉ちゃんを横目で見送り、ドアの前に立つ純《じゅん》君を見据《みす》える。

「すまん、待たせた」

「しょうがないよ。それより元気を取《と》り戻《もど》したようで良かった。あのままじゃ、部屋の前で宴《うたげ》を開かなきゃいけなくなるところだった」

「まだそんなこと言ってるのか」

「冗談《じょうだん》だよ。純《じゅん》君はどんな手を使ったの？　踊《おど》ったわけじゃないでしょ？」

「普通《ふつう》に慰《なぐさ》めただけだよ。さ、僕たちも行こう」


——下手くそ。


こんなに味気ない牛タンを食べたのは、生まれて初めてだよ。

夕食の席で、お姉ちゃんと純《じゅん》君は一度も目を合わせなかった。

何それ。

何かありましたって白状してるようなもんだよ？　お姉ちゃんは私の為《ため》に純《じゅん》君と別れたんでしょ？　だったら、もっとうまくやったらどうなの？　全然ダメだよ。そんなの全然ダメ。

箸《はし》が食器に当たる音、咀嚼《そしゃくおん》音、コップがテーブルに置かれる音……色んな音が頭の中に響《ひび》く。人の声だけが、頭から零《こぼ》れていく。意味のある音として認識《にんしき》できない。

ねぇ、私の頑張《がんば》りは足りてないの？　そんなにお姉ちゃんより魅力《みりょく》ないかな？

だって、この空気感ってそういうことでしょ？　何か、そ、う、い、う、こ、とがあったんでしょ？

なんだよ、なんだよ。また私のことは置いてけぼりなの？　また蚊帳《かや》の外なの？　お姉ちゃんはそういうことに罪悪感を覚えたんじゃないの？　それは私の勘違《かんちが》い？　おかしくない？

わかんない。ぜっんぜんわかんない。ああっ、もうっ。二人してなんなんだよっ。

しっかりしろ。神宮寺《じんぐうじ》那織《なおり》。

しっかりしていなかったら、生きていられない。

やさしくなれなかったら、生きている資格がない。

だよね？　それでいいんだよね、マーロウ。

改札を抜《ぬ》けて、学校まで歩く。

琉実《るみ》は朝練があるので、僕らより早く家を出る。テスト前などの朝練禁止週間なんかじゃない限り、僕は那織《なおり》と二人で登校する。中等部から続く日常。女子と二人で登校するなんてと思うかも知れないが、家が隣《となり》で、使う路線が同じなんだから、どうしたって似たようなタイムスケジュールになる。今日だっていつも通りだ。

ただ、那織《なおり》が無邪気《むじゃき》に話《はな》し掛《か》けてくればくるほど、笑顔《えがお》を向けてくればくるほど、昨日の軽《けい》率《そつ》な行動を思い出してしまい、その度《たび》、罪悪感に襲《おそ》われる。

「なんか今日は元気ないね。どうしたの？」

「そうか？　別にそんなことないよ」

那織《なおり》に気付かれぬよう、僕は取《と》り繕《つくろ》った声を出す。

「ふーん。そう言えば、昨日のご飯のあと、お父さんと話し込んでたけど、何話してたの？」

「基本的には大衆文学の歴史について語ってたんだけど、その中で面白《おもしろ》かったのは、探偵小説《たんていしょうせつ》と推理小説の境界は何処《どこ》からかとか、黒岩涙香《くろいわるいこう》の翻案小説《ほんあんしょうせつ》と翻訳小説《ほんやくしょうせつ》がどうのとか、ホームズの翻案《ほんあん》は水田南陽《みずたなんよう》でとかそういう話だ。僕は殆《ほとん》ど聞いてるだけだったよ」

「純《じゅん》君は本当に付き合いが良《い》いね。私だったらすぐ逃《に》げ出《だ》しそう」

「なかなか好奇心《こうきしん》をくすぐられる話だったから、楽しめたよ。大正時代に日本で探偵小説《たんていしょうせつ》を切り開いたのは佐藤春夫《さとうはるお》以外に、芥川龍之介《あくたがわりゅうのすけ》や谷崎潤一郎《たにざきじゅんいちろう》だったなんて話を聞いたら、また読《よ》み漁《あさ》らなきゃって思うだろ？」

「相手は酔《よ》っぱらいなんだから、話半分にしときなよ。でも、純《じゅん》君はそういう話好きそうだよね。『戦闘美少女《せんとうびしょうじょ》の精神分析《せいしんぶんせき》』を読んで、ラカンを読《よ》み漁《あさ》るタイプ」

「そういう本があるのか？」

「斎藤環《さいとうたまき》って云《い》う人の本だよ。けっこう前のやつ。お父さんに言えば貸してくれるでしょ。いつだか勝手に借りて読んだ。同じ著者の『キャラクター精神分析《せいしんぶんせき》』って本もあったよ」

「今度、是非《ぜひ》借りてみよう」

「純《じゅん》君は分析《ぶんせき》するの好きだよね。そうやって自分の心も分析《ぶんせき》してるの？」

「分析《ぶんせき》出来たらどんなに楽なことか……」

「そっか。大変だね」

「ああ。全くだよ。これからどうしたらいいのか、見当もつかない。どうするのが一番――」

……もしかして今のは完全に失言だったんじゃないか？

なんかそんな気がするぞ。やべぇ。絶対、余計なこと言った。こんな言い方したら、「僕は悩《なや》んでます！」って宣言してるようなものだ。那織《なおり》は鋭《するど》いから、僕が琉実《るみ》のことを引き摺《ず》ってることや、那織《なおり》と付き合う切《き》っ掛《か》けの話とか……そこまでは考えすぎか？

いくら那織《なおり》でもそこまでは気付いてないよな。さすがにそれは考えすぎだよな。だったら、もっと別の悩《なや》みだと取ってくれたかも知れない。そうだと信じたい。

そう思って隣《となり》を歩く那織《なおり》を見ると、口をむすっとへの字に結んでむくれていた。

——怒《おこ》った時の琉実《るみ》とそっくりだ。

もしかして、何かしらバレてる？　例えば昨日のこととか？　いや、昨日のことはバレてないはずだ。仮にそうだとしても……くそっ、思い当たる節が多すぎて、那織《なおり》がどこに気付いたのか分からない。そもそも、何かに気付いたのか？　気にし過ぎじゃないか？

こういう時、琉実《るみ》だったら……待て待て。落ち着け。それは琉実《るみ》の話だ。

幾《いく》ら姉妹《しまい》だからって、双子《ふたご》だからってそこを一緒《いっしょ》にするのは流石《さすが》に……って言っても、他にサンプルが無いんだよなぁ。下手に言葉で誤魔化《ごまか》すのは悪手《あくしゅ》……だと思う。多分。経験的に。

ここは那織《なおり》のことじゃないんだよ風を装《よそお》うしかない。

って、それは何？　僕は何で悩《なや》んでる設定にすればいいんだ？

今にして思えば、最低な方法だった。勘違《かんちが》いしていた。

僕は、那織《なおり》の手を、そっと取った。つまり、握《にぎ》った。琉実《るみ》と付き合ってる時だって、登校中に手を握《にぎ》ったことなんて無かった。だからこそ、僕はそれで良《い》いと思ってい、い、しまった。

「お姉ちゃんはそれで誤魔化《ごまか》されてくれたの？」

乾《かわ》いた声が刺《さ》さる。

振り解《ほど》かれる手。

「さっきのって、私のこと？　お姉ちゃんのこと？　それとも全部？　何に悩《なや》んでるの？」

終わった。確実に那織《なおり》は何か感じ取っている。逃《に》げ場《ば》のない質問《チエック》。

僕は知っている。こういう訊《き》き方《かた》をされた時、止めどない詰問《きつもん》と謗《そし》りの末、最後には言わなくてもいいことまで言ってしまう例のパターンだ。
（A）私のこと……それって何？　私の何に対して悩《なや》んでいるの？
（B）琉実《るみ》のこと……お姉ちゃんがどうしたの？　何か悩《なや》むようなことがあったの？
（C）全部……全部って何？　説明して。抽象的《ちゆうしようてき》で分かんない。
詰《つ》んだ。完全に詰《つ》んだ。正解《チエックメイト》がない設問だ。

しかも、こういうのって間髪《かんはつ》入れずにフォロー出来ない瞬間《しゆんかん》、終わりである。こうやって黙《だま》って考えている時間が長ければ長いほど不利になる。

最終的に「なんで黙《だま》ってるの？　何か言ってくれなきゃ分かんない」って言われるヤツ。

なんでそんなこと分かるかって？

このパターンで、琉実《るみ》としょっちゅう喧嘩《けんか》したからだよっ！

「ま、いいや。ごめん。気にしないで。私もちょっと意地悪した」

え？　ここで引いてくれるのか？　マジかっ。このパターンは初めてだ。

「僕の方こそ、変なこと言ってごめん」

那織《なおり》がそう言ってくれたから、僕は素直《すなお》に謝った。失言に対して。

それから僕らは無言だった。廊下《ろうか》で別れるまで無言だった。

那織《なおり》が折れてくれたのは助かったけど、あれは微塵《みじん》も承服してない折れ方だった。仕方なく助《たす》け舟《ぶね》を出してくれたに過ぎない。多分、那織《なおり》なりに何か思うところがあるってことだ。

なんだか、色々と黙《だま》ってるの辛《つら》くなってきた。

全部正直に、洗《あら》い浚《ざら》い吐《は》き出《だ》したいくらいだ。


（神宮寺《じんぐうじ》那織《なおり》）


放課後、私は純《じゅん》君の所に顔を出してあげようと思った。

今朝はちょっと私らしくなかった。お昼休みもなんだかもやもやしたままで、純《じゅん》君のクラスには近付かなかった。祭しがよくて、理解があって、あの二人に甘々なのが私の良《い》い所だと思ってるけど、昨日の今日だから、どうしても皮肉っぽくなってしまう。こういう感情を飼いならすのは得意だったんだけどなぁ。どっかのおバカなお姉様のお陰《かげ》で。

お姉ちゃんが手放したっていう認識《にんしき》が良くないんだよね。

甘えを生むんだよね。隙《すき》を生むんだよね。

二人はお子ちゃまなんだから、私が大人になってあげねば。負けてたまるか。

ふぅ。ひと呼吸。っよし。行くか。

廊下《ろうか》から純君《じゅん》のクラスを覗《のぞ》く。中に入る。見回す。空っぽだ。

……居ないのかいっ！　私のこの健気《けなげ》な行動を返せっ！

鞄《かばん》はまだあるな。ってことは校内には居るのか。はぁ。肩透《かたす》かしもいい所だよ。それにしたって誰《だれ》も居ないってことはないでしょ？　教室に残って駄弁《だべん》に花を咲《さ》かせる生徒くらい――

「白崎《しろさき》なら居ねぇぞ」

――ひぇっ。

背後から話《はな》し掛《か》けるな、ばか者め。

びくっとしちゃっただろ。恥《は》ずかしい。

「……お、脅《おど》かすんじゃないっ！　森脇家《もりわきけ》に燃料気化爆弾《サーモバリックばくだん》落とすぞっ！」

私は教授の顔を睨《ね》め掛《か》く。飄々《ひょうひょう》としやがってからに。

「今のビクっとした神宮寺《じんぐうじ》、猫《ねこ》みたいで可愛《かわい》かったぞ。あと、言ってなかったけど、うちには地下室があるんだ。残念だったな」

「何が子猫《こねこ》みたいで愛らしくて顔がにやけてたまらないだっ！　私が可愛《かわい》いのは分かるけど、幾《いく》ら褒《ほ》めそやしてもダメだからねっ。地中貫通爆弾《バンカー・バスター》で地下室ごと粉砕《ふんさい》してやるからっ！」

「えっと……全く以《もっ》てそこまで言ってないんだが」

「あれ？　そうだった？　どうやら、私の聴覚《ちようかく》にはノイズが混じるみたいだね。地磁気の乱れ？　レイライン？　フェライトコアを使ってノイズ対策しないと――」

――痛っ。

「何だよ何だよ。頭を叩《たた》くことないだろっ。訴《うった》えるぞ。女子の頭を叩《たた》くなんて極悪非道《ごくあくひどう》にもほどがあるよっ。あること無いこと言いふらしてやるからねっ！　女子トイレに入る姿を見掛《みか》けたって言いふらしてやる」

「そんな強く叩《たた》いてないだろ。あと、それはさすがの俺でも受けるダメージが計り知れないからやめてくれ。ま、とりあえず、座ろうぜ。ほら、そこ座れよ。俺の席じゃないけど」

教授がそう言って自分の席に座る。

ふん。仕方ないから従ってやるよ。この暴力男《ヴイシヤス》め。

教授に促《うなが》されるまま、その前の席に、背もたれを抱《かか》えるようにして座った。

「最近は戦争モノにハマってるのか？」

「いんや。トム・クランシー読んでたのは春休みだね。最近は、もっぱら目についた現代小説を漁《あさ》ってるよ。で、純《じゆん》君はどこ行ったの？　神隠《かみかく》し？　八幡《やわた》の藪《やぶ》知らず？」

「なんか気付いたら居なかったんだよな。でも鞄《かばん》あるし、戻《もど》ってくるだろと思って、俺は飲み物を買いに行ってた」

「ふーん。そっか。……私の分は？」

「ねぇよ。神宮寺《じんぐうじ》が来るとは思ってなかったし」

「気が利《き》かねぇ野郎《やろう》だぜ」

ハードボイルド風にキメて、ブレザーのポケットに入れていた、部長から渡《わた》されたトクホのお茶にストローを挿《さ》し、喉《のど》を伝わせる。冷たくて甘いものが飲みたい気分だったのに。

「何だよ、あるじゃん」

「常温で喉越《のどご》しが悪いお茶ならね」

「相変わらず一言多いんだよ。可愛《かわい》くないヤツだな、本当に」

思ってない癖《くせ》に。

「そう言えば……」

教授が声のトーンを落としてそう言い、もどかしそうに口を閉じて目を伏《ふ》せた。

仕方なく「何？」と間合いをとってあげる。この心遣《こころづか》い。私はなんてお優《やさ》しいのかしら。

「昨日、白崎《しろさき》から聞いた。……その、二人のこと。良かったな」

そんなことだと思ったよ。

「……うん。でもさ、それって、報告じゃなくて相談だったでしょ」

さっきまで弱々しかった教授の目が、瞳孔《どうこう》が、変化する。その須臾《しゅゆ》を私は見逃《みのが》さない。

二人よりはポーカー・フェイスが上手だが、私の観察眼を舐《な》めて貰《もら》っては困る。

「普通《ふつう》に報告だったぞ」

「別にいいよ。想像ついてるから。話の内容は粗方《あらかた》お姉ちゃんがどうのってとこでしょ？」

「……神宮寺《じんぐうじ》、おまえ……」

「そんな目で見ないで。やめて。あの大根どもの考えそうなことは大体分かってる。最初から分かってる。私は、あの二人と子供の頃《ころ》から一緒《いっしょ》だったんだ」

だから教授。そんな目で見ないで。私は大丈夫《だいじょうぶ》だから。最初から分かってるから。

同情されるのだけは、絶対に嫌《いや》。まっぴらごめんだ。

「神宮寺《じんぐうじ》は本当に優《やさ》しいな。やっぱ、すげぇよ。マジで良《い》い女だわ」

「ごめんね、靡《なび》かなくて」

「もっと真剣《しんけん》に告白するべきだったよなー。あれは人生で最大の失敗だ。逃《に》がした魚はとんでもなく大きかったってつくづく思う」

「捕《つか》まえておける器《うつわ》もない癖《くせ》によく言うよ。それに——あの時、超真剣《ちょうしんけん》だったじゃん」

深く付き合うようになってからだって、あんなに真剣《しんけん》な教授の顔、一度も見たことない。あれは間違《まちが》いなく本気の告白だった。だから、私も真剣《しんけん》に断ったんだ。

「バレてた？」

「バレてないとでも？　それに教授が手当《てあ》たり次第《しだい》告白するようになったのって、あのあとからじゃん。これは私の自惚《うぬぼ》れ？　ちょっと自意識過剰《じいしきかじょう》だったかな？」

教授は頭をわしわしと掻《か》きながら、はぁぁぁぁぁ——っと大きく溜《た》め息《いき》を吐《つ》いた。

「……完敗だよ。神宮寺《じんぐうじ》の言う通りだ。全く何でもかんでもお見通しなんだな」

「私も女子だからね。噂《うわさ》くらいは耳に入って来るわけよ。そんで、どれ教授が告白した相手の御尊顔《ごそんがん》を拝んでやろうと思って見に行くとさ、必ずと言っていいほど、私とはかけ離《はな》れた女の子ばっかだったんだよね。運動部とかギャルっぽい子とか。なんか、意図的に避《さ》けてるのかなって思ったんだ」

「同系統の女子だったら、絶対に比較《ひかく》しちゃうだろ。それは相手の子に失礼だ。俺だってそれくらいの倫理観《りんりかん》は持ってるんだよ」

「私より可愛《かわい》くて、頭の良《い》い子はこの学年には居ないからね」

「……ったく。何も言い返せないのが心の底から悔《くや》しい」

教授はクソっと言いながら、汗《あせ》をたっぷり掻《か》いたジュースのプルトップをようやく開け、天井《てんじょう》を仰《あお》ぎ見《み》ながらぐびぐびと飲んだ。ビールを飲むおじさんみたいだな。

「ぷっはぁ……。俺もまだまだだな。こんな簡単に見透《みす》かされてるようじゃダメだ。もっとゲスく生きなきゃダメだっ！　神宮寺《じんぐうじ》がドン引きするくらいゲスくなってやる」

おーい。努力の方向がおかしいぞー。脳味噌《のうみそ》入ってるかー？

でも、そんなこと出来ないよ。無理だね。相手の子に失礼とか言ってるうちは。

「なれないよ。教授には無理」

「いいや、なれるね。出会《であ》い頭《がしら》に胸揉《も》むくらい豪快《ごうかい》な男になってやる」

「はい、退学！」

「……乳首当《ちくびあ》てゲームは？」

「耳の下に視線を移すんじゃない。見当をつけるな」

「髪《かみ》くらいなら……どう？」

「女子の髪《かみ》を軽く考えすぎ。よって死刑《しけい》を求刑《きゅうけい》します」

「くそっ！　俺はどうしたらゲスくなれるんだ！　挨拶《あいさつ》の代わりに下着の色を訊《き》いてまわればいいのか？」

「教授はセクハラという言葉を知らないの？　このご時世によくもまぁ、いけしゃあしゃあと。どうせこのノリなら訊《き》けるとか思ってるんでしょ？　そういう魂胆《こんたん》が見え見えなんだよねぇ」

「神宮寺《じんぐうじ》が怖《こわ》いっ！　怖《こわ》すぎるっ！　何この先回り能力っ！」

「教授の思考パターンが単調なんだよ。ちなみに今日は縞柄《しまがら》。嘘《うそ》だけど。縞《しま》パンなんて持ってないし。

「さらっと言うなっ！　ありがたみが感じられねぇっ！　てか、縞《しま》パンなの？　マジで？」

「やっぱ、男子は縞《しま》パン好きなんだねぇ。ふーん」

「あのー、申し上げにくいんですが……ちょっとだけ見せて頂いてもよろしいでしょうか？」

「ばかっ。見せるわけないでしょ。おかしいんじゃないの？　あ、ごめん。既《すで》におかしいんだったね。めんごめんご。大体ねぇ、私相手にマウントを取ろうと云《い》うのが愚《おろ》かなんだよ」

「なぁ、神宮寺《じんぐうじ》」

「うるせぇ、この堕天使《だてんし》がっ」教授が再びジュースを呷《あお》る。今度は滞空時間《たいくうじかん》が長い。机の上に乱暴に置かれた缶《かん》は、その音からして空だ。飲み切ったのか。男の子だねぇ。

「は？　悪魔《あくま》って何？　天使の間違《まちが》いでしょ？　ほら、今すぐ訂正《ていせい》してっ」

「この悪魔《あくま》めっ」


教授の目に光が宿っている。まさか、缶《かん》の中身はエリクサーだったの？　全回復？

「……何？　ちょっと目が怖《こわ》いよ。なんか、据《す》わってる」

「もしかしてと思って、言うんだけど」

「……うん。何？　改まってどうしたの？」

「ちっさい頃《ころ》って、白崎《しろさき》とどんな感じだったの？」

「ん？　どんな感じって？」

「ほら、仲良かったとか——そういうのあるじゃん」

何その頭の悪い抽象的《ちゅうしょうてき》な質問。意図が不明。んまぁ、強《し》いて言えば——、

「別に普通《ふつう》だよ。本の話したり、映画の話したり。けど、どっちかって言えば、純《じゅん》君はお姉ちゃんとの方が仲良かったかな。よく一緒《いっしょ》に居たし」

それが気に入らなかったから、中学に上がってからはもっと絡《から》むようにしたんだよね。今にして思えば、ちょっとウザがられてたかも知れない……うーん、それは考えすぎ？　てか、そ

うじゃなきゃ嫌《いや》。耐《た》えらんない。でも、結局お姉ちゃんに取られたから何とも言えない。

「そっか。そういうことか。ようやく理解したわ」

教授が背もたれに身体《からだ》を預けて、大きく伸《の》びをした。満足そうな顔がむかつく。

「何が？　なんの話？　そーやって一人で勝手に納得《なつとく》されるの、すっごく嫌《いや》なんだけど」

「なぁ、神宮寺《じんぐうじ》……白崎《しろさき》の初恋《はつこい》の相手って知ってるか？」

「へ？　お姉ちゃんじゃないの？」

「バーカ。おまえだよ」


——そんなバカな。


ありえない。そんなのありえない。うそだよ。ぜったいうそだよ。

教授が私に勝ちたくて、言ったんだよ。

だってそうじゃなきゃ、ひどすぎるよ。

「幾《いく》ら私でも、そういうタチの悪い冗談《じょうだん》は嫌《きら》い」

「冗談《じょうだん》でこんなこと言うかよ。白崎《しろさき》が照れながらそう言ったんだ」

「……ほんとに？　ほんとに純《じゅん》君が言ったの？」

「ああ。嘘《うそ》なんか言わねぇって」

風が止《や》み、木々は葉を揺《ゆ》らさなくなり、水が腐《くさ》り、大気が淀《よど》み、雲が空を覆《おお》い、地球が回転を止める。自転を終え、次第《しだい》に公転もしなくなる。ゆっくりと速度を落としていく。まだ慣性が働いてるけど、もうじき止まる。ケプラーは用済みになり、ニュートンが嘱目《しょくもく》しても林檎《りんご》は落ちない。スイングバイで加速なんて出来やしない。私は宙に放り出される。無重力。

私の世界が止まった。全機能が停止した。

……これがダチュラ。

「おい、大丈夫《だいじょうぶ》か？」

「……無理。もう無理」

「顔真っ赤だぞ」

「うるさい。見るな。あっちいけ」

「神宮寺《じんぐうじ》もそういう顔するんだな。可愛《かわい》くていいと思うぞ」

「死ね。もうやだ。見ないで。どっかいって」

私は机に伏《ふ》せた。顔が熱いのは自分でも分かる。嬉《うれ》しくなんてない。違《ちが》う。悔《くや》しいの。嬉《うれ》しくなんてない。今までのは何だったんだって悔《くや》しいんだから。違《ちが》うって。ああもう。違《ちが》うって言ってるでしょ。嬉《うれ》しくなんてない。喜んでなんてない。勘違《かんちが》いするな。これは悲劇なんだ。

それなのになんでおまえは。やだやだやだやだ。こんなの私じゃない。違《ちが》う違《ちが》う違《ちが》う。

喜んでなんかないっ！　過去を嘆《なげ》いているんだっ！　悔《く》いているんだっ！

よろこんで……なんか……ない……。うれし……く……なんて……ないっ。

くやしいんだっ。

「ちょっと神宮寺《じんぐうじ》、おまっ、泣いてるのかっ？」

「……泣いてなんか……ないっ！　見損《みそこ》なう……なっ！　あっち……いけ……」

教授が私の肩《かた》を揺《ゆ》する。触《さわ》るな。私に触《ふ》れるな。

ちょっと感情回路《エモーション・チップ》にバグが見つかっただけだ。ショートしただけだ。

「ほら、顔上げて涙拭《なみだふ》けよ。俺が泣かしたみたいに言われるだろ」

「言われろ。悪評にまみれろ。……でも、ありがとう」

顔を伏《ふ》せたまま、教授からポケットティッシュを受け取り、私は涙《なみだ》を拭《ふ》いた。けど、伏《ふ》せたままじゃやっぱり拭《ふ》き辛《づら》くて、教授に顔を見られないように顔を背《そむ》けながら、涙《なみだ》を拭《ふ》いた。

ウォータープルーフのマスカラで良かった。

絶対にゆるさない。根に持つからね。私は執念深《しゅうねんぶか》いんだ。

「どうだ？　落ち着いたか？」

「取り乱したのが前提みたいな言い方しないで」

「目真っ赤だぞ」

「めぐみんだってラムだってかぐや様だって赤いでしょっ！　みんな充血《じゅうけつ》してるのっ！　だから私だって充血《じゅうけつ》くらいするのっ！　このバカっ！　ほんと振《ふ》って良かった！」

「……おまえっ！　俺があげたティッシュ返せ！」

「さては私の涙《なみだ》をちゅーちゅー吸うつもりだな！　この変態っ！　体液フェチっ！」

「クソッ……その発想は無かった……悔《くや》しい。思い付かなかった自分が憎《にく》い」

「三下風情《さんしたふぜい》が。一人で池の水でも飲み干すがいい。氷川神社《ひかわじんじゃ》に行っておいで。一人で飲み切ったらこのティッシュあげるよ。その頃《ころ》にはカラカラになってるだろうけど」

「元気になった途端《とたん》にこれか……可愛《かわい》くねぇな。さすがホルモン事件の首謀者《しゅぼうしゃ》。一筋縄じゃいかねぇよな。調理室でホルモン焼いて呼び出された女はやっぱ違《ちが》うわ」

「へへー。さっき可愛《かわい》いとか言ってたじゃん。説得力皆無《かいむ》だねー。あと、ホルモンは昔のことでしょ。思い出させないでよ。もう、教授なんてホルモンを呑《の》み込《こ》むタイミングで一生悩《なや》めばいいんだっ。永遠に咀嚼《そしゃく》してればいいんだっ！　口に入れたガムが全部ホルモン味になる呪《のろ》いをかけてやる。喰《く》らえ、マキシマム ザ ホルモンっ！」

「おい、その呪《のろ》いは嫌《いや》すぎるぞ！　つーか、それはバンド名だろっ！　勝手に技《わざ》にすんなっ。そして、反応に困るからメロイックサインをこっちに向けるなっ」

「よくメロイックサインなんて言葉が出てきたじゃん。褒《ほ》めてつかわそう。ちなみに、イタ語でコルナ《つの》とも言うんだよ。ね、知ってた？」

　人差し指と小指を立てた自分の手を見ながら、これは角《つの》って言うか、手遊《てすさ》びの狐《きつね》みたいだなと思った。そう考えたら、ちょっとカワイイ。

「知るか。ホント、おまえって自由だよな」

「何それ。けなしてんの？　そういうのはちゃんと事務所通してくれないと困るよ」

「何が事務所だよ。つーか、マジで見た目からは想像できないくらい気の強ぇ女だよな」

「私ら姉妹《しまい》の性格で、唯一《ゆいいつ》共通するとこだね、それ。……そうそう、教授」

「何だよー」

「私の嫌《きら》いなエンディングって知ってる？」

「いきなりだな。……わからん」

「デウス・エクス・マキナ」

「神が降臨してすべて円満ってヤツか。ご都合感はあるよな、確かに」

「あんなの許さない。私は私の手で解決しなきゃ気が済まない。だから、私の手でダチュフを撒《ま》くんだ。神や絶対の存在なんて許さない。私が、ダチュラで世界を破壊《はかい》するんだ」

　教授、ありがとう。決心がついたよ。

　これで私は前に進める。自信を持って進むことが出来る。本当はちょっと怖《こわ》かったんだ。余りにも居心地《いごこち》が良かったから。でも、良かった。これで大丈夫《だいじょうぶ》。うまくやれる。

　神が天におはしますれば、この世のすべてはあるべきところに。

　介入《かいにゅう》なんて許さない。降臨や顕現《けんげん》なんて以《もっ》ての外《ほか》。おまえはそこから出て来るな。

「神宮寺《じんぐうじ》、おまえ、一体何を考えているんだ？」

「私に命令できるのは、私しかいないってこと」（神宮寺琉実《じんぐうじるみ》）

放課後、純《じゅん》とわたしは階段の最上部に居た。使わなくなった机が幾《いく》つか踊《おど》り場《ば》の隅《すみ》に置かれている。薄《うつす》ら埃《ほこり》を被《かぶ》っているが、その一部に埃《ほこり》は無い。誰《だれ》かがここに座ったんだろうか。

「急に呼び出してごめん」

「僕も話したいと思ってたし、ちょうど良かった。しかし、高等部もここら辺の造りは一緒《いっしょ》なんだな。ま、階段の造りなんてそんなに変わらないか」

屋上に繋《つな》がる誰《だれ》も来ない二人だけの場所。去年と建物は違《ちが》うけれど、とても懐《なつ》かしくて切ない場所……正直に言うと、中等部の時、キスをしたこともある。もちろん軽くね。軽く。学校で隠《かく》れてっていうのは、ほら、ドキドキするじゃん。うん、そういう軽い感じだから。

もちろん、こういうとこであんなことやそんなことをする人が居るって噂《うわさ》は聞いたことがある。あるけど、わたしは別にそこまではしてないし……し、したいとか思ったことなんて、そりゃもう微塵《みじん》もないですけど、多少は想像も……断じてしてないですけど、キスくらいならセーフでしょ？　ピュアでしょ？　ほら、誰《だれ》かに見せつけたわけじゃないし。

それはいいとして、とにかくあの頃《ころ》は毎日がキラキラしていて楽しかった。授業中に隠《かく》れてスマホでやりとりするメッセージだって、付き合ってるってだけでわくわくした。

不意に目が合う瞬間《しゅんかん》とか、机の下で絡《から》める指とか、すれ違《ちが》いざまにちょっと触《ふ》れてみるとか、スマホじゃなくてわざわざ机にメモを忍《しの》ばせるとか、偶然《ぐうぜん》を装《よそお》って同じ係になったりとか、それこそ隠《かく》れて校内でキスするとか——そういうささいなことが幸せだった。

みんなに隠《かく》れて付き合っていたのは、もちろん別れた時にいろいろと面倒《めんどう》だからという理由だったけど、我ながら悪くなかった。退屈《たいくつ》な日常に潜《ひそ》むスリルが、より一層わたしたちを熱中させた。熱に浮《う》かされたわたしたちは、人目を盗《ぬす》んでは濃密《のうみつ》な時間を重ねた。

高等部に上がったばかりの頃《ころ》、ふと気になって、わたしは階段を一番上まで上《のぼ》った。と言っても、一年生は最上階だったから、一階分あがるだけ。高等部も同じ造りなんだ、そう思ったら懐《なつ》かしくて、未練がましいなと思いながらも、わたしは麗良《れいら》に相談する名目でここに来る理由を作っていた。

そっか、純《じゅん》は来なかったんだ。懐《なつ》かしんでいたのはわたしだけなんだ。それはそっか。

純《じゅん》と別れる時、また片想《かたおも》いになるだけだ、と思った。元《もと》に戻るだけだから大丈夫《だいじょうぶ》、と言い聞かせた。だけど、いざ別れてみたら、そんなことは無かった。ただただ苦しいだけだった。一度知ってしまった感情や欲望は、行き場を失って、わたしを苦しめた。

純《じゅん》にもう触《ふ》れることができない。たった、たったそれだけなのに。

たったそれだけのことができないだけで、こんなにも辛《つら》いとは知らなかった。

何の因果か、また同じクラスになれたけど、視線が絡《から》み合《あ》うことは殆《ほとん》どなくなった。たまに目が合っても、もちろんそこに以前みたいな熱は無くて、ふいっと逸《そ》らされてしまうだけ。

那織《なおり》と——純《じゅん》の為《ため》に身を引くって決めたのに、だからこれでいいのに、一度知ってしまったあの日々が愛《いと》おしくて、思い出の中でどんどん美化されて煌《きら》めいていて、それが寂《さび》しくて、どうしようもなく悲しい。決して、楽しいことばかりじゃなかった。

それなのに、楽しかった思い出だけが網目《あみめ》から抜《ぬ》け落《お》ちずに引《ひ》っ掛《か》かっている。

「昨日のこと？」

「……そんなとこ」

バツが悪そうな顔で、目は合わせずに純《じゅん》が言う。手摺《てすり》に腕《うで》を載《の》せようとして、埃《ほこり》っぽいことに気付いたのか手を引っこめる。そういうのを気にするようになったんだ。前だったら、袖《そで》に付いた埃《ほこり》を払《はら》うのはわたしの役目だった。立ち止まっているのはわたしだけ、か。

「わたしも……多分、同じ話。座ろっか」

そう言って踏板《ふみいた》に腰《こし》を下ろす。がっつり座ると汚《よご》れそうなので、先端《せんたん》部分寄り。もし誰《だれ》かが上《のぼ》ってきたらスカートの中を見られそうだなと思って、裾《すそ》を股《また》に挟《はさ》む。黒パンは穿《は》いてるけれど、これぱかりはそういう問題じゃない。

「昨日は……その、すまん。軽率《けいそつ》だった」隣《となり》に座った純《じゅん》が先に謝った。

「うん。わたしもちょっと雰囲気《ふんいき》に流されそうだったし……あんま人のこと言えない。もう、二人っきりになるのはやめよう。絶対、よくない。那織《なおり》にも悪いし」

「そのことなんだけどさ」

踊《おど》り場《ば》にある窓を眺《なが》めながら、何度か小さく息を吐《つ》いてから「やっぱり僕は、琉実《るみ》のことを忘れられない」と——純《じゅん》が口にした。

やめてよ。そんなの絶対違《ちが》うって。そんなわけないって。

「バッ……バカじゃないのっ？　何言ってんの？　初めてできた彼女だから、ちょっと気が迷ってるだけだって。大体さ、純《じゅん》はずっと那織《なおり》のこと好きだったじゃん。それこそ小学生の頃《ころ》から。それに那織《なおり》だってそうだったし、ようやくお互《たが》いが望む関係になれたってのに、何を血迷ったこと言ってるの？」

「……やっぱりな。それが別れた理由だろ？　どうせ、最初から一年で別れる心積もりだったんだろ。流石《さすが》に鈍感《どんかん》な僕でも、それくらい気付くよ」

「……あの時、はっきり言わなくてごめん」

最初は一年でってつもりじゃなかったけど、わたしは訂正《ていせい》しなかった。結果は同じだから。

「全くだよ。別れた直後は混乱してたから僕も分からなかったけど、考える時間は十分にあったからな。そして、この前のゴールデンウィークの時に確信した。それにしたって、姉の役目を全うするにも限度ってもんがあるだろ。こんなやり方で那織《なおり》は本当に喜ぶのか？」

「わかってる！　わかってるけど、他に方法が思い付かなかったんだもん。それに那織《なおり》だけじゃない。純《じゅん》だってようやく初恋《はつこい》が叶《かな》ったんだから——」

「そうじゃないんだよっ！」

それは、初めて聞いた声だった。いつもの余韻《よいん》が染《し》み込《こ》んで来るような、優《やさ》しい響《ひび》きはどこにも無かった。喧嘩《けんか》した時だって、そりゃちょっとは強張《こわば》った口調になったけど、こんなに刺々《とげとげ》しくて、冷たくて、怖《こわ》い声は出さなかった。

「そりゃ確かに僕は那織《なおり》のことが好きだった。いつから好きになったのかも定《さだ》かじゃないけど、あれは初恋《はつこい》と呼ぶべきものだった。でも、初恋《はつこい》は初恋《はつこい》なんだよ。僕は——琉実《るみ》と付き合ってからは、ずっと琉実《るみ》のことが好きだったんだ」

……何それ。意味わかんない。

付き合ってる時、そんなこと言ってくれなかったじゃん。

一度だって言ってくれなかった。

可愛《かわい》いとか綺麗《きれい》とか言って欲しかったのに、純《じゅん》は言ってくれなかった。好きって言って貰《もら》いたくて、もっとわたしのことに気付いて欲しくて、わたしのことを見て欲しくて、一生懸命《いっしょうけんめい》お洒落《しゃれ》したのに、褒《ほ》めてくれなかった。

いっぱい頑張《がんば》ったのに、何も言ってくれなかったじゃん。

それなのに——なんで？　なんで今になってそういうこと言うの？

純《じゅん》がそういうこと言ってくれなかったから、やっぱりわたしじゃダメなんだって——

わたしが相手じゃ純《じゅん》の初恋《はつこい》を上書きできなくて、那織《なおり》じゃなきゃダメなんだって——

那織《なおり》を出《だ》し抜《ぬ》いて——たった一人の妹が足踏《あしぶ》みしているうちに横取りして、あんな想《おも》いをして、それでも頑張《がんば》れば振《ふ》り向《む》いてくれると思って、それなのに純《じゅん》はわたしのこと見てくれなくて、わたしの罪悪感をかき消してくれなくて、だから……だから、別れたんじゃないっ！

「それならさぁ、どうして好きって言ってくれなかったのっ？　わたし、一度も純《じゅん》から好きって言われてないっ！　言われたことないっ！　わたしが好きって言っても、うんって頷《うなず》くだけで、好きって言い返してくれなかったじゃんっ！」

殆《ほとん》ど叫《さけ》んでいた。言わずにはいられなかった。

階段にいる生徒は気付いたかもしれない。でも、そんなこと考えられなかった。

視界が次第《しだい》にぼやけていく。泣こうなんて思ってない。泣きたいなんて思ってない。ここで泣いたら負けだ。そう思うのに——純《じゅん》の顔が歪《ゆが》む。わたしは咄嗟《とっさ》に下を向いた。瞬《まばた》きをして歪《ゆが》みを追《お》い払《はら》う。涙《なみだ》がスカートに落ちる。小さな黒い染《し》みが、広がっていく。

だけど、クリアになった視界は、鼻の奥の方でマグマみたいに煮《に》えたぎる熱さの所為《せい》で再びぼやけていく。唇《くちびる》を噛《か》みしめても、喉《のど》が狭《せま》くなって、止めどなく涙《なみだ》と嗚咽《おえつ》が溢《あふ》れ出《で》て来る。

「……だから……だから……わたしは……もう、やめてよ……今ごろなんなの……」

こんなのって無いよ。ひどい。ひどいよ。

純《じゅん》が肩《かた》を抱《だ》き寄《よ》せる。

やめてっ！　離《はな》してっ！　そう言いたいのに、うまく言葉が出なくて、子どもが駄々《だだ》をこねるように肩《かた》を揺《ゆ》することしかできない。痛めた左手首がずきんとした。

「ごめん。本当にごめん。琉実《るみ》がそんな風に思ってたなんて考えもしなかった。言葉にしなくたって、ちゃんと伝わってると勘違《かんちが》いしてた」

耳元で純《じゅん》の声がする。さっきと違《ちが》って、柔《やわ》らかい、奥の方に甘さのある声。

これは、付き合っていた時に聞いた声だ。わたしが望むような愛の言葉は囁《ささや》いてはくれなかったけど、「琉実《るみ》が僕の彼女で良かった」と言ってくれた声だ。

嬉《うれ》しくて、その時だけは不安が消し飛んだけど——わたしの不安をすべて取《と》り払《はら》ってくれたわけじゃなかった。でも、わたしはその言葉を支えにしていたんだ。

だから、そんな声出さないで。あの頃《ころ》に引《ひ》き戻《もど》さないで。もう戻《もど》れないのに。

「んんっ……ぞんなの……づだわるわけないっ……じゃん……バカ。どんだけ…っ…バカなの？　ちゃんと言ってよ……一人であれこれ……悩《なや》んで……バカみたい……」

殆《ほとん》ど声にならなかった。

最悪。ホント最悪。

純《じゅん》のバカ。アホ。ふざけんな。絶対許さない。一生許さない。一生忘れてやらない。

「……好きって言うのが……その、恥《は》ずかしかったんだ……」

どんな顔でそう言ったんだと思って、わたしは涙《なみだ》でぐちゃぐちゃになった顔を上げた。

しゅんとした犬みたいな顔で、昨日とは全然違《ちが》う揺《ゆ》れた目をしていた。

こんなヤツの為《ため》に……こんなヤツの為《ため》に……わたしはっ——どれだけっ！

ふつふつと怒《いか》りがこみあげてくる。

恥《は》ずかしかった？　はぁ？

「何それ……バッ…カじゃないの？　どんだけ子どもなの……」

「本当にごめん。でも、僕だって色々考えてたんだよ」

「純《じゅん》は考えてただけでしょ！　手をつなぐのだって……キスだって……全部わたしからだったじゃんっ」


純《じゅん》と初めて手をつないだのは、定番の池袋《いけぶくろ》へデートに行った帰りだった。いつまでも手を握《にぎ》ってくれないのがもどかしくて、今日こそはと思って、その日は気合いを入れてお洒落《しゃれ》した。

いつものデートだって服やアクセに気を遣《つか》わなかったわけじゃない。どの辺が？　なんて那織《おり》に言われそうだけど、当時のわたしなりに気を遣《つか》ったつもりだった。

中学生のお洒落《しゃれ》だからそりゃ限度はあるけど、家を出る前だって洗面所で何度も前髪《まえがみ》の流し方を調整して、色付きのリップを塗《ぬ》って、服に強すぎない程度に香りをつけて、玄関《げんかん》の姿見の前で今日のわたしはイケてるって何度も自分に言い聞かせて。だけど、あんまり気合いを入れすぎて引かれたらどうしようとか、必死って思われたらどうしようなんて心配しすぎたりして。もうちょっと薄《うす》い色のネイルの方が良かったかな、なんて悩《なや》んだりもして。

いつもそんな感じだった。

普段《ふだん》からバリバリ運動部のノリで生きてきたから、わたしにはどうしても女の子らしい恰好《かっこう》をするのに照れとか恥《は》ずかしさみたいなものがあった。だからそれじゃダメだって思って、あの日は全力でカワイイ恰好《かっこう》をしようと思った。純《じゅん》にちゃんと女の子だって認めて欲しかったから。気付いて欲しかったから。そうすれば手くらいつないでくれるかも知れないからって。

スニーカーしか持ってなかったからパンプスも買った。そして思い切ってミニスカートを穿《は》こうと思った。わたしはパンツがメインだったし、スカートはロングや膝丈《ひざたけ》ばかり。いつの頃《ころ》からか、膝上《ひざうえ》のスカートには何となく抵抗《ていこう》があった。キャラじゃないって言うか、なんか恥《は》ずかしいような、可愛《かわい》子ぶってる的な、うまく言えないけどそんな感じ。

だから、笑われるかもしれないけど、ミニを穿《は》くっていうのは自分としては勇気の要《い》ることだった。そうやって遠慮《えんりょ》……と言うか、キャラじゃないからっていうのをやめようとした。勇気を出そうと思った。わたしなりに変わろうと思った。

そう決めてお店に行ったけど、カワイイのはみんな高くて、手持ちじゃ足りなくて、しょぼくれて帰ってきたことは今でも覚えてる。

結局、わたしは那織《なおり》に借りた。

那織《なおり》が可愛《かわい》いミニスカを持っているのはもちろん知っていた。どうせなら、それより可愛《かわい》いヤツを買おうと思ったんだけど、買えないなら仕方ない。

だから、買えなかった物は潔《いさぎよ》く諦《あきら》めて、いっそ那織《なおり》に借りようと思い至ったものの、純《じゅん》と出《で》掛《か》けるために借りるのはどうしても言い出しづらくて、何度か部屋の前を行き来して、一旦《いったん》自室に戻《もど》って——なんてことを繰《く》り返《かえ》して、ようやく意を決してスカートを貸して欲しい旨《むね》を那《な》織《おり》に伝えると、「良《い》いよー。ただ、いつもと違《ちが》って簡単に見えるからね。あ、それとも見せたい感じ？　見せたいからってあんまり大人びたヤツは逆に引かれる……ってそんなの持ってないか」なんていつもの調子で言われて、拍子《ひょうし》抜《ぬ》けした。

こんなことなら、最初から那織《なおり》に借りれば良かったって思ってしまった。

それなのに、こんな思いをしてミニを穿《は》いたのに、純《じゅん》ときたら何も言ってくれなかった。へアピンだって誕生日に那織《なおり》から貰《もら》ったカワイイヤツにしたのに、何も言ってくれなかった。

そんな調子だったから、池袋《いけぶくろ》に着いても、水族館に入っても、手を繋《つな》いでくれなかった。そんな素振《そぶ》りすら見せてくれなかった。手を握《にぎ》って欲《ほ》しくて、袖《そで》を摑《つか》んだり、ぴったりと寄《よ》り添《そ》うように歩いたのに、純《じゅん》はことごとくスルーした。

挙句の果てには、サンシャインは巣鴨《すがも》プリズンの跡地《あとち》に——なんて言い出す始末。

結局、帰《かえ》り際《ぎわ》の最寄《もよ》り駅《えき》まで、何も無かった。悲しいくらい何も無かった。

那織《なおり》が見えるなんて言うから、万が一見られたらって思って、恥《は》ずかしくないように下着だって新調したけど、それ以前に、純《じゅん》はわたしのスカートの丈《たけ》を意識していたのかすら怪《あや》しい。

耐《た》えられなくなって、自分から純《じゅん》の手を取った。

こんなに色々頑張《がんば》ったのに、何も無しで帰るのはイヤだった。

負けたみたいで。頑張《がんば》りを否定されたみたいで——。


「ん？　手を繋《つな》ごうって言ったのは僕からだろ？」

「はぁ？　きっかけはわたしが純《じゅん》の手を取ったことでしょ？　純《じゅん》は照れながら、手繋《つな》ぐかって言っただけじゃん」

「でも言ったのは僕だろ？」

「わたしが手を取らなかったら何もしなかった癖《くせ》に。キスだって、わたしがきっかけを作らなきゃ絶対しなかったじゃん」

「……だってもし嫌《いや》だったらって思うと……怖《こわ》かったんだよ。なんか必死だって思われたくなくて……僕だって、僕なりに色々悩《なや》んでたんだよ」

ああ、もうっ！　なんなのよっ！　なんでそんなことで悩《なや》むのよっ！

悲しいのと虚《むな》しいのと悔《くや》しいのと嬉《うれ》しいのと頭にくるのとでどうにかなりそう！

わたしは必死になって欲しかったんだよ。どうしてそんなこともわかんないの？

そういう姿を見せてくれないから、わたしはいつも心配だったんだよ。

純《じゅん》のバカ。鈍感男《どんかんおとこ》。優柔不断《ゆうじゅうふだん》野郎《やろう》。

「だったら訊《き》けばいいじゃん」

「キスしていいかって？」

「うん」

「それってちょっと気取りすぎじゃない？　って言うか、あの時は、キスって突然《とつぜん》される方が嬉《うれ》しいって思ってたから……タイミング待ちみたいな」

どうしようもないっ！　どうしようもなさすぎるっ！　何その痛い勘違《かんちが》い！

マジでむかつく。

「呆《あき》れて言葉も出ない。何だか悲しくなってきた。こんな鈍感《どんかん》お花畑の言動に一喜一憂《いっきいちゆう》してたかと思うと、過去のわたしが不憫《ふびん》でならない。超可哀想《ちょうかわいそう》。って言うか、今だって超可哀想《ちょうかわいそう》」

「だったら僕も言わせてもらうけどな――」

「何よっ」

「横浜《よこはま》に行った時、公園で歩いてたカップルがさり気なくキスするのを見て、ああいうの憧《あこが》れるなぁって呟《つぶや》いただろ。だから僕はそういうのが理想なのかと思ってたんだよ」

「よっ……よく覚えてたわね、そんなこと。でもあれは、ある程度、付き合ってるカップルだから許されることでしょ？　あの時、キスはまだだったじゃん」

「だから、初めてはああいう感じが良《い》いのかなって思って、ずっとタイミングを見計らってたんだろっ！」

「初めては普通《ふつう》で良《い》いに決まってるでしょ」

「知らねぇよ。だったら、そう言えば良かっただろ。わたしはこういう時間帯にこういうシチュエーションでキスしたいですって。そういうのこそメモに書いて渡《わた》せよ」

「は？　あんたどんだけマニュアル人間なの？　何でもかんでもマニュアルが無いと動けないロボットみたいな無能ってことでいいのね。マジで幻滅《げんめつ》だわ。ほんっとありえない」

「琉実《るみ》だって――」

「何よ」

「いつも無計画に突《つ》っ走《ぱし》って、デートの時だって下調べもせずに、こっちに行けば大丈夫《だいじょうぶ》とか言って、しょっちゅう迷子になってただろ。挙句、自分じゃ調べようともしないで、スマホで地図見たり、店の情報を検索《けんさく》するのはいつも僕。どこそこの店に行きたいとか言うのは構わないけど、営業時間や詳細《しょうさい》な場所くらい調べるのが普通《ふつう》だろ。店まで行って開いてなかったこと何回あったよ？」

「そ、それは……ほら、そういうのも含《ふく》めて思い出のうちって言うか……」

あれ？　わたしの中では軽い協力プレイくらいな感覚だったんだけど。ふつーにちょっと苦労した系の懐《なつ》かしい思い出のつもりだったんだけど。そこ？　そこなの？

「よく言うよ。なんでやってないの？　とか言って不機嫌《ふきげん》になって空気悪くしてただろ」

「ちがっ……だって、せっかく行ったのに開いてなかったから……」

空気悪くしたのはごめんだけど——ってか、そんな空気悪くしたっけ。え？　ぜんぜん覚えてない。確かにちょっと怒《おこ》ったりした気はするけど、本気じゃなかったし。

そもそもわたしは、せっかくだから普段《ふだん》行けないようなカワイイとことかオシャレなとこに二人で行きたいって思ってて、途中《とちゅう》で思い出したから行ってみたいなって。誰《だれ》に見せるでもないけど、写真撮《と》ったりとかして、そういうのを楽しみたくて、それなのにやってなくて、だからあれは店にって言うか、思い付きで動いた自分に対して怒《おこ》ってた部分が大きくて……も、もちろん、わたし的にはその場では引《ひ》き摺《ず》らないようにしたし、家に帰ってから反省もした。

ああ、今日は失敗しちゃったなぁ。でも楽しかったなぁ、みたいに。

「だから、事前に調べとけって言ってるんだよ。人のことマニュアル人間とか言うのは結構だけど、行き当たりばったりばかりじゃなくて、少しは準備することを覚えた方がいい」

はぁ、もういい。マジでめんどくさい。ぜんぜんわかってくれないじゃん。

「はいはい、そうですね。準備しなかったわたしが悪いです」

「そうやってすぐ逃《に》げようとする」

「は？　逃《に》げるって何？　別に逃《に》げてないじゃん。わたしが悪かったって認めてるでしょ？」

「違《ちが》う、その言い方だよ。全然悪いと思ってないだろ」

「てかさぁ、そこまで言うんだったら、純《じゅん》が最初から調べてくれればいいじゃん。どこ行きたいって訊《き》いても、何食べたいって訊《き》いても、どこでもいいとか何でもいいとか、そういうテキトーな返事してさぁ。まれに行きたいとこがあったかと思えば、ナサだかなんだかの講演会でしょ。社会科見学じゃあるまいし、どうしてデートで講演会に行かなきゃなんないのよ」

「NASAじゃなくて、JAXAな」

「そんなのどっちでもいいわよ。わたしが言いたいのは、純《じゅん》がそんなんだから、結局いつもわたしに任せっきりだったじゃんってこと。それなのによくそういうこと言えるよね。純《じゅん》はいっつも受け身なんだよ。いや、受け身って言うか、わたしが居ないと何にもできないじゃん。小学生の時だってそうだよ。那織《なおり》のテストの点とか、那織《なおり》が何を読んでるのかとか、いっつもわたしに訊《き》いてきてさ。わたしの気も知らないで。自分で訊《き》けっつーの」

「……っ。そ…それはっ！」

「それは何よ」

「直接、訊《き》くのは悔《くや》しかったんだよ。……あの頃《ころ》は対抗心《たいこうしん》バリバリだったし」

「対抗心《たいこうしん》？　わたしから見れば、ただ那織《なおり》への興味が尽《つ》きなくてたまらないって風に見えてたけどね。マジであの頃《ころ》は那織《なおり》のことが憎《にく》かったんだから」

「那織《なおり》か……」純《じゅん》がふと寂《さび》しそうな顔をした。

そんな急にマジメなトーンで喋《しゃべ》らないでよ。調子狂《くる》うじゃん。

「何よ」

「はぁ。僕はこれから那織《なおり》とどう向き合えば良《い》いのか分かんない。こんな気持ちのまま今の関係を続けるのは、やっぱり失礼だと思うんだ」

もう、そんな話するテンションじゃないって……。

はぁ、もうしょうがないなぁ。いーよ。わかった。

「……ねぇ、純《じゅん》はいつ那織《なおり》のこと吹《ふ》っ切《き》れたの？」

「吹《ふ》っ切《き》れたって言うかさ、僕はずっと那織《なおり》に認められたくて、勉強を頑張《がんば》って、本も沢山《たくさん》読んで、追い付こうとしてたんだ。でも、那織《なおり》はそんなこと気にも留めてなくて、自由闊達《じゆうかったつ》っていうか、僕が勝手にライバル視して一人で盛り上がってたんだなって思ったら、もう諦《あきら》めた方が良《い》いのかなって思ったんだ。琉実《るみ》から付き合わないかって言われたのは、そんな時だった。だから、丁度諦《あきら》めようとしてた頃《ころ》だよ。琉実《るみ》と付き合い始めたら、那織《なおり》のことをそういう目で見ることはどんどん減っていった。趣味《しゅみ》の仲間として上手《うま》くやっていけるなって思った」

悔《くや》しいくらい似たもの同士なんだね。那織《なおり》も同じようなこと言ってたよ。

でも、それは言ってあげない。絶対にわたしから言ってなんてあげない。

それくらい自分で気付けっ！

「だったら、今だって一緒《いっしょ》じゃない？　付き合ってくうちにわたしのことは忘れるって」

寂《さび》しいけど。めちゃくちゃ悔《くや》しくて、悲しいけど。

多分、これでいいんだ。純《じゅん》の気持ちを知れただけで満足だ。

わたしは那織《なおり》に勝ったんだ。那織《なおり》のことを忘れさせることが出来たんだ。

無駄《むだ》じゃなかったんだ。頑張《がんば》ってよかった。

やるじゃん、わたし。


ねぇ、純《じゅん》。

好きだよ。

初めて会った時からずっと純《じゅん》のことが好きだったんだよ。

今でも好き。大好き。

でも、もう終わり。


ありがとう。今度こそ、決心がついた。那織《なおり》をよろしくね。

——さよなら、わたしの初恋《はつこい》。

何だかんだで、楽しかったよ。

わたしは、込み上げてくる感情に蓋《ふた》をした。今度こそ、泣いたら負けだ。

「だってそれじゃ幾《いく》ら何でも……」

「いいの。これでいいの。那織《なおり》のこと頼《たの》むね。純《じゅん》ならやれるよ。ちゃんと思ってることは口にするんだよ。これが本当に最後の、元カノからのお願い」

もう元《もと》カノ面《づら》なんてしないから安心して。

これでもう大丈夫《だいじょうぶ》。わたしはやれる。いつもの神宮寺《じんぐうじ》琉実《るみ》に戻《もど》る。

窓の外を見ると、雲間から日が差していた。光の筋。天使の梯子《エンジェルス・ラダー》。

「ねぇ、天使の梯子《はしご》」

「よく知ってるな」

「純《じゅん》が教えてくれたんじゃん。あれは天使の梯子《はしご》だって」

「そうだっけ」

「バカ。だから純《じゅん》はダメなんだよ」

「もっと早く、お互《たが》いにこうやって本音で話していれば、また違《ちが》ったのか？」

「かもね。でも、もう遅《おそ》いよ。純《じゅん》は那織《なおり》の彼氏《かれし》なんだから」

「そうだな……。すべてがわかったようなつもりでいても、双方《そうほう》の思《おも》い違《ちが》いは間々あることで、大形にいうならば、人の世の大半は、人びとの「勘《かん》ちがい」によって成り立っている」

「何それ」

「池波正太郎《いけなみしょうたろう》」

「誰《だれ》？　歴史上の偉人《いじん》？」

「そう言えば、そうだけど……時代小説家だよ。『鬼平犯科帳《おにへいはんかちょう》』とか『剣客商売《けんかくしょうばい》』って知らない？　名前くらい聞いたことあるだろ？　それを書いた人だよ」

「聞いたことあるけど……家に帰る頃《ころ》には忘れてそう。さて、わたしは部活に顔出してくる」

「もう行くのか？」

名残惜《なごりお》しいって顔に出てるぞ、バーカ。そんな顔したって無駄《むだ》だからね。

「行くよ。練習には顔出す。ほら、骨をやったわけじゃないし、レギュラーじゃないからってサボってらんないっしょ。それに、もしかしたら試合までに完治するかも知れないじゃん。希望はゼロじゃないでしょ。だから、わたしもできるだけのことはしておきたいなって」

「琉実《るみ》は強いな」

純《じゅん》が先に立ち上がり、手を差し出した。

ふん、やればできるじゃん。

わたしは、純《じゅん》の手を握《にぎ》った。

「わたしは二人のお姉ちゃんだからね」

そして、思い切り引っ張ってやった。純《じゅん》が姿勢を崩《くず》して、よろける。

「バカ、危ないだろ！」

「そんな体幹でよく弓道《きゅうどう》なんてやってたわね。ちょっとは体幹鍛《きた》えなさいよ」

「今や帰宅部の僕には、体幹なんて不要なんだ。それに、急に引っ張られたら誰《だれ》だってバランス崩《くず》すだろ。それでも転ばなかったってことは、僕にも人並みのバランス感覚があるってことだ。あと、琉実《るみ》の弟になった覚えなんて無いからな」

「一ヶ月は年下でしょ？」

わたしには、手のかかる妹と弟が居る。

「たった一ヶ月だろ？」

「一ヶ月あれば世界は変わるんだよ」

わたしと純《じゅん》が別れてからおよそ一ヶ月半。世界は完全に変わったんだ。

「そうやって世界──環境《かんきょう》が変わるからこそ、生物は身体《からだ》の恒常性《こうじょうせい》を保とうとする。生命活動を維持《いじ》するために、外的要因がもたらす身体《からだ》への影響《えいきょう》を最小限にしようとする。つまり身体《からだ》は変化を望まないんだ。変化を望むのは、常に意識──心や気持ちと言ってもいい。何かに飽《あ》きたり、新しいことを始めようとするのは、いつだって心が原因だ。だからこそ人間は、気持ちが変わらないことを尊く感じるんだろうな」

「何が言いたいの？」

「こんなこと今さら言うべきことじゃないだろうけど──楽しかった。琉実《るみ》と付き合ってる時は、自分でも驚《おどろ》くくらい楽しかった。それは今でも変わらない。ありがとな」

──バカ。

「カッコつけんな」軽く胸元《むなもと》にパンチをする。

「だな」

「わたしこそ、ありがと」

「おう。部活頑張《がんば》るのはいいけど、無理すんなよ」

「うん。じゃ、行くね」

お礼を言いたいのはわたしの方なのに、先に言われちゃった。


（白崎《しろさき》純《じゅん》）


部活に向かった琉実《るみ》を見送って教室に戻《もど》ると、教授と那織《なおり》が何やら話し込んでいた。

「こんな誰《だれ》もいない教室で話してると、噂《うわさ》になるぞー」と言いながら二人に近付くと、教授が腕《うで》を大きく伸《の》ばし、大仰《おおぎょう》そうに背もたれに寄《よ》り掛《か》かりながら、「神宮寺《じんぐうじ》と噂《うわさ》になるなら俺はウエルカムだぞ」と言い切った。

「教授との艶名《えんめい》は汚点《おてん》になるから嫌《いや》」

意地悪っぽくそう言った那織《なおり》を見て、ふと異変に気付く。

「なんか、目が赤くない？」

那織《なおり》が隙《すき》を突《つ》かれた顔をしたのも瞬刻《しゅんこく》、むくれた顔で「さっき教授に泣かされた。やっぱ、まだ赤い？」と尋《たず》ねてくる。

「ちょっと充血《じゅうけつ》してる。ってか、泣かされたって……どうしたんだ？」

教授がそういうことするタイプじゃないのは分かってるけど、泣いたというのは本当かも知れない。だとしたら、どうして那織《なおり》は——

「お、俺は別に泣かしてなんて——」

那織《なおり》が教授を遮《さえぎ》る。「さっきね、教授にひどいセクハラを受けたのっ！　すれ違《ちが》いざまに胸を揉《も》んでやるだとか、乳首《ちくび》の位置がどうのとか、感度がどうのとか、下着の色は何だとか、それに、私の……私の体液をちゅーちゅーしたい、那織汁《なおりじる》を飲ませろなんて言ってきたんだよ。ひどくない？　あまりにもショックで私、泣いちゃった……」そして、両手で顔を覆《おお》った。

「……僕が入って来た時、仲良さげに喋《しゃべ》ってたのは錯覚《さっかく》か？」

「錯覚《さっかく》だよ。何で信じてくれないの？　私、余りにも怖《こわ》くて、すぐ通報出来るようにスマホの準備もしてたんだよ」

いくらなんでもそれは……可哀想《かわいそう》に……。

「大変だったな、教授」

僕は無言で項垂《うなだ》れる教授に優《やさ》しく声を掛《か》けてやった。

「……わかってくれるのは白崎《しろさき》だけだ」涙目《なみだめ》の教授が弱々しく言う。

「でも、幾《いく》つかは本当に言ったんだろ？」

「……言ったかも」

「ちょっと！　なんで男二人で完結してるのっ？　私は辱《はずかし》めを受けたんだよ？　被害者《ひがいしゃ》だよ？

私の発言が尊重《そんちょう》されないのはおかしいよっ！」

「那織《なおり》はその三文芝居《さんもんしばい》をやめろ。……で、どうしたんだ？　本当に泣いてたのか？」

「はっ。まさか。まつげが目に入って、それでだよ」

「なんだよ。驚《おどろ》かせるなって」

本当は違《ちが》うことくらい分かっている。ただ、本人が言いたくないのに、あれこれ詮索《せんさく》するのは好きじゃない。だから、この場では一旦《いったん》収めておく。あとでそれとなく教授に訊《き》けばいい。

「白崎《しろさき》はどこ行ってたんだ？　待ってたんだぞ？」

「ちょっと他のクラスに行ってたんだ。待たせたなら悪かった」

「私も待ってた！」そう言って、那織《なおり》が頰《ほお》を膨《ふく》らませる。

とりあえず機嫌《きげん》が直ったみたいで良かった。朝があんなだったから。

「ごめんごめん」

「揃《そろ》ったところでようやくなんだけど、すまんっ！　この通りっ」

教授が手を合わせて頭を下げる。「今週末、親戚《しんせき》が来るみたいなんだよ」

「ガメラおあずけなの？　亀《かめ》さんに会えないの？」

「神宮寺《じんぐうじ》っマジですまん！　次こそは必ず！」

那織《なおり》が余りにも悲しそうな、それこそ泣きそうな顔で教授を見咎《みとが》めるものだから、「それなら仕方ないよな。ほら、那織《なおり》もそんな目で教授のこと見るんじゃない」と助け船を出してやる。

「若かりし頃《ころ》の大泉洋《おおいずみよう》とか仲間由紀恵《なかまゆきえ》が観《み》たかったのにー」

「え？　大泉洋《おおいずみよう》なんて出てたっけ？　教授は知ってた？」

「知らんかった」教授が首を振《ふ》る。

「えー！　二人とも知らなかったの？　ガメラ2にちらっと映るんだよ！　大きい画面で確認《かくにん》しないと……あ、でも、今週末は中止だったね。残念」

「卑怯《ひきょう》だぞ、那織《なおり》」

観《み》たい！　そんなこと言われたら確認《かくにん》したいじゃんか！

「……じゃ、じゃあ、今度、平成ゴジラシリーズも観《み》ようなー！」教授が那織《なおり》を宥《なだ》める。

「それなら許す！　リトルに会いたいっ！　私、鞄《かばん》取ってくるね。あと、教授、これあげる」

そう言って那織《なおり》は教授に何かを握《にぎ》らせて立ち上がると、歩きながらゴミ箱に紙パックみたいな物を投げ入れ、得意げな顔でこっちを振《ふ》り向《む》いてピースをしながら、「よし、3ポイント」と言って教室を出て行った。

「あの距離《きより》で3ポイントってどんだけコート小さいんだよ。なぁ？」

教授に向き直ると、手元を見詰《みつ》めてぼんやりとしていた。

そう言えばさっき那織《なおり》から何か受け取っていたな、と思い「何貰《もら》ったんだ？」と尋《たず》ねた。

教授が丸まったティッシュを無言で僕に見せてくる。

「鼻かんだヤツ？　汚《きたね》ぇ」

「なぁ、白崎《しろさき》」

「ん？」

「あいつはとんでもない女だわ」

教授がどんなつもりでそう言ったのか僕には分からなかった。気になって質《ただ》してみても、教授は誤魔化《ごまか》すだけで答えてくれなかった。

帰り道、途中《とちゅう》で教授と別れてから、僕はこれからどうするべきかずっと考えていた。

琉実《るみ》の気持ちを知ってしまった以上、自分の未練を吐露《とろ》してしまった以上、やっぱりこのまじゃよくないという思いが、鎌首《かまくび》をもたげて襲《おそ》い掛《か》かろうとしていた。でも、隣《となり》で笑う那織《なおり》を見ていると、心がぐらぐらと揺《ゆ》れ動《うご》く。僕がそんなことを告げたら、那織《なおり》はどんな顔をするんだろうか。もうこんな笑顔《えがお》を見せてくれなくなるかもしれない。

上《うわ》の空《そら》で那織《なおり》と会話をしていると、電車はもう最寄《もよ》り駅《えき》に着いていた。駅から家までは基本徒歩だ。バスを使ってもいいのだが、歩けない距離《きょり》じゃないことに加え、バス停が家から離《はな》れているので、お得感が薄《うす》い。

「ねぇ」

駅前の店が立ち並ぶ一帯を抜《ぬ》け、住宅街に差《さ》し掛《か》かった時、那織《なおり》が立ち止まった。

「どうした？」

「今度の休み、デートしない？」

僕は瞬息《しゅんそく》返答に詰《つ》まる。「お、おう。もちろんいいよ」

「よかった。断られたらどうしようかと思った」

「……僕が断るわけないだろ」

「へへ。ねぇ、朝のやり直ししよ」

差し出された手を、僕は握《にぎ》った。

離《はな》そうと決意した手を、温かなその手を、僕は握《にぎ》った。

第四章

TITLE

染まれ。紅く染まれ、私の空よ。

（神宮寺《じんぐうじ》那織《なおり》）

KOI WA FUTAGO DE WARIKIRENAI

「はぁ、疲《つか》れた」

私はマイクをテーブルの上に置いた。マイクがごろんと一回転して止まる。

「いやぁ、ノンストップで歌ったねぇ」

私は部長とカラオケに来ていた。テストの賭《か》けの件だ。今日は私の奢《おご》りだ。

つまり、そういうこと。いいっていいって。数学くらいくれてやりますよ。トータルじゃ私の勝ちだし。学年四位ですから。これだけ取れれば十分でしょ。悔《くや》しくなんかないって。

「先生がケアレスミスしてくれたお陰《かげ》で今日は満足だわ〜。これからも見直し怠《おこた》ってね」

「うるさいなぁ。もういいでしょ、その話はー」

だから、悔《くや》しくないから。全然悔《くや》しくないから。何とも思ってないから。

勘違《かんちが》いしないでよね。

「ごめんごめん学年四位様。はぁ、ちょっと休憩《きゆうけい》しよ」

「あああ、その言い方！　勝ってるのに。完全勝利なのに！　言われなくても休憩《きゆうけい》する！」

この女、うざし。いとうざし。妾《わらは》は甚《いた》くはらだちてゐたり。

私はコップに残ったジュースを飲み干した。ヤケ酒じゃ。私はテーブルを一瞥《いちべつ》し、部長のコップにまだジュースが残っているのを見留め、ちょっと注《つ》いでくると言い残して部屋を出た。

許さぬ。放課後の貴重な時間を差し出しているのに、その上金銭まで巻き上げるとは。

次こそは総合点で勝負だ。選択科目《せんたくかもく》が増えれば、ほっといても勝負は科目毎《かもくごと》になるのだ。総合点で競《きそ》える今のうちに完封《かんぷう》せねば。ジュースをなみなみまで注《つ》いで、こぼさぬ様ゆっくりと部屋に戻《もど》る道中、私は今月末に始まる定期考査について考えを巡《めぐ》らせる。

そして、部屋に入るなり宣言してやった。

「定期考査は総合で勝負ね。科目ごとは無し」

「それだと、私の勝ち目ないじゃん」

「うるさい！　悔《くや》しかったら勝ってみよ！」

結局、テーブルの上に置くとき、私はジュースを少しだけこぼしてしまった。不吉《ふきつ》だ。願掛《がんか》けしていたのに。ま、いっか。この程度で私の勝利は揺《ゆ》らがぬ。

幼い頃《ころ》から、私はこうやって小さなことに願掛《がんか》けをするのが好きだった。この石ころを家まで蹴《け》り続《つづ》けられたらとか、白線の上をずっと辿《たど》って帰れたらみたいな、子どもがよくやるあれ。

ふと、思い出す。こんな風に軽い気持ちで始めた願掛《がんか》けを。虚《むな》しいだけだった願掛《がんか》けを。

「仕方ないなぁ。でももう月末まで幾《いく》ばくもないよ。五月も折り返しだよ」

「うん。ないね」

「はぁ。仕方ないなぁ。いっちょ本気出してあげるよ。封印《ふういん》を解き放ってやる」

「お？　期待してまっせ」

部長が封印《ふういん》を解いたところで、この私に勝てるかな。この台詞《せりふ》、何度か聞いてるんだよね。

「そう言えば話変わるけど、白崎《しろさき》君とはどう？　順調？」

部長は興味津々《きょうみしんしん》という風ではなくて、感情のこもっていない声で言った。

「うーん、微妙《びみょう》なとこだけど、想定通りっちゃ想定通りかな」

「先生は可愛《かわい》いから、言い寄られたらすぐコロっといっちゃいそうだけどね」

「今度は褒《ほ》め褒《ほ》め作戦？」

「そんなことないよー。本当に思ってるよー」

これ、絶対に思ってない。断言できる。

「気持ちいいくらいの棒読みだっ！　でも、もしかしたら想定よりは良《い》い方向に行くかも」

「円環《えんかん》の理《ことわり》だね」

「それはちょっと違《ちが》くない？」

「違《ちが》うか。それにしても、先生は強いよね。どうすればそんな図太くなれるの？　尊敬する」

「悪口が少々混ざってる気もするが、尊敬してくれてありがとう。人々の羨望《せんぼう》は私の活力だ」

「先生はさ、迷いが無いって言うか、自分に自信があるからそうやって前向きで居られるのかもね。あ、ごめん。前向きじゃなくて、図太いの間違《まちが》いだった」

部長がわざとらしく自分の額を軽く叩《たた》く。それ、もうちょっと可愛《かわい》い台詞《せりふ》でやって欲しい。

「言い直すな」

「でもでも、先生は勉強出来て、可愛《かわい》くて、物知りで、ほんとにずるい。ステータス異常」

「勉強出来て物知りな女なんて疎《うと》まれるだけだよ」

「可愛《かわい》いは否定しないんだー。世辞とか韜晦《とうかい》って言葉はご存じかな？」

「だって、可愛《かわい》いでしょ？　私の可愛《かわい》さは包《つつ》み隠《かく》せないよ？　スカーフでも巻こうか？」

「そうさらっと言われると、同意したくないよ！　今すぐ先生がバカになって、口癖《くちぐせ》が、あれ？　おかしいぞぉ？　になる呪《のろ》いを掛《か》けたいっ！　青酸カリをペロってして欲しい！」

「おい、心の声が漏《も》れてるぞ。あと、部長だって十分可愛《かわい》い。自信持ちなよ」

「それ、褒《ほ》め褒《ほ》め作戦ってヤツ？」部長がじとっとした疑いの眼差《まなざ》しを浴びせてくる。

「違《ちが》う違《ちが》う。部長には部長の可愛《かわい》さがあって、私には私の可愛《かわい》さがあるの。そこは同じ物差しで測るとこじゃないんだよ」

「いやぁ、先生は言うことが深いなぁ。でも、私もちょっとはお勉強出来るから、やっぱり疎《うと》まれちゃうかなぁ？　やだなぁ。地味に生きたいなぁ」

「疎《うと》まれるね。超疎《ちょううと》まれる。学年十一位さん。可愛《かわい》げが無くて残念」

「可愛《かわい》げ失ったかぁ〜。唯一《ゆいいつ》の武器だと思ったのにー」

「でも」

「でも？」

「私たちの成績を疎《うと》むような男は願い下げ！」

「そうだそうだ！　願い下げだ！　自分の可愛《かわい》さを鼻にかける女は願い下げだっ！」

面倒《めんどう》なのでスルー。

部長が男女の話を強引《ごういん》に切り出す時は、大体理由がある。

明らかに私のことに興味持ってなかったもんね。自分の話をしたいだけだ。

「で、気になる人でも出来たの？」

「えっと……とどのつまりそういうことでして」

部長が前髪《まえがみ》をくるくると指に絡《から》ませる。

そういう仕草、大好きだよ。可愛《かわい》げあるよ。

「そうだと思った。で、どんな人なの？」

「美術部の二年の先輩《せんぱい》なんだけど……まだ部活入ったばかりだし、あんまり会話出来てないんだよね。連絡先《れんらくさき》もまだ訊《き》けてない」

「カッコイイ？」

「カッコイイ。そして優《やさ》しい。絵も上手《うま》い。オタトークも出来る。つまり完璧《かんぺき》」

「優良物件の香りがしますな。ただ、優良物件だからと言って、瑕疵《かし》には気を付けるのだぞ。男女間で瑕疵担保責任《かしたんぽせきにん》は無いからね」

「何それ？」

「ん？　瑕疵担保責任《かしたんぽせきにん》？　家やマンションを買う時は重要だから知っといた方が良《い》いよ。簡単に言うと、買おうとしている物件に欠陥《けっかん》や不具合があったとするじゃん。それらが瑕疵《かし》――つまりキズとか欠陥《けっかん》なわけだけど、売主はきちんと買い手に対して瑕疵《かし》を告知する義務があるんだよ。で、売る時には気付かなかった瑕疵《かし》――雨漏《あまも》りとか白アリ被害《ひがい》についても、売主が責任を負うことを定めているのが瑕疵担保責任《かしたんぽせきにん》。今は契約不適合責任《けいやくふてきごうせきにん》って言って……ま、詳《くわ》しくは自分で調べて。私も詳《くわ》しいわけじゃないから」

「家やマンションと一緒《いっしょ》にしないでよ。全く、どっからそういう知識を拾ってくるのよ」

「テレビでやってた。ってか、前にそれで幻滅《げんめつ》してたじゃん」

「瑕疵《かし》？　どゆこと？」

「大人っぽくて恰好《かっこう》いいって騒《さわ》いでた人と――ほら、勇気を出していざデートしてみたら余りにも子供っぽくて冷めてそれっきりってあったじゃん。ある意味、瑕疵《かし》じゃない？」

「ああ。うん。そうだね。ちょー子どもっぽくてあれは冷めたなぁ」部長が遠い目をする。

「男なんて子供っぽいとこがあった方が可愛《かわい》くて、私は好きだけどなぁ」

「白崎《しろさき》君も子どもっぽいの？」

「あれは超子供《ちょうこども》。今でこそあんな感じだけど、子供の頃《ころ》なんて弱虫で、いつもお姉ちゃんに慰《なぐさ》めて貰《もら》ってたくらいだからね」

「そうなんだ。意外！」

「小学生の時、テストで私に負けて、泣かないまでもめそめそしてたこともあったなぁ」

ごめん。バラしちゃった。二人だけのガールズトークだし、許してくれ。

「学年首席の知られざる過去だねぇ。白崎《しろさき》君も子どもっぽいとこあったんだねぇ。今はどんな感じでおこちゃまなの？」

「まず、心の機微《きび》が分からん。女心なんてもっての外」

「そっかぁ。白崎《しろさき》君って気を遣《つか》える感じだと思ってたけど、女心となると話は別かぁ。分かるのは作者の気持ちだけかー」

「作者の気持ちだけだね。あと、心のどこかでまだ探偵《たんてい》に憧《あこが》れてる」

「何それ。ちょっとキュンと来た。かわいい。でも、鈍感《どんかん》さんなのに探偵《たんてい》かぁ」

「キュンと来るな。うっとりした顔するな。センサーぶっ壊れてるよ。」

「探偵《たんてい》は、大体そういうことに疎《うと》いんだ。聡《さと》いのはスパイ」

「なるほど。そういうもんかも知れませんなぁ」

「あれでいて、本当にお子ちゃまなんだよ。だからこそ私は、目の奥が男になった瞬間《しゅんかん》を見てみたいんだよね」

「あ、それ、なんかいやらしい響《ひび》き。いやん」

「官能小説感あった？」

「あった！」

飛《と》び跳《は》ねそうな勢いで、部長がオーバーに身体《からだ》を揺《ゆ》らす。仕草は可愛《かわい》いんだよね。仕草は。

「さては愛読者か？」

「コテコテの官能小説は読んだこと無いなぁ。ネット小説でちょっとくらいは……」

「あれは高度な文学だよ。もはや比喩合戦《ひゆがっせん》の様相《ようそう》を呈《てい》してる。完全にどれだけ婉曲《えんきょく》出来るかを競《きそ》ってる。ちなみに、この前読んだ翻訳《ほんやく》モノだと、ファックがゲシュタルト崩壊《ほうかい》した。洋モノはファックをどこまで拡大出来るかの挑戦《ちょうせん》だね」

「別の意味でちょっと面白《おもしろ》そう。相手を罵倒《ばとう》したり、そういう表現に使われたり、強調の意味で間に挟《はさ》まれたり、ファックは働き者だね」

「その働き者っていう言い方、悪くない。口もお尻《しり》もみんなファックの一言で済ますからね。ああ、なんて便利な言葉！　Ｆワード！　そうだ、今度『官能小説の用語表現辞典』を貸してあげる。部長も日本語表現の自由さに触《ふ》れた方が良《い》いよ」

「そんな本があるんだ！　比喩《ひゆ》とか載《の》ってるの？」

「そうそう。黒蜥蜴《くろとかげ》とか寒ブリとかもう色々。個人的に一番だったのは形状記憶合金《けいじょうきおくごうきん》」

「全部意味不明だよ！　そして合金？　形状記憶合金《けいじょうきおくごうきん》って何！　ああ、でも想像力が……必死にカバーしようとしている。どっちなんだろう。合金の響《ひび》きからして男の人の方……？」

「残念。女の方でしたー」

「形状記憶合金《けいじょうきおくごうきん》！　インパクトが凄《すご》いよ！　ふとした時に思い出しそう！　だからと言って、もし日常で使っても、みんな分かってくれないだろうなぁ」

おい、部長さんよ。日常で使う気だったんかい。いや、全然いいけどね。

「私たちだけだろうね。間違《まちが》いない」

「……私たちもいずれそういうことするんだよね。もうしてる子いるもんねぇ」

「そうだねぇ。種の保存こそが生物の生存目的だからね。恋愛《れんあい》だって所詮《しょせん》は性欲だよ」

「身も蓋《ふた》もない言い方だ！　中二病がよく言うヤツだっ！　あ、先生は万年中二病患者《ちゅうにびょうかんじゃ》さんだったかな？　もしそうだとしたら、私はなんて酷《ひど》いことを言ってしまったんだろう。ごめん」

「ちょっとっ！　それはさすがに聞き捨てならないよっ。人を病人扱《びょうにんあつか》いしないでくれる？　てか、どう考えても生物の目的は種の保存でしょ？　それが事実であり現実でしょっ。とは言っても、ヒトの場合はもうちょっと複雑だよね。性欲って言うと肉体的な側面にばかりフォーカスしがちだけど、人間の場合は精神的な性欲だってあると思うんだよね。そうじゃなきゃ、初潮が来る前に誰《だれ》かのことを好きになるのはおかしいじゃん。種《しゅ》を残せないからって、幼き日の恋を無かったことにするのは違うよね」

「せ……先生はそんなこと考えて生きているのか……ただ、子どもの頃《ころ》に誰《だれ》かを好きになるのは、恋愛《れんあい》の予行演習かも知れないよ？　おままごとも子育ての予行演習だなんて言うじゃん。人は女に生まれるのではない、女になるのだってボーヴォワールも言ってたよ」

「にゃるほど。それもあるかも知れないな」

部長よ、ボーヴォワールとはなかなかやるじゃないか。

「でも、精神的な性欲っていう考え方、悪くないね。やっぱり先生だ」

「……大学に進学し、一人暮らしを始めた亀嵩璃々須《かめだけりりす》は、いつしか寂《さび》しさを紛《まぎ》らわそうと男を連れ込むようになった。期待と不安に満ちていた小さなアパートの部屋は、性の悦《よろこ》びに溺《おぼ》れる男女の姿を世界から隠《かく》すことしか出来なくなっていた――」

「変な語り入れるな！　そして肉欲に溺《おぼ》れてる！　私、完全に堕《お》ちてるよ！　そんな将来は夢見てないからね。そういうただれた大学生活に憧《あこが》れてないから」

「部長がミュージシャンに憧《あこが》れるバンドマンや役者志望のフリーターと付き合っても、私は友達のままだからね。ただ、お金は貸せないよ。それだけはごめんね。あと、ライブのチケットは一枚しか要《い》らないからね。何十枚も捌《さば》けないもん」

「話を膨《ふく》らますんじゃない！　私は美術部の先輩《せんぱい》の話をしてたんだよ！　……もうっ」

「私たちの会話はいつも逸《そ》れちゃうよね」

「おい。お主じゃ。お主のせいじゃ」部長が私の肩《かた》を叩《たた》く。

それ、ロリババアみたいで可愛《かわい》い。某芸人《ぼうげいにん》がちらつくけど。

「……まずはその先輩《せんぱい》と連絡先交換《れんらくさきこうかん》するところから始めてみようよ」

「先生、持って行き方が雑ですぞ。おまけに、これ以上ないくらい凡庸《ぼんよう》なアドバイスをありがとう。何の参考にもならない。この役立たずっ！」

「うるさいっ。人の助けが無いと何も出来ないような腑抜《ふぬ》けどもに用はないのだっ！　悔《くや》しかったら、悲しみの愛を見せてみろっ」

それから私たちは、部屋の電話が鳴るまでずっと話し続けた。学校のことや将来のこと。男の子の話だってした。芸能人の結婚《けっこん》の話題が出れば、結婚式《けっこんしき》の話になる。お互《たが》いの私服の話になれば、どこのショップの服がお買い得かという話になる。私がリップを塗《ぬ》り直《なお》せば、今度は化粧品《コスメ》の話になる。そして、将来の話もした。女子高生の私たちはいくら話したって話題は尽《つ》きない。女子高生の話題をエネルギーとして取り出すことが出来たら、世界のエネルギー問題は簡単に解決すると思う。結構、本気。チープで、安易で、私は嫌《きら》いじゃない。

ニッチな話ばかりしてるわけじゃないからね！　心しておくように。

私だって、同時代性を見失わないバランス感覚はきちんと備わっているのだよ。

「いやぁ、話したねぇ。たっぷり話した。やっぱり先生と話してると楽しい。歌ったの最初だけって言う」

「ほんとそれ。いやぁ、やっぱり部長の突《つ》っ込《こ》みが心地《ここち》いいんだよねー」

「びしびしいきますよー。さてさて、夕飯はどうする？　もちろん食べてくよね？」

「もちのろん」

「だよねん。私も親に夕飯要《い》らないって言っちゃったし。さて、何食べよっか。どうせなら、普段食べないもの……そだ、久々にぬらぬらのリップ塗らない？　先生の大好きなヤツ」

濃厚《のうこう》な白いスープ。麺《めん》に絡《から》まるアレですね。賛成です。大賛成です。

「豚骨《とんこつ》いっちゃいますか。よし、乾いた唇《くちびる》に油を塗《ぬ》ったくろう！　保湿は大切だもんね」

ん？　カロリー？　知るかっ。私はラーメンの気分なのだっ！

「だよねだよね！　ニンニクいっぱい入れてやるっ」拳《こぶし》を振《ふ》り上《あ》げて部長が叫《さけ》ぶ。

「それ重要……と言いたいところだけど、何を隠《かく》そう、明日はおデートなのだよ」

「決戦？　第三新東京市？」

「うん。ヤシマ作戦」

「碇君《いかり》、あなたは死なないわ」部長が神妙《しんみょう》な表情を作り、澄《す》ました声で真似《まね》をする。

「『私が守るもの』」

気持ち良《い》いくらいぴったり重なって、顔を見合わせて笑った。通行人なんか背景だ！

「明日、何着て行こうかなぁ」

「お嬢様風《じょうさまふう》でいいんじゃない？　そういうの得意じゃん。ワンピースとか着て清楚振《せいそぶ》れば？」

とか言いながら、部長こそワンピース派だ。休日はかなりの確率でキャミワンピを着てる。

部長は小柄《こがら》だし、そういう格好が似合うからいいけど――。

「ワンピースねぇ。腰《こし》が絞《しぼ》ってあるヤツじゃないと寸胴《ずんどう》になっちゃうんだよね……かと言って、腰《こし》が絞《しぼ》ってあるデザインだと、動き回るにはちょっと息苦しいし。あと、清楚振《せいそぶ》れは余計」

何着か持っているけれど……は？　太ったわけじゃないからねっ！　そういうこと言う人は、ダチュ……ごめんなさい。買った時より太りました。でも、買ったのは中等部の頃《ころ》だし、成長的な話もないわけじゃないから、うん、しょうがないよね。成長期《ティーン》だもん。

「隙《すき》あらばだね。本当に。もうっ、好きなの着ていきなよ。男は服なんて大して見てないよ。重要なのはエッチな下着だよ。淫乱《いんらん》先生ならそういうの持ってるでしょ？」

「そろそろ私は悲しいぞっ！　そして、そんな下着持ってないっ！」

「Tバックとか持ってそうだったのにー」

「それは……ある」勢いでネット注文したヤツが。もちコンビニ受け取り。

「やっぱ持ってるじゃんっ！　って、先生、一体どんなの想像したの？」

「……えっと……クロッチに穴が開いてるヤツ」

「出たっ！　淫乱《いんらん》ビッチ先生だっ！　発想がエロ漫画《まんが》だっ！　エロマンガ先生だっ！」

さっと一歩下がって、部長が私を指差してくる。

「ちがっ……部長が変なこと言うからっ」

「さては、そのTバックもそういう邪《よこしま》な考えで——どうなのっ？」

「それは……パンツの時にラインが出たらやだなって思って……」

尤《もっと》もな理由であろう。文句などないだろう。

「それっぽい言い訳をありがとう！　スカートばかりの癖《くせ》にありがとうっ！」

こまっしゃくれた小娘《こむすめ》めっ。山犬に食われてしまえ。

「ぴっちりしたスカートだって同じだよっ！　ライン出るよっ！　それに、まだ一度も穿《は》いてないからっ！　勢いで買ったものの、洗濯《せんたく》に出す勇気が無くて穿《は》いてないからっ！」

お母さんのことだ。にやにやしながらお姉ちゃんに言うに決まってる。

「よし、夕飯は私が奢《おご》るから、明日はそれを穿《は》こう！」

「……ねぇ、今の話聞いてた？」

「聞いてたよ。どうせ、かわい子ぶって言ってみただけでしょ？　私には通用しないからね。何でもいいから明日はそれを穿《は》くこと！　これは命令だからね。証拠《しょうこ》写真《しゃしん》も送ること！」

「エロ自撮《じど》りだよ！　裏垢《うらあか》案件だよ！」

「そうと決まれば、今日はもりもり食べて明日に備えよ！　電力を蓄《たくわ》えるのだっ！」

「無視すんなっ！」

「明日は先生の肉布団《にくぶとん》攻撃《こうげき》じゃっ！」

「ばかたれ」

「おっと口が滑《すべ》ってしまいました。すみませぬ。口に出すつもりはなかったのですが勢い余って……ところで肉布団《にくぶとん》先生、諦《あきら》めるのはまだ早いですぞ。ニンニクの臭《にお》いを消すには、リンゴジュースや乳製品が効果的ですぞ。つまり、リンゴヨーグルトなら最強であります！　ロンギヌスであります！　少量ならこれでいけますっ！」

「本日イチためになる情報をありがとう！　ラーメン食べたらコンビニじゃ！」

「コンビニじゃ！」

「あと、肉布団《にくぶとん》先生は断じて許さないからねっ！」

さすがにニンニクは食べないけど、食後のリンゴヨーグルトは魅力《みりょく》っ！

うん、今日は食べないよ？

そして、穿《は》かないよ？


（白崎《しろさき》　純《じゅん》）

※　※　※

《明日は葛西《かさい》の水族館に行くから早く寝《ね》るように！》

昨夜、那織《なおり》からラインでメッセージが送られてきた。集合時間は九時半らしい。

平日に比べれば遅《おそ》いし、多少の夜更《よふ》かしは問題なかろうなんて考えていたら、《寝坊《ねぼう》したら帰りは歩きだからね。財布《さいふ》もICカードも全部没収《ぼっしゅう》してやる》と追撃《ついげき》された。

鬼《おに》だな。那織《なおり》だとやり兼《か》ねないのが怖《こわ》い。〈りょーかい〉と返信。通信以上。

それより、葛西《かさい》というワードが引《ひ》っ掛《か》かる。よりにもよってそこを選んでくるとは――

それは三人で遠出した（遠出というほどじゃないけど）最後の場所。

そして、僕と琉実《るみ》が初めて唇《くちびる》を重ねた場所。

ベタなデートに憧《あこが》れる琉実《るみ》は、横浜《よこはま》とかお台場《だいば》とかいわゆるそういう所に行きたがった。人混みを嫌《きら》う僕の手を引いて歩き回った。そうやってついて回るうちに、色んな発見があったのも事実だった。その場に飛び込んでしまえば、それなりに楽しかった。

その頃《ころ》の僕たちは、手を繋《つな》ぐとかハグをするとかその程度の関係だった。それっぽい場所に誘《さそ》うことで、琉実《るみ》なりに進展を望んでいたんだな、と今なら分かる。

それなのに初めてキスをしたのが葛西《かさい》だったというのが、なんとも僕たちらしい。

玄関《げんかん》を出ると、既《すで》に那織《なおり》が立っていた。

薄《うす》い青のブラウスに黒いフレアのミニスカート。丸くて白い襟《えり》の下には小さなリボンが結んであり、蝶《ちょう》の羽をあしらったイヤリングが耳元で揺《ゆ》れていた。それに今日は髪《かみ》を結《ゆ》っていない。胸元《むなもと》でゆるく巻かれた髪先《かみさき》が躍《おど》っている。いつもより、ちょっとだけ色っぽく見えた。

どうしてこう――はぁ、悔《くや》しいくらいかわいい。卑怯《ひきょう》なくらい似合っている。

「どう？」那織《なおり》が微笑《ほほえ》みながら尋《たず》ねる。

「すごくかわいい、と思う」

こう言うしかないだろ。

「へへっ。ね、もっかい言って。あと、思うは余計」

「えーと……すごくかわいいよ」

くっそ照れる。なんだこれ。ああっくそっ。

「ふふっ。ありがと。うし、満足。じゃ、行こっか」

いたずらっぽく言って、那織《なおり》が満足そうに笑った。

臨海公園に着くまで、那織《なおり》は終始上機嫌《じょうきげん》だった。にこにこして、鼻にかかった声で話《はな》し掛《か》けてくる。もし、琉実《るみ》と付き合わなければ、もっと純粋《じゅんすい》に——そう思《おも》い掛《か》けてやめた。

それは考えちゃいけない。琉実《るみ》と付き合って、今の僕が居るんだ。

駅ですれ違《ちが》う男たちが、那織《なおり》のことを打ち見ていく。電車で同じ車両になった男たちがちらと那織《なおり》を見やる。やっぱり僕以外の目から見ても、那織《なおり》は魅力的《みりょくてき》らしい。琉実《るみ》があざとかわいいと評するのも分かる。

ゴールデンウィーク中にも那織《なおり》と出掛《でか》けたことはあった。市立図書館に行ったり、喫茶店《きっさてん》に寄ったり、インドア派の二人らしいこぢんまりとした範囲《はんい》で、デート染《じ》みたことはした。

もちろんその時の那織《なおり》も可愛《かわい》かったけれど、あれは家で語り合うのに飽《あ》きたから出掛《でか》けたに過ぎなくて、ここまでしっかり洒落《しゃれ》込《こ》んでいたわけじゃなかった。

半袖《はんそで》のTシャツにチノパン、七分袖《しちぶそで》のYシャツを羽織っただけの僕は軽く気後《きおく》れする。個人的に外さない安全な服装だとは思うけど、このかわいいを凝縮《ぎょうしゅく》したような那織《なおり》の横を歩くには、気合いが足りないような気がする。……そんな気がするのは確かだが、気合いの入れ方なんてよくわからない。琉実《るみ》とデートしていた時もこんな服だったし、気にしても仕方がない。

そう言えば琉実《るみ》とデートしていた時に——

おまえは那織とデートをしているんだろ？

今日は二人でデートする最後の日かも知れないんだろ？

そうだ。今日は琉実《るみ》のことを考えるな。那織《なおり》とのデートに集中しろ。

駅から水族館に向かう道すがら、右手に観覧車が見える。建設当時世界一位を目指して造られたのに、竣工前《しゅんこうまえ》に抜《ぬ》かれてしまった観覧車。乗るなら夕方か——そう思っていると、「夕方になったらあれに乗ろうね」と那織《なおり》に先回りされた。

「昔、三人で乗ったよね。純《じゅん》君なんて『うぁ、高《たけ》ぇ！　ここでボルトが破断したらどうなるんだ？　ちゃんと日常点検してるよな？』とか言ってお姉ちゃんに本気で説教されてたっけ」

「……よく覚えてるな」

思い出させるな。もうそんなこと言わねぇよ。

「バカとなんとやらは高いとこへ上るって言うのにね」

「おいっ、ぼかすのはバカの方だろ」

「ごめんごめん。煙《けむり》とバカを混同してしまったよ。こりゃ失敬」

「それ、ぜんぜん悪いと思ってないだろ」

「もう、細かいことはいいじゃないか。細かい男は嫌《きら》われるよ」

「うっせぇ」

入場ゲートをくぐり、建物に向かいながら歩いていくと、目の前に海が広がる。

いつ来てもここは気持ちがいい。ドーム状の入り口をくぐり、エスカレーターで館内へ下りてゆく。中は家族連れで賑《にぎ》わっていた。水槽《すいそう》を覗《のぞ》き込《こ》んでいると、小さい子供が那織《なおり》と僕の間に入ってきたりした。那織《なおり》はそれでも水槽《すいそう》に食らいつくように——それこそ子供みたいに目をきらきらさせながらアクリル製の水槽《すいそう》に見入っていた。那織《なおり》の眼前で魚が翻《ひるがえ》り、鱗《うろこ》が光を滑《すべ》らせていく。そして、那織《なおり》がそれを必死に目で追う。多分、周りなんて見えちゃいない。

那織《なおり》がそんな調子だったから、気になる水槽《すいそう》以外は、何となく遠巻きに見ることにした。食い入るように水槽《すいそう》を覗《のぞ》く那織《なおり》を、後ろから見ているだけで十分楽しかった。

通路を歩きながら、那織《おり》が「ここには海獣《かいじゅう》がいないのが惜《お》しいんだよね」とぽつり言う。

「海獣《かいじゅう》？　アシカとか？」

「そうそう。個人的には、おマナティーに会いたい」

「お……あ、マナティーね。ジュゴンみたいなヤツか。……なんで？」

「私の中で今ブームが来てるの」

何故《なぜ》マナティー？　なんかの作品に出て来るのか？　那織《なおり》の考えることはよく分からん。

「どうでもいいけど、マナティーにおをつけるなよ。一瞬《いっしゅん》、何のことか分かんなかったぞ」

「そう言えば、おマン……タも居ないよね」

「だから、おを付けるなっ。そして、タの前にタメを作るんじゃねぇっ」

「なんで？　ねぇ、なんでおを付けたらダメなの？」

「いーから黙《だま》ってろっ！」

「ねぇ、何でよー。何でおマンタはダメなの？　ねぇ、ねぇ。なんで？」

にやにやしながら詰《つ》め寄《よ》るな。鬱陶《うっとう》しい。わざとやってる癖《くせ》に。

「んーと、おマンボウ？　おマングース？　おマンドリル？　おマントヒヒ？　おマンモス？　英語なら、おマンティスなんてのもありだね。どれならいいかな？」

僕の袖《そで》を引っ張りながら、那織《なおり》がおマン攻《ぜ》めをしてくる。こいつは周りの目が気にならないのか？　と言うか、おマン攻《ぜ》めって言葉がもうアレ。発想が教授と同レベル。

「ねぇ、なんで何も言ってくれないのー？」

「ああもう、うるさ――」

「あ、何か特別展やってるよ」

この野郎《やろう》……自由すぎるだろ。

那織《なおり》の指す先には、深海の生物に触《さわ》れる展示があった。さすがに生きたヤツではなさそうだ。那織《なおり》のあとについていくと、氷と一緒《いっしょ》にグソクムシやら見たことない変な形の生き物がプラケースに入っていた。どうやら案内員に声を掛《か》ければ触《さわ》れるらしい……が、触《さわ》りたくはない。那織《なおり》の方に目を向けると、早速《さっそく》案内員に話《はな》し掛《か》けていた。そうだよな。那織《なおり》は触《さわ》るよな。

「純君《じゅん》、ラブカだよ！　ゴジラの幼体だよ！」

ラブカに触《さわ》れるのかっ！　ちょっと触《さわ》りたい……。決心が蕩揺《とうよう》する。だが、安易な好奇心《こうきしん》は後悔《こうかい》を生む。猫《ねこ》を殺す。理由は簡単。サメやエイみたいな軟骨魚《なんこつぎょ》は臭《くさ》いからである。死後アンモニア臭《しゅう》を発する。それなのに那織《なおり》は、髪《かみ》を片側にまとめながらしゃがみ込んで、「おおっこれぞサメ肌《はだ》っ！　大根磨《す》れるかな？」とか言いながらラブカに触《さわ》っていた。

「純君《じゅん》も触《さわ》ろうよー」とはしゃぐ那織《なおり》の耳元で、「あんまり触《さわ》ると臭《にお》いがとれなくなるぞ」と忠告して、他の変な生き物の姿を冷やかして回る。

すると、顔をくしゃっとしかめた那織《なおり》が「指が超臭《ちょうくさ》い！」と言いながら寄ってきた。

「だから言っただろ。サメとかエイは臭《くさ》いんだよ」

「知ってるけどさー、ラブカに触《さわ》れる機会なんてないじゃん！　ね、ちょっと嗅《か》いでみてよ」

僕は丁重《ていちょう》にお断りした。

だが、何度拒否《きょひ》してもしつこく迫《せま》ってくるので、仕方なく那織《なおり》の指に鼻を近付け――

……ぴとっ。

「だっぁあぁあぁあっ、おまえっ！　何やってんだよっ。バッカ！　マジで臭《くさ》いっ！」

「澄《す》ましやがって。このっ。いろいろと反省しやがれ！」

マジで臭《くさ》い。ヤバイ。生臭《なまぐさ》さを凝縮《ぎょうしゅく》したみたい。一度経験した方がいいわ。じゃなきゃこの苦しみはわからん。とりあえず、これだけは言わせてくれ。ラブカ、マジで超臭《ちょうくせ》ぇ。

駆《か》けこんだトイレで何度も鼻を洗い、多少はマシになったものの、微《かす》かに香るラブカ。トイレを出ると那織《なおり》がバカ笑いしながら、「臭《にお》いとれた？　どう？　まだ臭《くさ》い？　ラブカってる？　海辺のラブカ？」などと揶揄《からか》ってきた。

　ムカついたので、那織《なおり》の鼻をつまんでやる。

「おっ……おとえのはなをふまむほはんたるろうじぇき！　てんひゅうひゃ！」

「那織《なおり》が臭《くさ》い指をくっ付けるからだろっ！」

　解放された鼻をこすりながら、「もう、ユーモアの欠落したつまらん男だなぁ。カワイイ女の子の可愛《かわい》いいたずらじゃないかー」と那織《なおり》が口を尖《とが》らせる。

「ふざけ方が悪質なんだよっ！　おまえこそ反省しろっ」

　そんなやり取りをひとしきりして、マグロが回遊する水槽《すいそう》を見て、那織《なおり》は懲《こ》りもせずタッチプールでヒトデやらに触《さわ》って、ペンギンの写真を撮《と》って、展示を一通り楽しんだ。

　昼食は館内のカフェレストランでマグロのカツカレーを食べた。

「マグロの展示を見たあとに食べるマグロのカツ……ああっなんという背徳感。これぞ食物連鎖《れんさ》の頂点が故《ゆえ》の味覚ですなぁ」なんて言って那織《なおり》は喜んでいた……というかはしゃいでいた。

　その後は淡水生物館《たんすいせいぶつかん》に寄ったり、土産物《みやげもの》コーナーでうんうん唸《うな》る那織《なおり》に付き合って（仕方なくラブカのぬいぐるみを買ってあげた）、鳥類園でサギやらシギやらウをなんとなく眺《なが》めたりして、端《はし》から公園を散策した。一通り施設《しせつ》を回った後は、海を見るのに最適な、ガラス張りの展望レストハウスを目指した。

　海のすぐ傍《そば》ということもあり、外を歩いていると、時折強い風が吹《ふ》く。つまりは、その、那《な》織《おり》のスカートが結構な確率で捲《めく》れそうになるのだった。その辺は那織《なおり》も分かっているようで、後ろ手に鞄《かばん》を持って、さり気なくスカートを押さえていた。

「お、見えて来たよっ！」

　先を歩く那織《なおり》がレストハウスを指差す。

　その時だった。

　——きゃっ。

　僕の目に、生肌《なまはだ》の曲面が飛び込んで来た。なだらかな放物線が織りなす二つの曲面《サーフエス》。臀部《でんぶ》——つまるところ、那織《なおり》のお尻《しり》が見えた。

　思考が止まる。遅《おく》れて湧《わ》き立《た》つ疑問。

　——穿《は》いてる……よな？

　幾《いく》ら那織《なおり》でも穿《は》いてないなんてことは無いはずだ。穿《は》いてないとしたら、ただの痴女《ちじょ》だ。那《な》織《おり》はちょっとアレなとこがあるけど、さすがに露出狂《ノーパン》ではない……と思う。うん、ちょっとは水色の布が見えたような気もする……が、あれはほぼお尻《しり》だった。

「見た？　ねぇ、見た？」

　顔を真っ赤にして、涙目《なみだめ》の那織《なおり》が詰《つ》め寄《よ》ってくる。

「……生肌《なまはだ》の圧倒的《あっとうてき》な暴力を受けた。まさかとは思うけど――」

僕の疑問に那織《なおり》が先回りして「穿《は》いてるからっ！　ちゃんと穿《は》いてるからっ！　ああっもう最悪！　部長の所為《せい》だ。あいつ絶対許さないっ！」と声を上げ、その場にしゃがみ込んだ。

穿《は》いてるってことは、つまりTバックってこと？　マジかよ。初めて生で見た。

ほぼお尻《しり》としか認識《にんしき》してないけど。

すげぇよ。あんなの丸出しじゃん。完全に目に焼き付いた。しかも、あとからじわじわくる。

那織《なおり》、今日のことは一生忘れない。

「感想はっ！」躊躇《そんきょ》した那織《なおり》が、僕を下からきっと睨《にら》み付《つ》ける。目を合わせ辛《づら》い。

「え？」

「私の下着を見た感想はっ！　無料《ただ》で見られると思わないでっ！　せめて感想くらい――」

「すまん。僕には那織《なおり》のお尻《しり》を見たという記憶《きおく》しかない。……ただ、今日のことは一生忘れない自信がある」

「――こ……これは部長から穿《は》けって言われたのっ！　か……勘違《かんちが》いしないでよねっ！」

えっと……何をどう勘違《かんちが》いすればいいんだ？

ともかく僕は学んだ。Tバックは最高だ。うん、悪くない。


（神宮寺《じんぐうじ》那織《なおり》）

だからミニでTバックはヤバいって。大人しくキュロットにすべきだった。

家を出る前にそう思ったのに、ちょっと浮《う》かれすぎてた。前後不覚。確かにちょっとは思ったよ？　その……色仕掛《いろじか》け的《てき》な。悩殺的《のうさつてき》な。ちょっとね。ちょっとだけね。

でもでも、自分の意図しないシチュエーションでそうなるのは……流石《さすが》に焦《あせ》る。部長。絶対に呪《のろ》い殺《ころ》す。あいつマジで許さない。朝、ノリノリで自撮《じど》りした自分も呪《のろ》い殺《ころ》したいっ！　何が「ヤバっ。これはセクシー度ダダ上がりだわ。しかも、力が漲《みなぎ》ってくる！　今の私は最強だっ！」だよっ！　私のバカっ！

落ち着け。たかがお尻《しり》をちょっと見られただけだ。しかも、下着はちゃんとつけてる。裸《はだか》を見られたわけじゃない。いやもうこうなったら裸《はだか》を見せてもいいんだけど、それにしたってあれは覚悟《かくご》と準備が足りてなかった。見せるのと見られるのは違《ちが》うのっ！

落ち着け那織《なおり》。こんなことで躓《つまず》いてたらダメだ。シャロン・ストーンを見習え。あっちなんてノーパンで脚組《あしく》み替《か》え——いや、それは無理。見習えない。

頭を切《き》り替《か》えよう。見られたもんはしょうがない。一生忘れないって言ってたし、爪痕《つめあと》を残せたんだと解釈《かいしゃく》しよう。これはある意味予定通りなんだ。そうだ、これは計画通りだ。可愛《かわい》い女子高生の生尻《なまじり》を見て喜ばない男子なんて居るわけない。そうだよ。居るわけない。

「ほら、立てよ」純《じゅん》君が手を伸《の》ばしてくる。

手を取りながら純《じゅん》君を盗《ぬす》み見《み》ると、視線がぶつかった瞬間《しゅんかん》にぷいと横を向いた。

——勝った！　これは勝ったでいいよね？　私のターンでいいよね？

やっぱり私のお尻《しり》を見て興奮したんだっ。もうっ。嬉《うれ》しいなら、そうはっきり言ってよね。

「ねぇねぇ」

純《じゅん》君が鷹揚《おうよう》にこっちを向く。

「興奮した？　ムラムラした？　今夜思い出しちゃう感じ？」

大丈夫《だいじょうぶ》。私は勝った。このムッツリ唐変木《とうへんぼく》は私に負けたのだっ！

「バッ……バカっ。何言ってんだよ！」

「私のお尻《しり》を思い出して、不埒《ふらち》な行為《こうい》を——やだもう。言わせないでよっ。エッチ！」

「……そ、そっちが勝手に——」

「見たんだから文句言う権利なし！　で、どうだった？　ほれほれ言うてみい」

「……かなりグッときた」

純《じゅん》君が真っ赤になって俯《うつむ》いた。

満足！　完全勝利だ！　やってやった！　部長、呪《のろ》うだけにしてあげるっ！　私は優《やさ》しいな。

だから私は、純《じゅん》君の腕《うで》を思い切り抱《だ》き締《し》めて、ちょこっとサービス増しで歩き出す。

「ちょ、ちょっとくっつきすぎだってて」

「嬉《うれ》しいなら嬉《うれ》しいって言えばいいのに。もう照れちゃってかわいいなぁ」

それから私たちは、たっぷりと展望台で海を眺《なが》めながら喋《しゃべ》った。喋《しゃべ》ってる内容なんて、普段《ふだん》と変わらなくて、映画とか漫画《まんが》とか小説とかそんなことしか話してないけど、それでもいつもよりわくわくした。たまにはこういうお出掛《でか》けも悪くない。たまには。

三人で来たことも確かにあるけど、私はここがお姉ちゃんとのデートで訪《おとず》れた場所だと知っている。チケットの半券を律義《りちぎ》に取っておくんだよね、お姉ちゃんは。典型的なモノに託《たく》すタイプ。私は昔からそういうことに無頓着《むとんちゃく》だった。思い出せないような記憶《きおく》は、本質的に要《い》らない記憶《きおく》なのだ。脳のキャッシュをクリアせよ。すぐに思い出せるよう、大切な記憶《きおく》は脳内で反復して、長期記憶《ちょうききおく》として定着させればいいのだ。暗記物と一緒《いっしょ》。さらに言えば、記憶《きおく》は嗅覚《きゅうかく》と結びつきやすい。モノより匂《にお》いの方が強いんだ。ラブカ君、強烈《きょうれつ》な臭《にお》いをありがとう。

それに——狙《ねら》ったわけじゃないけど、視覚的なインパクトもあった。ほんとに狙《ねら》ってないから。勘違《かんちが》いしないように。だからこそ、ラブカに負けたら許さない。臭《にお》いに負けるな。

徐々《じょじょ》に日が傾《かたむ》いてくる。太陽から放たれた光線が宇宙を通り、大気を通り、それは遮断《しゃだん》され、吸収され、散乱し、減光された可視光線が降り注ぐ。短い波長が散乱し、空を青くする。だが、次第《しだい》に太陽光の到達距離《とうたつきょり》が長くなると、短い波長は徐々《じょじょ》に届かなくなってくる。届くのは長い波長だ。波長の一部が空気中の塵《ちり》などにぶつかって散乱し、空を切り取って紅《あか》く染める。

私の恋《こい》は長い波長だ。ゆったりとした波長で到達《とうたつ》するんだ。蒼穹《そうきゅう》が宵《よい》に変わる前に、鮮《あざ》やかな朱《あか》に染め上げるんだ。日西に垂れ、景樹端《けいじゅたん》に在り、之《これ》を桑楡《そうゆ》と謂《い》う。

辞書で見つけた夕日を表す言葉たち。雀色時《すずめいろどき》。暮合《くれあい》。火点《ひとも》し頃《ごろ》。いい言葉だ。

私はいつだって紅《あか》く染まりたい。

そして染めたい。染め上げたい。

「そろそろ観覧車に乗るか？」純《じゅん》君が海を眺《なが》め入《い》ったまま言う。

「うん」

「あと……今さらだけど、その爪《つめ》、いい色だな」

ほんとだよ。ほんとに今さらだよ。でも、そういうとこ、好き。言ってくれないよりずっといい。ただ、爪《つめ》って。その言い方っ。ネイルって言ってよね。

そして私、こういう不意打ちに弱いんだなぁ。よく分かったよ。色々と。

色の名前はアフタヌーン。よくやったアディクション。褒《ほ》めてつかわす。

「うん。ありがと」

染まれ。紅《あか》く染まれ、私の空よ。


（神宮寺《じんぐうじ》琉実《るみ》）

※　※　※

部活の練習終わり、麗良《れいら》に誘《さそ》われたわたしは公園に居た。

ケガしなきゃ出られたかも知れない県大会は、二回戦負けだった。悔《くや》しがる先輩《せんぱい》たちを見ながら、もちろんわたしが出たからってどうにかなったとは思わないけど、少なくとも迷惑《めいわく》はかけたことだし、なんだかやるせない気持ちでいっぱいだった。

けど、定期考査が終われば総体がある。まだ終わりじゃない。士気は下がってない。

ただ、やっぱりみんなちょっと追い込み過ぎていて、余裕《よゆう》がない感じだった。ちょっとクールダウンが必要ってことで、今日は早めに切り上げることになった。だから、太陽はそこまで沈《しず》んでいない。若い家族連れや小さな子供たちが遊んでいる。

純《じゅん》と那織《なおり》はまだデートをしていることだろう。何処《どこ》に行ったのかは知らない。

今朝、お母さんがわたしにお弁当を手渡《てわた》しながら、「那織《なおり》は今日も夕飯要《い》らないんだって。二日続けて夕飯を家で食べないなんて、ねぇ」と非難めいた口調で同意を求めて来た。

お母さんの口振《くちぶ》りからすると、那織《なおり》は今日がデートだということを告げていないらしい。だから、那織《なおり》は純《じゅん》とデートしているとは言《い》い難《にく》くて、「まぁ、あの引きこもりが誰《だれ》かと外で夕飯を食べるっていうのは良《い》いことなんじゃない？」とぼやかしてそれっぽく返した。

どうして那織《なおり》は素直《すなお》に言わなかったんだろう。昨夜、濡《ぬ》れた頭にバスタオルをのせた那織《なおり》が部屋に来て、「お風呂《ふろ》出たから次入りなよ。あと、明日、純《じゅん》君とデートしてくる。一応、耳に入れとく」とだけ言って、わたしの言葉を待たずに出て行った。わざわざそんな報告しなくていいのに、と隣《となり》の部屋から聞こえてくるドライヤーの音を聞きながら思った。

うまくやれてるかな？　あいつは女心なんてちっともわかってくれないけど、頑張《がんば》れ。

なんて、あの二人なら心配いらないよね。

普通《ふつう》に遊んで、普通《ふつう》に夕飯を食べて、けろっとした顔で帰ってくるに決まってる。

スマホで時間を見ながらそんなことを考えていると、トイレから戻《もど》ってくる麗良《れいら》が見えた。

さっきまで一つに縛《しば》っていた髪《かみ》が解《ほど》かれている。運動した後に髪《かみ》を解《ほど》くとバサバサになって大変なんだけど、麗良《れいら》の場合はちょっとくらい毛先が乱れていても様になってしまう。長身かつモデル顔のなせる業《わざ》。

部室で髪型《かみがた》を必死に整える部員を見ていると、ショートにして良かったとしみじみ思う。手櫛《てぐし》で整えて、汗《あせ》で張り付いた前髪《まえがみ》をどうにかすれば、ひとまずカッコは付く。

「どっちがいい？」麗良《れいら》がスポーツドリンクを二本、わたしに向けて掲《かか》げる。

「どっちも同じじゃない。って言うか、お金払《はら》うよ」

「気にしないで。今日は私の奢《おご》り」

「ありがと」スポドリを受け取る。冷えた容器が気持ちいい。「今日はどうしたの？」

隣《となり》に座り、スポドリを一口飲んだ麗良《れいら》が「琉実《るみ》の顔がさっぱりしてるから、なんか心境の変化でもあったのかなって思ってさ」と言って、「あ、蓋《ふた》開けようか？」と気遣《きづか》ってくれた。

「それくらい大丈夫《だいじょうぶ》だよ。でも、ありがと」

左手首を動かさないように、ペットボトルをお腹《なか》に押し付けて、蓋《ふた》を開けてみせる。

麗良《れいら》はちょっと近寄りがたい雰囲気《ふんいき》があるせいか、表立って男子に騒《さわ》がれるってことはないけど、わたしから言わせれば見る目がないだけだ。こんなに優《やさ》しくて、頼《たよ》りになる女子はそうそう居ない。こういうさり気ない気遣《きづか》いをさらっとやってのける麗良《れいら》に、入れあげる後輩《こうはい》の気持ちもよくわかる。わたしだってちょっとドキっとすることがあるくらい。麗良《れいら》が男子だったら、惚《ほ》れてる自信がある。と言うか、大半の女子がそう言うんだよね。マジでイケメン。

「なんかあったってほどじゃないけど、色々と吹《ふ》っ切《き》れた」

「もう白崎《しろさき》のことはいいの？」

「もちろん嫌《きら》いになったとかじゃないけど、整理はできた。だから大丈夫《だいじょうぶ》。心配ありがと」

「それなら良かった。ま、どうしても辛《つら》くなったら奪《うば》っちゃえよ」

「もうっ。そんなこと言わないの。それこそ横取りじゃない」

「だね。でも、遠慮《えんりょ》したっていいことないんだよ。大体そう。言いたいこと言って、やりたいことやった方が絶対いい」そう言ってから、ね、と笑《え》みを含《ふく》んで付け加える。

「やっぱ、幸せな人は余裕《よゆう》あるわ。ちょっと分けてっ！」

そう言って麗良《れいら》に抱《だ》き着《つ》くと、よしよしと頭を撫《な》でてくれる。

マジでイケメン。惚《ほ》れる。スペック高すぎ。

「実は、ちょっと幸せ停滞中《ていたいちゅう》なんだよね」

「そうなの？」麗良《れいら》から離《はな》れて、わたしは続ける。

「練習がない日は彼氏《かれし》と出かけたりしてるんでしょ？　喧嘩《けんか》でもしたの？」

すると麗良《れいら》が、「なんか会う度《たび》に……その……したがってくるからちょっと喧嘩《けんか》になったんだよね。そういう雰囲気《ふんいき》でとかなら良《い》いけど、なんかそれ目的みたいな感じが露骨《ろこつ》で――やっぱ男なんてそんなもんなのかな」とゆっくり言葉を選ぶようにして吐《は》き出《だ》した。

生々しいっ！　生々しいですよ麗良《れいら》さんっ！　これが向こう岸の悩《なや》みなのか。

「う、うん。それはちょっと無いよね。わたしも雰囲気《ふんいき》は大事だと思う」

こんな返ししかできない。頼《たよ》りなくてごめん。「それはちゃんと相手に伝えた方がいいよ」

「すべて正直に伝えた結果、絶賛喧嘩《けんか》中《ちゅう》なわけ」

「あー」かけるべき言葉が思い付かない。言おうと思った言葉がどれも場当たりで、軽い気がする。でも黙《だま》っちゃうのは申し訳なくて、何も具体的なアドバイスなんてできないけど、なんか言わなくちゃと思って、「この間、階段で相談した時、言ってくれればよかったのに。人に言うだけでもちょっとは気が紛《まぎ》れるでしょ？」なんて言ってしまった。

「あんだけ弱ってうにゃうにゃ言ってる琉実《るみ》にそんなこと言えるわけないでしょ。もう」

「だよね。自分でもそう思った」

「本当に琉実《るみ》はバカなんだから」

「すみません。返す言葉もございません」

「しっかりしてよね、キャプテン」

「それは元《い》でしょ」

「ま、私にとって、琉実《るみ》はまだキャプテンだよ」

「あ、ありがと……。あと、さっきの話なんだけど……」

「ん？」

「……あのさ、やっぱそういうことしちゃうと、男の子ってそればっかになるの？」

もし純《じゅん》と別れなかったら。もしあの時そのまま——そんなことをちょっとだけ頭の片隅《かたすみ》に浮《う》かべつつ、それはそれとして、わたしは麗良《れいら》の話の続きが気になっていた。

だって、気になるじゃん。聞きたいじゃん。そんなん普通《ふつう》でしょ？

「うん。なんか身体《からだ》目当てなのってくらいそうなる。流石《さすが》にそればっかりはイヤだ」

「やっぱ、今度の大会で勝てなかったら引退だし、そもそも受験勉強のストレスとかそういうのが原因とか？　プレッシャー的な？」

麗良《れいら》の彼氏《かれし》は、他校のバスケ部で三年生。二人は中学の時から付き合っているから、この手の話というか相談はよく麗良《れいら》からされていたけど、喧嘩《けんか》してるイメージはあんまり無かった。

「受験って言ったって、まだ先じゃん。それに今はバスケのことしか頭にないでしょ。最低でも関東には行きたいだろうし。仮にストレスだとして、それを私で発散しないで欲しいよ」

ごもっともです。

「それはそうだよね。うん、麗良《れいら》の言う通りだよ。でも、そっかぁ。年上でもそんな感じなんだね。年上って、もっと落ち着きあって、包容力があって、ちょっとの失敗くらい笑って許してくれる——みたいなイメージだったよ。現にそういう感じだったじゃん」

「外では、ね。あいつ、外面《そとづら》だけはイイから。二人でいるときは、年上感ゼロ。半端《はんぱ》なく甘えてくる。うん、まぁ、それは別にいいんだけど、たまにどっちが年上って思う」

まぁ、誰《だれ》しも少なからずそういうトコはある、か。純《じゅん》だって似たようなトコあるし。それにわたしだって——わたしってどんな感じだったっけ？　えっと……あー、うん、甘えたい系、かも。いや、それって普通《ふつう》でしょ。ぜんぜん普通《ふつう》のことだって。恥《は》ずかしがることはない。

冷静になって思い返すと、ちょっとクる。ううん、かなり来る。けっこー恥《は》ずいこと、平気で言ってたわ。やめやめ。自ら傷をえぐるのはやめよう。麗良《れいら》の彼氏《かれし》の話で気を紛《まぎ》らわそう。

「ねぇ、ちなみになんだけどさぁ、そういう時って、相手はなんて言ってくるの？」

わたしの言葉に、ちょっと俯《うつむ》いて考え込む麗良《れいら》。

どーでもいいけど、まつ毛長っ。

「うーん、まずは雰囲気《ふんいき》というか、空気感でしたいのかなぁって思うけど、とりあえず無視する。気付いてない振《ふ》りする。そうすると、露骨《ろこつ》に身体《からだ》に触《さわ》ってきたりして——あ、いきなりエロいのとかじゃないよ、くすぐる的なふざけた感じね。そして、『いい？』みたいな」

あ———、やばい。めっちゃリアル。リアルってか、体験談なんだから当たり前なんだろうけど、そっかぁ、あの人はそういう感じで来るのかぁ。へぇぇ。相手を知ってるだけに複雑なとこもあるけど……なるほど。シンプルにもっと聞きたいです。教えてくださいっ麗良《れいら》さん。

それからまぁ、あれやこれや聞きました。どこまでしてるのか——ほら、口で的な話とかあるじゃん。そういうのも含《ふく》めて、がっつり聞きました。は？　エロいとか何？　むっつりとかマジで迷惑《めいわく》なんだけど。ふつー聞くでしょ、この状況《じょうきょう》だったら。

わたしの周りで既《すで》に済ませた人は全体からすればまだまだ少ない。その数少ない一人が自分の親友という焦《あせ》りともどかしさが心をざわめかせて囃《はや》し立《た》てるけど、ましてや今日聞かされたあれこれなんてそりゃもう大人《アダルト》な話だったけど、相手の居ないわたしには今や無縁《むえん》の話だ。残念ながら。つまり、遠いいつかの、参考までのお話。あとは単純に興味。

麗良《れいら》との話が終わる頃《ころ》には、人影《ひとかげ》がまばらになっていた。日が暮れる間際《まぎわ》。辺りは薄暗《うすぐら》い。

——逢魔《おうま》が時《とき》ってヤツだ。だから魔《ま》に気をつけろよ。

あいつはいつだって、そうやってキザなことばっか言うんだよね。

「そろそろ帰ろうか。いろいろ吐《は》き出《だ》したら、お腹《なか》も空《す》いてきちゃった」

麗良《れいら》が軽く伸《の》びをしてから、お腹《なか》をさすりながらおどけて言った。

「そうだね。暗くなってきたしねー。逢魔《おうま》が時《とき》ってヤツだよ」

「何それ？　おうま……？」

「よくないことが起こりやすい時間ってことだよ。逢《あ》い引《び》きの逢《あ》うに、悪魔《あくま》の魔《ま》で逢魔《おうま》」

「テストに出るヤツ？」

「出ないでしょ。習ってないし」

「よく知ってるねそんな言葉。でも使う機会無さそう」麗良《れいら》がふっと笑う。

「確かに。わたしも初めて使ったよ」

そう言って、わたしも笑《え》みを貼《は》り付《つ》けて返した。

誰《た》そ彼時《かれどき》とか彼《か》は誰時《たれどき》って言った方が良かったかな。流行《はや》った映画で言ってたもん。


夕飯を食べ終えた頃《ころ》、玄関《げんかん》の開く音がした。遠くで「ただいま」という声が聞こえたかと思うと、続けざまに階段を上《のぼ》る音がした。お母さんが「あ、帰ってきた。そう言えば、今日は一度も那織《なおり》の顔を見ていないわ」と言い、お父さんが「母はいつでも二度考えなければならない。一度は自分のために、もう一度は子どものために」とどこかで聞いたことある言葉で返す。

「あなたも考えなさいよ」園芸雑誌を読みながらお母さんが注意する。

「そうだな。ごもっともだ。だが父親が妙齢《みようれい》の娘《むすめ》に出来ることなんて、門限を言いつけることと交際相手を試《ため》すことくらいだ……まさか那織《なおり》にそういう相手が居るのか?」

お父さんも、本から顔をあげない。二人は互《たが》いの顔を見ずに会話をする。

つくづく那織《なおり》は父親似だ。お父さんの皮肉っぽい言い方を引《ひ》き継《つ》いでいる。救いようがないくらい父親似だ。やいのやいの言っている二人を尻目《しりめ》に、二階に上がり、那織《なおり》の部屋のドアをノックする。が、返事はない。もう一度ノックしてみても、やっぱり返事はない。

部屋に居ないのか? と思いつつ、「入るよー」と言いながらドアを開けると、部屋の電気は消えたままだったけど、ベッドの上にぼんやりと人影《ひとかげ》が見えた。電気もつけないでどうしたのよと言いながら、ルームライトを点《つ》ける。床《ゆか》に散らばった本がその姿を浮《う》かび上《あ》がらせた。

何か嫌《いや》なことでもあったのかなと心配になって、本の間のけもの道を通ってベッドに腰《こし》を下ろして、うつ伏《ぶ》せになったままの那織《なおり》の頭に手を置く。

「なんかあったの？」

珍《めず》しく結んでいない髪《かみ》を耳に掛《か》けてやると、小さい蝶《ちょう》の羽根をあしらったノンホールピアスが揺《ゆ》れた。去年の誕生日にあげたヤツ。今日みたいな日に着けてくれたんだ。

「ううん。心配するようなことは何もない」

枕《まくら》に埋《うず》めた顔から、くぐもった声が聞こえる。聞《き》き取《と》り辛《づら》いけど、おかしな響《ひび》きは無かった。

「じゃあ、どうして電気消したままで着替《きが》えもしないで――」

「楽しかった。とても楽しかったんだ」

なんだ。余韻《よいん》に浸《ひた》っていたのか。皮肉ばかり言う那織《なおり》がそんなことをしているのがおかしくて、可愛《かわい》くて、思わずわたしは那織《なおり》の上に乗っかった。「このひねくれ者っ」

「おーもーいー」

文句を言う那織《なおり》を「重くない」と注意して、「そんなに楽しかったの？」と耳の傍《そば》で言う。

「うん。だから、怖《こわ》くなった」

那織《なおり》がこっちを向く。珍《めず》しく困ったような目付きが、我が妹ながらちょっといじらしい。

「その気持ちちょっとわかる」

「先輩面《せんぱいづら》うざい。安っぽい共感は求めてない」

「かわいくないヤツ」

「私は琉実《るみ》と違《ちが》って可愛《かわい》い」

「はいはい。そうですね。那織《なおり》ちゃんはカワイイよねー」

「その言い方ムカつく。ってか重い。どいて」

那織《なおり》が足をバタバタして暴れる。

「はいはい。どきますよっ。もう埃《ほこり》が立つでしょ」

わたしは身体《からだ》を起こして、この憎《にく》たらしくて素直《すなお》じゃない妹のお尻《しり》を叩《たた》いた。スカート越《ご》しに叩《たた》いたつもりだった。それなのに、むき出しの肌《はだ》を叩《たた》いたような、パチンッという小気味好《こきみよ》い音がした。ん？　と思って目を向けると、暴れたせいで乱れたスカートから覗《のぞ》くのは、太ももだけじゃなかった。わたしは思わず防御力《ぼうぎょりょく》の低そうなスカートを上までめくり——

那織《なおり》が凄《すご》い勢いでわたしの手を払《はら》い、スカートを押さえた。

「ちょっと那織《なおり》これ——」

身体《からだ》を起こした那織《なおり》が、向き直って「見たね？」と真剣《しんけん》な顔で迫《せま》ってくる。

「見た。そりゃもうはっきりと」

腰回《こしまわ》りにレースがあしらわれた薄《うす》い青の……そのＴバックと呼ばれるタイプの下着。

初めて見た。高一でこんな下着つけるの？　早くないっ？　ってかエロっ！

「見られたなら致《いた》し方《かた》あるまい。下手に隠《かく》して羞恥《しゅうち》を累加《るいか》させるくらいなら、私は隠《かく》さぬ。とくと見よ。これが女の覚悟《かくご》だ」

那織《なおり》が腕《うで》を広げて好きにしろとでも言いたげな顔をした。

そう言われるとなんか途端《とたん》に興味失せる……けど、ちらっとスカートをめくる。前は案外普《ふ》通《つう》だけど、ゴムの上に細いゴムがもう一本あって、それが腰骨《こしぼね》の所に食い込んでいて、いやらしい。エロい。双子《ふたご》の妹がこんな下着を穿《は》いているという衝撃《しょうげき》にわたしはちょっと気後《きおく》れする。麗良《れいら》からあんな話を聞いたあとだから余計に……っていうか、もしかして、そういう目的なんじゃないの？

「もしかして、これ、見せるために……？」

「さすがにそこまでは。部長と話の流れで穿《は》くことになった。でも、なんか気合いが入って嫌《きら》いじゃないかも。漲《みなぎ》ってくる感じがする。ただミニはヤバい。移動中、気が気じゃない」

そりゃミニじゃそうでしょうね。

「お気にの服着た時とかアクセ着けた時のパワーアップ版みたいな？」

「そうそう。あれの最上級みたいな感じ。無敵感すらある……そんなことよりさ、これ、洗濯《せんたく》に出しづらいんだけど、なんか良《い》い案ない？　絶対、お母さんになんか言われる」

無敵感を得るための代償《だいしょう》があまりにも現実的で、子どもっぽくて、そのギャップにお腹《なか》を抱《かか》えて笑ってしまった。だって、余りにも困った顔で言うんだもん。那織《なおり》のこんな表情、滅多《めった》に見られない。超貴重《ちょうきちょう》。

「そ、そんな涙《なみだ》流して笑うことないでしょっ！　私は真剣《しんけん》なんだよっ！」

「だって……あっははっ……洗濯《せんたく》に出すのが恥《は》ずかしいってっ……」

「琉実《るみ》のだって言い張ってやるからね」

不本意だけど、言ってやった。「ブラのサイズですぐバレるって」

「――私は一体どうすればいいの？　中古下着としてネットで売るしかないのかな……」

「やめなさいっ」

「上下セットだし、いい値段になりそう。顔を隠《かく》した写真を付ければかなりの値段に――」

「バカ」那織《なおり》が言うと冗談《じょうだん》に聞こえないから困る。

そしてわたしは、あることを思い付いた。

「わたしお風呂《ふろ》まだなんだけど、久《ひさ》し振《ぶ》りに一緒《いっしょ》に入らない？」

「いいよ。それより下着は――」

声を無視して、わたしは那織《なおり》の背中を押しながら一緒《いっしょ》に部屋を出る。

まったく世話のやける妹だ。

※　※　※

（白崎《しろさき》　純《じゅん》）

葛西《かさい》でのデートから数日経《た》ったが、那織《なおり》と乗った観覧車のことがいまだに頭から離《はな》れない。

ゴンドラの中で夕焼けに照らされた那織《なおり》は、僕が好きになった頃《ころ》より、ずっと綺麗《きれい》で儚《はかな》げで美しかった。そこに居るのは、僕には勿体《もったい》ないくらい素敵《すてき》な一人の女性だった。

那織《なおり》が言った。「子供の頃《ころ》に見た景色より、今の方が心に染《し》みるね」と。全くだ。本当にその通りだ。そして那織《なおり》だけじゃない――二人とも本当に子供の頃《ころ》より魅力的《みりょくてき》になった。

小さい頃《ころ》、家の周りではしゃいでいた女の子はもうどこにも居ない。

外を眺《なが》めながら「私はね、ずっと純《じゅん》君のことが好きだった。テストで誰《だれ》よりも早く解いた方がカッコイイっていうのは、それもあるんだけど、ほんとうは私なりの願掛《がんか》けだったんだ。小学生のとき、たまに――ほんとうにたまにだけど、純《じゅん》君が私に勝ったことあるじゃん。次は絶対に負けないからなんて言ってたけど、実はそこまで悔《くや》しくなかったんだ。そりゃ、全く悔《くや》しくないと言えば嘘《うそ》になるけど、そんなことよりも嬉《うれ》しさの方が勝《まさ》ってた。私に勝って喜ぶ純《じゅん》君を見ていると、私のことを意識してくれてるって思えたんだ。子供っぽいよね。そんな子供っぽくて臆病《おくびょう》な私は、気持ちを伝えることが怖《こわ》かった。変わることが怖《こわ》かった。だから、願掛《がんか》けなんて回りくどいやり方を選んだんだ。私は本気にならずに勝ってやるって。それで勝ったら気持ちを伝えようって。バカみたいだよね」そう洩《も》らした那織《なおり》の横顔は、どこか投げやりだった。こうして付き合っているのに、まるで叶《かな》わなかった恋《こい》を語るみたいに、どうして孤《こ》独《どく》を貼《は》り付《つ》けた顔をするんだろうと思った。もしかして那織《なおり》は僕の気持ちに気付いているんじゃないかと思《おも》い做《な》すくらい、深い憂《うれ》いを漂《ただよ》わせていた。

そして那織《なおり》は袋《ふくろ》からラブカのぬいぐるみを取り出し、頭を撫《な》でるようにして暫《しば》し弄《もてあそ》ぶと、ぬいぐるみに向かって再び「ほんとバカみたい」と言った。

那織《なおり》と別れて、一度すべてをリセットする。そして、自分の気持ちと向き合う。

僕はそう決めていた。

観覧車での那織《なおり》の言葉は、その決意を大きく揺《ゆ》るがせた。このままでもいいんじゃないか、と思った。那織《なおり》とふざけあうのは楽しいし、趣味《しゅみ》の話をする時、いちいち説明する必要がないくらい、お互《たが》いのことを分かっている。

初恋《はつこい》だとかそういうことは抜《ぬ》きにして、那織《なおり》は十分に魅力的《みりょくてき》だ。

ただ、那織《なおり》と居ると、どうしても琉実《るみ》のことを思い出してしまう。ふとした仕草に、横顔に、目の色味に。二人を見間違《みまちが》えるほど付き合いは浅くないのに、琉実《るみ》の影《かげ》が見えてしまう。

そして、囁《ささや》く那織《なおり》の声に——琉実《るみ》の声が混ざり合う。

那織《なおり》のことを綺麗《きれい》だと思う一方で、あれほど考えるなと決めたのに、あの時この観覧車で琉《る》実《み》と——と僕は考えてしまった。だから、僕には那織《なおり》と付き合う資格はない。

琉実《るみ》のことを思い出さなければ、そのままでも良かったのか？

そうかも知れないし、そうじゃないかも知れない。仮定の話をしても仕方ない。

琉実《るみ》の気持ちを知った今、那織《なおり》と付き合った今、僕はやっぱり二人のことが大切で、どちらかを選ぶことなんて出来なかった。この気持ちに優劣《ゆうれつ》はつけられない。

そんなことを思い出しながら、1mol = 6.02 × 10^{23}個と書かれた板書を見る。

好意にも定数があれば計算が楽なのに。琉実《るみ》をx、那織《なおり》をyとして、公式に当てはめて計算して、より数値の大きい方はどちらか。そんな風にして数値化——出来ないことはよく分かっている。答えが出ないのなら、答えが出るまでその問題に向き合うべきだ。正解も分からず、その場の勘《かん》でどちらかを答案用紙に書くなんてことは出来ない。人生はマークシートじゃない。

教授にそんなことをぽつりと零《こぼ》したら、「『リケ恋《こい》』読んでおまえも数値化に挑戦《ちょうせん》してみたら」なんて言われた。

那織《なおり》との関係を終わりにしようと考えていることは、さすがに言わなかった。

それはしばらく胸に留《とど》めておくべきだと思った。

そうして決めた覚悟《かくご》は、いつもと変わらずに教授と下らない話をする那織《なおり》を見る度《たび》、揺動《ようどう》するような気がして、僕は話に熱中することが出来なかった。那織《なおり》が普段通《ふだんどお》りにすればするほど、散歩が待ち遠しくてはしゃぐ犬みたいに懐《なつ》いてくればくるほど、僕の心に溜《た》まった澱《おり》はどんどん塊《かたまり》になって重さを増していった。

そんな僕の気持ちに気付いたのか、水曜日に帰りしなの電車の中で、那織《なおり》から「最近、ちょっと変だよ？　何か悩《なや》み事《ごと》？」と勘繰《かんぐ》られてしまった。

「変か？　別に何もないよ」

「そっか。私の考えすぎだったかな」

那織《なおり》は力のない、言うなれば虚《うつ》ろな目を窓に向けた。僕は那織《なおり》から視線を外した。

もしかしたら何か思うことがあるのかもしれない。そう思った。だとしても、このタイミングで、それも電車の中で、今考えていることを告げるなんて出来ない。

だから僕は、それを言う為《ため》に、那織《なおり》に別れを告げる為《ため》に「今週の土曜日、うちで映画観《み》るか？　今日、教授が言ってたヤツ」と口に出す。

「いいね。二人が絶賛する映画なら、私も観《み》てみたい」

「じゃあ、土曜日はうちで映画に決まりだな」

別れを告げる為《ため》に、僕は初恋《はつこい》の女の子を自宅デートに誘《さそ》った。


土曜日——那織《なおり》に別れを切り出さなければならない日。

隣《となり》に座る那織《なおり》に目をやる。

ちょうど『パプリカ』を観終《みお》わったところである。難しい顔をして、同じ姿勢のまま固まったように画面を見続けていた那織《なおり》が、軽く腕《うで》を回しながら伸《の》びをして、ぽつりと言った。

「何これ。『インセプション』じゃん」

「ちなみにインセプションの四年前な」

「マジか。やばい。この映画はやばい。映像も平沢進《ひらさわすすむ》の音楽も、全てが素晴《すば》らしいっ！」

興奮して破顔した那織《なおり》は、飛《と》び跳《は》ねそうな勢いだ。

もしかしたら、ちょっとくらいソファから浮《う》いていたかも知れない。

今日の那織《なおり》は薄着《うすぎ》である。正直、あんまり動かないで欲しい。胸元《むなもと》をボタンで留めるタイプのカットソーを着ている。その、つまるところ、谷間がどうしても視界に入って来る。

ミニスカなのはいつものこととして――どうしてそんな露出《ろしゅつ》の多い恰好《かっこう》なんだ。

葛西《かさい》で見た光景がフラッシュバックする。その記憶《きおく》と、那織《なおり》の谷間を意識から押し出して、ポーカーフェイスを作る。平静を装《よそお》う。考えるな。

「だろ？　今敏《こんさとし》と平沢進《ひらさわすすむ》の良さ、分かってくれた？」

僕は映画の話に没頭《ぼっとう》する。これが一番の対処法。

「分かった。十分すぎるほど分かった。こんな凄《すご》いエネルギーの映画を今まで観《み》たことなかったのが悔《く》やまれる。これはアニメとかそういう話じゃないよ！　これはアニメ映画っていうカテゴリーじゃなくて、映画そのものだよ。アニメの自由さを借りただけなんだ！　あの夢と現実が溶《と》け合《あ》って、境界が曖昧《あいまい》になってくの素晴《すば》らしいよ。アニメだからこそ、違和感《いわかん》を抱《いだ》くことなく描《えが》ける芸当だ」

「その通りだ。今監督《こんかんとく》は、デビュー作の『パーフェクト・ブルー』にしても『千年女優《せんねんじょゆう》』にしても、現実と別の世界の境界が融合《ゆうごう》してどっちがどっちか分からなくなることを描《えが》いているんだ。今監督《こんかんとく》はインタビューで、夢と現実、幻想《げんそう》と現実、記憶《きおく》と現実が揺《ゆ》らぐ様を好んで描《えが》くのは、筒井康隆《つついやすたか》の『パプリカ』のようなことをしたかったからと言っていた。だから、このパプリカこそが今監督《こんかんとく》の集大成なんだよ」

「なるほど。そういう揺《ゆ》らぎを描《えが》きたいって、何となく押井守《おしいまもる》もそうじゃない？　ネットと現実とか夢の世界とか。映像作家の性《さが》なのかな。純《じゅん》君は押井守《おしいまもる》好きでしょ？」

「大好きだよ。攻殻機動隊《こうかくきどうたい》やうる星《せい》やつらは有名だけど、オリジナル作品の『アヴァロン』もゲーム世界と現実がテーマだった。個人的には、押井《おしい》作品は原作ありの方が好きだけどね。押井《い》作品って、原作モノの方がより深化すると思うんだ」

「原作ありと言えば、森博嗣《もりひろし》の小説も映画化してなかったっけ？　読んでないけど」

「『スカイ・クロラ』だな。あれも良かった。映像もいいけど、ともかく音が良《い》い。ちゃんと飛行機が飛んでる音がする。もっと早く生まれていれば映画館で観《み》られたのに、残念だよ」

「そこまで言うならそれも観《み》たい！　けど……まずは今敏《こんさとし》作品を全部観《み》たい。亡《な》くなったなんて惜《お》しすぎるよ。日本のアニメ界におけるとんでもない損失だよ、これは」

「こんな凄《すご》い監督《かんとく》の新作を観《み》られないのは悲劇だよなぁ」

それからもこの調子で僕たちはたっぷりすぎるほどに語った。僕はまだお昼を食べていなかったが、そんなことを忘れるくらい語った。ちなみに、那織《なおり》は家《うち》に来る前に軽く食べて来たらしい。薄情《はくじょう》なヤツだ。

それはそれとして。

——いつ言うんだ？

わかってる。

——引っ張れば引っ張るほど言いづらくなるぞ。

よくわかってる。

何度繰《く》り返《かえ》したか分からない問答を僕は続ける。

「ね、純《じゅん》君の部屋行こ」

「ここじゃなくて？」

今日は親が出掛《でか》けているので、ずっとリビングにいるつもりだった。だからこうして部屋のパソコンじゃなく、わざわざリビングのデカいテレビで映画を観《み》ていたんだが。

「いいじゃん。部屋行こ。筒井《つつい》康隆《やすたか》も読まなきゃ！　原作あるでしょ？」

那織《なおり》に促《うなが》され、僕は階段を上《のぼ》る。ま、部屋でもいいか。そう思って部屋に入り、椅子《いす》に座ろうとした時、ベッドに今まさに腰《こし》を下ろさんとする那織《なおり》が、僕の腕《うで》を引っ張った。姿勢を崩《くず》した僕は、那織《なおり》に覆《おお》いかぶさるようにして、ベッドに倒《たお》れ込《こ》んだ。

「いきなり何すんだよ」

「へへ、押《お》し倒《たお》されちゃった」

いたずらっぽい言葉とは裏腹に、那織《なおり》は柔和《にゅうわ》な表情を貼《は》り付《つ》けていた。頬《ほお》がほんのり上気している。しっとり潤《うる》んだ目。薄《うっす》らと開かれたみずみずしい唇《くちびる》の奥に、白い歯が覗《のぞ》く。

――そんな顔するなよっ。卑怯《ひきょう》だぞっ！

「……那織《なおり》が引っ張ったんだろ」

努めて冷たく言う。

那織《なおり》から発生する引力からどうにか視線を逃《に》がし、起き上がろうとした。

考えを見透《みす》かされてしまいそうだった。理性を保てなくなりそうだった。

引力と斥力《せきりょく》。頑張《がんば》れ斥力《せきりょく》。僕の意志。電荷《でんか》の積に比例し、距離《きょり》の二乗に反比例する。クーロンの法則は $F=k(q_1q_2/r^2)$ だよな。落ち着け。このままじゃまずい。この空気はまずい。

一旦《いったん》、態勢を立て直さなきゃ。そう思って――

「待って」

上体を起こした那織《なおり》が僕の腕《うで》を摑《つか》む。そして、僕を抱《だ》き締《し》めると、そのまま自分の胸に引き寄せた。那織《なおり》の胸に顔を埋《うず》める形となってしまった。

万有引力《ばんゆういんりょく》っ！

那織《なおり》の手をタップするけど一切《いっさい》弱めてくれない。それどころか、那織《なおり》は僕の頭を自分にぎゅっと押し付けて、そのままぐるんと転がった。

首痛いって！　抜《ぬ》けそう！

え……っと……その、つまり僕は仰向《あおむ》けにされて、那織《なおり》のおっぱいに押《お》し潰《つぶ》されている。ごわついたブラジャー越《ご》しでも分かる圧倒的《あっとうてき》な肉感。押《お》し潰《つぶ》されて形が変わるその柔《やわ》らかさ。

教授、これは盛ってる訳じゃないわ。質量を感じる。僕が保証する。

僕みたいな優柔《ゆうじゅう》不断《ふだん》な男は、このまま窒息死《ちっそくし》した方がいいのかも知れない……。

死ぬ前に僕は平和の意味を知った。ここに争いは生まれない。でも。

……ごめん、やっぱ苦しい。死ぬの無理。

琉実《るみ》と同じ服の匂《にお》いに、那織《なおり》の胸元《むなもと》から汗《あせ》を伴《ともな》った芳醇《ほうじゅん》な匂《にお》いが混ざって鼻腔《びこう》をつく。

くらくらする。くらくらするのは、酸素が足りないから？　そう信じたい。

「……那織《なおり》、苦しい」

光あれ。すると光があった。

ようやく僕の視界に光が戻《もど》り、ヘモグロビンを経て身体《からだ》に酸素が供給される。

「これぞマウントポジション！」

膝立《ひざだ》ちになった那織《なおり》が、僕を見下ろす。胸に持ち上げられた服の裾《すそ》から、お臍《へそ》が見える。

慌《あわ》てて視線を外すと、那織《なおり》のむき出しの太ももが目に入った。打つ手なし。

僕は横を向き、机に意識を飛ばす。机の木目をこんなにしっかり見たの初めてだ。天板は無《む》垢材《くざい》だけど、サイドチェストはＭＤＦだよな。そう言えば合板ってどうやって作るんだろう。

そして、那織《なおり》は僕の腰《こし》の上に、自分の腰《こし》を下ろした。人の重みと、人の熱が伝わる。

頼《たの》むからそんな際《きわ》どいとこに座らないでくれ……しかもスカートで。

薄《うす》い布を隔《へだ》てた――考えるな。考えるな。考えるな。

「……ガチで苦しかったぞ……」

「その割には、そこそこの時間堪能《たんのう》していたように思うけど？　違《ちが》う？」

「ち…違《ちが》わないけ…ど……ほら、僕は脚派《あしは》だから……」

我ながら最低な躱《かわ》し方《かた》である。教授のにやけた顔が浮《う》かぶ。

ちがっ、踏《ふ》まれたくはない！　それは断じて違《ちが》うからなっ。

「じゃあ、太ももで挟《はさ》んであげようか？」

それなら――待て待て待て。落ち着け。那織《なおり》を見るな。木目を見るんだ。

ＭＤＦ合板の作り方を考えろっ！　中質繊維板《ちゅうしつせんいばん》。木くずや繊維《せんい》を混ぜて――

「あれ？　もしかして、ちょっと悩《なや》んだ？」

那織《なおり》が不満そうな声で、ねぇと言ったので、僕は視線を那織《なおり》に戻《もど》そうと――した。

だが、僕の視線は瞬時《しゅんじ》、那織《なおり》の……その脚《あし》の付け根の辺りで、停止した。

那織《なおり》がスカートの裾《すそ》をつまんで、持ち上げていたからである。

薄《うす》いピンクの布がそこにあった。

右脚《みぎあし》の付け根にほくろがあった。

「バッカ、おま、な、なにやってるんだよ！」

「やっぱり一瞬《いっしゅん》目が止まったねぇ」

那織《なおり》がスカートから手を離《はな》す。すっと幕が下ろされ、すべてが覆《おお》われる。

「そ……そりゃそうだろ」

「脚《あし》フェチの為《ため》に、太ももの付け根の筋を……薄筋《はっきん》を見せてあげようかと思って。ちょうど右《みぎ》脚《あし》の付け根に黒子《ほくろ》あったんだけど、気付いた？　もっかい見る？」

気付いたよっ。気付いたから――、

「そういうのいいから！　……大体、そこは普通《ふつう》パンツが主たる目的だろ？　この前はあんなに恥《は》ずかしがっていたのに、今日の那織《なおり》、変だぞ？　どうしたんだよ……」

那織《なおり》が再び僕の上に倒《たお》れ込《こ》んで来る。

さらに鼻が触《ふ》れ合《あ》いそうな距離《きょり》まで顔を近付け、「言わなきゃ分かんないの？　これじゃダメ？」と気色《けしき》ばんで、熱を孕《はら》んだ吐息《といき》交じりに言って――僕の口を塞《ふさ》いだ。ただ唇《くちびる》を重ねるだけではなくて、僕の唇《くちびる》を貪《むさぼ》るように、那織《なおり》は何度も離《はな》れては吸い付いてを繰《く》り返《かえ》した。那織《なおり》がそうする度《たび》、ちゅぱ、くちゅという音が耳朶《じだ》に触《ふ》れ、僕はおかしくなりそうだった。

いや、おかしくなっていた。どうにか形を保っていた自制心が、恍惚《こうこつ》という名の火で熱せられ、ねっとりとしたハチミツのようになっていた。

那織《なおり》の舌が差し込まれる。

それだけは……と思い、拒絶《きょぜつ》しようとして口を閉じたが、那織《なおり》は僕の頬《ほお》を両手で挟《はさ》むと、一度顔を離《はな》し、僕の目をじっと見詰《みつ》めたあと、潤《うる》んだ目を細めて再び唇《くちびる》を重ねてきた。

那織《なおり》に深く魅入《みい》られた僕は、情けないことに、拒絶《きょぜつ》する気力をすっかり奪《うば》われてしまって、それを受け入れた。受け入れてしまった。

こういうキスをしたのは、琉実《るみ》と別れる前の日以来だ。


――ごめんね。身体《からだ》が驚《おどろ》いちゃったみたい……。


そう言って悲しげな目で僕を見た琉実《るみ》の顔が瞼《まぶた》の裏に浮《う》かんだ。

刹那《せつな》。

僕は那織《なおり》の肩《かた》を押して、無理矢理引き剝《ひ》がした。唾液《だえき》がすうっと糸を引き、ぷつっと切れた。

「さっきは男の目をしていたのに、今は後悔《こうかい》が宿ってる。悔《くや》しいくらいに真面目だね……ねぇ、純《じゅん》君が望むなら、私はそのままでもいいよ。気にしないから。この胸も、この腰《こし》も、お尻《しり》も、みんな好きにしていいんだよ」

艶《なま》めかしくそう言った那織《なおり》の口元は、ぬらぬらとしていて、それがどちらの唾液《だえき》なのか判別出来なかった。垂れた前髪《まえがみ》で縁取《ふちど》られた那織《なおり》が、湿《しめ》った口唇《こうしん》を携《たずさ》えた大人の顔つきで僕を見下ろしている。

「……ごめん。僕には出来ない……。確かに僕らは付き合っているかも知れないけど――」

「ごめんね。私、純君《じゅんくん》と付き合ってるつもりはないんだ」

那織《なおり》は、確かにそう言った。はぐらかすような言い方じゃなくて、ふざけたような言い方でもなくて、とてもはっきりとした声で、そう言った。

（神宮寺《じんぐうじ》那織《なおり》）


これが推理小説であれば、この章立ては解決編になるのだろう。

そんなつもりは毛頭ないけどね。

さて。勿体《もったい》ぶるべきか否《いな》か。まどろっこしいから、いっか。

純君《じゅんくん》とお姉ちゃんは、ずっと思い込んでいた。私が純君《じゅんくん》と付き合っている、と。二人の落ち度は、私なら純君の申し出を断らないと信じ切っていたことだ。

勘違《かんちが》いや思い込みをそのままにしておくから、こういうことになる。

尤《もっと》も、そうとれるように振《ふ》る舞《ま》っていたのは私自身なんだけど。

ゴールデンウィークの二日目、純君《じゅんくん》に付き合ってくれと言われ、一度ふざけてそれを断った私は、結局「そんな理由で断るわけ無いでしょ」としか言ってない。それは、そんな理由で断るわけ無いのであって、別の理由ならその可能性はある。別の理由に触《ふ》れていないだけ。よろしくお願いしますみたいな口上だって一切《いっさい》申してない。

それどころか「そういうわけで、改めてこれからよろしく」と言った純《じゅん》君に、「引き続きお相手を頼《たの》むよ」と返した。関係の変化を受け入れる返答を敢《あ》えて避《さ》けつつ、如何《いか》ようにでも解《かい》釈《しゃく》出来るよう、曖昧《あいまい》な言い回しをした。平明《へいめい》な返事をせず、咄嗟《とっさ》に保険をかけることにした。

あの時思ったんだ。どうして純《じゅん》君がこのタイミングでそんなことを言うのって。そこに若《じゃっ》干《かん》の不審《ふしん》があったからそう答えた。純《じゅん》君の出方を知りたくて、わざとそういう返答をした。

家に帰って、頭を冷やして、お姉ちゃんの反応を見て、素直《すなお》に返事しなくて良かったと自分の嗅覚《きゅうかく》を褒《ほ》め称《たた》えたというのが真相。

結局、蓋《ふた》を開けてみれば端倪《たんげい》まで私の想像通りで、疑念が証明されたに過ぎないのだった。

だから、私は。自ら純《じゅん》君と付き合ってると言った覚えも無ければ、純《じゅん》君のことを彼氏《かれし》と呼んだことも無い。誘《さそ》いにのったように振《ふ》る舞《ま》っただけなのだ。それを演じただけなのだ。

別に叙述《じょじゅつ》トリックとかその類《たぐい》を気取るつもりはないから、安心してくれたまえ。そんな高《こう》尚《しょう》なことをしたつもりも覚えもありゃしませんぜ。偉大《いだい》なる先達《せんだつ》に怒《おこ》られちゃう。私は自分の濁《にご》した返答をそのまま利用しただけに過ぎないのだ。

「え？　それってどういう……」

「私、純《じゅん》君の告白に対して、よろしくとかそういう了承《りょうしょう》の返事してないよ？　つまり、私の中では一方的に言われたままなんだよね」

「……はい？」

「さっきまで雄《おす》の顔して私の唇《くちびる》を貪《むさぼ》ってたとは思えないくらい間抜《まぬ》けな顔してるよ」

「いやいやいやいや。え？　……おかしいだろ……ちょっと言ってる意味が理解できない」

「やっぱり、言わなきゃ分かんないの？　さっきは通じ合えたと思ったのになぁ。それとも、女に羞恥《しゅうち》を抱《いだ》かせて、恥辱《ちじょく》に苦しむ姿を見るのがお好みだったのかな？」

もう、すっかり弱った顔しちゃって。たまんないよ、その顔。ただでさえまだ身体《からだ》の奥底が火照《ほて》っているのに、そんな顔見たら我慢《がまん》できなくなっちゃう。

抑《おさ》えがたき我が意馬心猿《いばしんえん》の情なり。まったく、私の方がよっぽど嗜虐趣味《しぎゃくしゅみ》かも知れない。

純《じゅん》君の胸の上に頭を載《の》せる。左胸。もう一度リセットしよう。何度だっていい。叶《かな》うまで。手に入れるまで。

すべてはこれから始まるのだから。

「純《じゅん》君がお姉ちゃんに未練を抱《いだ》いているのも、お姉ちゃんが私の為《ため》に別れたのも、ぜんぶ知ってる。勝手に人の世話を焼いて、その義務感に押《お》し潰《つぶ》されそうになって、身動きが取れなくなっていることも全部分かってる。それに、純《じゅん》君の初恋《はつこい》が私だったことも」

「……那織《なおり》……じゃあさっきのもみんな演技だった……のか？」

そんな絞《しぼ》りだしたみたいな声で私の名前を呼ばないで。それは違《ちが》うシチュで聞きたい。

「バカだなぁ。私は純《じゅん》君のこと好きだってこの前言ったじゃん。だからあのままヤっちゃっても良かったんだよ。ほら、さっきそのままでもいいって言ったでしょ？　気にしないからって言ったでしょ？　あれは本心だよ。お姉ちゃんに未練が残っていても、私のことを見てくれるならそれで良かったんだ。こんなに都合の良《い》い女居ないよ？　惜《お》しいことしたね」

そんなことしないって分かってた。最初から分かってた。

だから、こういうことをしたんだ。

だって、あのままだったら別れ話しそうだったんだもん。付き合っても無いのに。

それだけは避《さ》けたかった。主導権は握《にぎ》っておきたい。私の沽券《こけん》に関わるのもそうだけど、効果的に種明かし出来ないのはもっと嫌《いや》だ。

それに、自分の可能性を知っておきたかった。

純《じゅん》君がお姉ちゃんのことを忘れる瞬間《しゅんかん》があるのか、知りたかった。

お姉ちゃんが恐《おそ》らく初めてのキスをしたであろうデート先を選んだのも、すべて可能性を探《さぐ》る為《ため》。純《じゅん》君の初恋《はつこい》とやらが、まだ燻《くすぶ》っているのか知りたかった。予想外のハプニングもあったけど、結果的には全て良《い》い方向に働いてくれた。

いやぁ、見事なくらい私に有利な賭《か》けだった。

しかも、付き合ってないから言《い》い逃《のが》れはいくらでも出来る。退路完璧《かんぺき》。

手を出されたら出されたで勝ちだしね。

そういう意味では、手を出してくれなかったから完全勝利じゃないけれど、所願は果たされたと言える。と言うか、思索《しさく》以上の成果だった。うん、満足。だから、私の勝ち。

だって——私の可能性《チャンス》、ぜんぜんあるじゃん。

それにしても、あんなに情熱的に応えてくれるなんて思わなかった。予想以上の収穫《しゅうかく》。

へへっ。

あー、超《ちょう》気持ちよかった。だめ。もうにやける。

今でも耳の奥で、唾液《だえき》の音がいやらしく響《ひび》いているようだよ。

さっきの純《じゅん》君は私のことしか見えてなかったよね。

「そ…そんなことするわけないだろ……はぁ、ちょっと那織《なおり》のことが怖《こわ》くなってきた」

「舌は絡《から》めてくれたのにね」

「いや…あの……あれは……その勢いと言うか」

「夢中になるほど気持ちよかった？」

顔を真っ赤にした純《じゅん》君が、目を逸《そ》らしてゆっくりと頷《うなず》いた。よく観察していないと見逃《みのが》すくらい、小さなストロークで。ああもう、照れちゃって。かわいいなぁ。

それに、舌以外のとこもちょっと反応してたよね。私は優《やさ》しいから黙《だま》っててあげるけど。

「そっかぁ。そうなんだぁ。……はぁーあ、この熱に浮《う》かされた私の、息苦しいくらいの激情はどうしたらいいんだろうなぁ。ねぇ、どうすればいい？　勉強出来るんでしょ？　なんかいい案無い？　まさか、火を点《つ》けといて自分で慰《なぐさ》めろなんて言わないよね？」

「し……知るかよ……」

「ひどい男だ。とんでもなくひどい男がいるぞ！」

「そんなこと言われたって――」

「火照《ほて》ってるか触《さわ》って確かめてみる？　今だったら良《い》いよ？」

形状記憶合金《けいじょうきおくごうきん》。うん、言ってみたかっただけ。

「バッ……バカ言うな！　そういう冗談《じょうだん》はやめろって」純《じゅん》君が腕《うで》を額に載《の》せて、目を閉じながら「結局、那織《なおり》だけがすべて分かってたんだな。何もかも」と続けた。

「すべてまるっとお見通しだったね。大体ねぇ、君たちが愚《おろ》かなんだよ。青春こじらせるにしても、もうちょっとマシなやり方は無かったのかね？　整合性に穴がある時は、勢いと演出で誤魔化《ごまか》せって習わなかった？」

私も十分こじらせてる自覚はある。

「どこで習うんだよ、それ」

「君は数々の物語から何を学んで来たんだ……。でも、良かったね。純《じゅん》君はフリーのままなんだよ。これからどうするかは純《じゅん》君次第《しだい》。さっきも言ったように、このまま私と最初からやり直すってのもあり。私はそれでも全然いいよ」

改めて眼《め》を捉《とら》えて、本音を言えば口にしたくないけれども「お姉ちゃんと縒《よ》りを戻《もど》すという選択肢《せんたくし》だってある」と別の選択肢《せんたくし》を——わざわざ提示してあげた。

その可能性についても理解しているんだと伝えるためだけに。

いやはやまったく、私ってつくづくお人好《ひとよ》しだよね。

「私としては、私のことを忘れられない様に……私の身体《からだ》無しでは生きていけないくらいまで堕《お》としてからリリースしたかったんだけど……って、今からでも遅《おそ》くないよね。あ、そうしよっか？　どう？　ちょっと雰囲気《ふんいき》に欠けるけど、このまま勢いでしちゃう？　ほら、こういうのってタイミングと勢いでしょ？　それともこの私を前にしながら、お姉ちゃんがどうのって言い訳して逃《に》げちゃう？　ね、どうするどうする？」

もちろん今日の下着は一番高いヤツだし、肌《はだ》だって完璧《かんぺき》なコンディション。

「那織《なおり》、言い方が怖《こわ》い。それに、今さら琉実《るみ》とヨリは戻《もど》せないよ……」

「なんで？」

お？　これは脈ありってこと？

遂《つい》に私も破瓜《はか》の痛みを——って、この嘆声《トーン》はそんな感じじゃないよね。

「本当は、那織《なおり》と別れるつもりだったんだ。那織《なおり》と別れて、琉実《るみ》ともヨリを戻《もど》さずに、どうするべきかちゃんと考えようと決めてたんだ。こんな中途半端《ちゅうとはんぱ》な気持ちで那織《なおり》と付き合うのは失礼だと思ったんだ」純《じゅん》君がひとつ息を吐《つ》く。「琉実《るみ》のことが忘れられないのは事実だ。でも、那織《なおり》は僕にとって初恋《はつこい》の人で……正直……別れようと言わなくても良《い》いんじゃないかって思う瞬間《しゅんかん》が何度もあるくらい……その……那織《なおり》は今でも魅力的《みりょくてき》で、僕の大切な人なんだ」

私は思わず純《じゅん》君の顔を覗《のぞ》き込《こ》んだ。そんなこと言って貰《もら》えると思わなかった。

って、顔逸《そ》らすな。おい。いいとこだぞ。

ちなみに、顔逸《そ》らしても真っ赤な耳は隠《かく》せていないからなっ。

あー、でも、これ、私もそうかも。

もう、この気持ちどうしてくれるんだよー……このぉ、だちゅら。

「クズ男。最低野郎《さいていやろう》。ヤリチン童貞《どうてい》」

私は純《じゅん》君の頬《ほお》を突《つつ》きながら、言ってやった。この右顧左眄野郎《うこさべんやろう》を罵倒《ばとう》しなければ。

「おまえっ、自分からやっておいてっ……いや乗った僕も悪いけど――」

「でも嬉《うれ》しい。もっかい言って」

「二度と言わねぇ」

「何でよ。お姉ちゃんにバラすよ？　すっごい情熱的にキスしてくれたって。私のおっぱいを堪能《たんのう》して、パンツを見て、興奮のあまり――」

「わかった！　わかったから！」

「じゃあ、言って」

「那織《なおり》は今でも魅力的《みりょくてき》で僕の大切な人だ」

そして私は、思い切り抱《だ》き締《し》められた。

「だから、こういうのは……やめてくれ。その——」

純《じゅん》君の言葉が身体《からだ》に響《ひび》く。でも、首筋に息がかかって、ちょっとくすぐったい。

「——耐《た》えるの大変なんだからな」

えへへぇ。悪くない。悪くないよ白崎純《しろさきじゅん》。

最高の気分だ。今日ほど女に生まれて良かったと思った日はない。

ちゃんと紅《あか》く染まってるじゃん。上出来。これ以上ないくらい上出来。

私たちは、これですべてをリセット出来た。昔より少しだけステージが変わったけれど、それぞれが想《おも》いを抱《かか》えたままではあるけれど、特定の関係を持たない、以前の三人に戻《もど》った。

よくあるラブコメ染《じ》みた三角関係になった。在るべき所におさまったんだ。

今までの私たちは、その関係を楽しむ余裕《よゆう》がなかった。牽制《けんせい》ばかりしていた。臆病《おくびょう》になってちゃ、何にも始まらない。怯懦《きょうだ》は悪だ。よくわかった。

だから、今度は全力で楽しみたいんだ。

やっとすべてが動き出す。鏑矢《かぶらや》は放たれた。これが始まりの合図。嚆矢《こうし》濫觴《らんしょう》だ！

これこそが私のやり方。私の勝ち方。コンチネンタル・オプ。血の収穫《ダシール・ハメット》。

これで公平に戦えるでしょ？　やり直せるでしょ？　楽しめるでしょ？　お姉ちゃん。

もう我慢《がまん》しなくていいからね。頭の悪い歌詞に自分を投影《とうえい》しながら悔悟《かいご》しなくていいんだよ。

嗚呼《ああ》、私はなんて素晴《すば》らしい妹なんだろう。反吐《へど》が出るくらい良《い》い妹だ。

ただ、先に謝っておく。お姉ちゃん、ごめんね。

私の方がちょっと有利かも知んない。それは仕方ないよね。頑張《がんば》ったもん。身体《からだ》は安くない。

さて、魯鈍《ろどん》な男は片付いた。次は愚鈍《ぐどん》な女だ。待ってやがれよ。

怒《おこ》るかな？　怒《おこ》るだろうなぁ。どんな顔するかな⁇　へへ。


（神宮寺《じんぐうじ》琉実《るみ》）


意味が分からなかった。

妹の言葉は、わたしの部屋をぼんやりと漂《ただよ》って、ふっと通り過ぎたあとにようやく何かを言われたことに気付くという感じで、うまく摑《つか》まえることができなかった。

「ごめん。言っている意味がよくわからない」

「だーかーら、私と純《じゅん》君は付き合ってないって言ったの」

那織《なおり》は壁《かべ》に背を預け、ショートパンツから生足を投げ出した格好でベッドに座っている。爪《つま》先《さき》を閉じたり開いたりしているのが、何だかバカにされているような気がして、気に障《さわ》った。

「……それって、わたしと純《じゅん》を騙《だま》してたってこと？」

「騙《だま》すっていう言葉は私が抱《かか》えているニュアンスとちょっと違《ちが》うけど、客観的に見ればそういう言い方も出来るかな。ま、行きつくところは視点の問題だからね。否定はしないよ」

「何が言いたいの？」

那織《なおり》はようやく足をぱたぱたと動かすのをやめた。ずいずいっとお尻《しり》をずらして、ベッドの縁《ふち》に座り直す。椅子《いす》に座るわたしの目を、射るように真《ま》っ直《す》ぐに見つめてくる。

「素直《すなお》に応じると思われていたことが、気付かずに喜ぶと思われていたことが、私は許せなかったんだよね。それも、こんなバカげた穴だらけのやり方で。こういうのはもっと巧緻《こうち》にやるべきだ。ちゃんと事前に種を撒《ま》いて、沢山《たくさん》水を与《あた》えて、我慢《がまん》して我慢《がまん》して、時機を見極《みきわ》めて刈《か》り取《と》るんだ。そうじゃなきゃ成功なんてしない。頭の中にそういうロードマップを描《えが》けていない時点でダメ。話になんない。私からすれば余計なお世話としか感じられない。分かる？」


――っ。


咄嗟《とっさ》に何も言えなかった。言い返そうと思って口を開いたのに言葉が出て来なかった。余計なお世話と言われれば、確かにそうだ。それに関しては言い返せない。

でも、那織《なおり》に黙《だま》って純《じゅん》に告白したことを償《つぐな》いたかった。

那織《なおり》の為《ため》に我慢《がまん》しなきゃ――でも、初めて我慢《がまん》できなかった。那織《なおり》に悪いことをした。つもる思いは姉の役目を曇《くも》らせた。その結果、純《じゅん》に負担を掛《か》けた。純《じゅん》はわたしに嫌々《いやいや》付き合ってくれていると思っていた。それが勘違《かんちが》いだとわかっただけで、わたしは十分だった。

確かに少し強引《ごういん》なやり方だったと思う。自分勝手だって言われればそうかも知れない。

ただわたしは、純《じゅん》と那織《なおり》が幸せになってくれれば良かった。それだけで良かったんだ。

それなのに——どうして？　那織《なおり》の考えていることがわからない。

「琉実《るみ》の考えてることなんて大体分かってるから、私も強く言わなかったんだよ。大方、抜《ぬ》け駆《が》けして申し訳なかったとか、純《じゅん》君の初恋《はつこい》の相手は那織《なおり》だとか、純《じゅん》君に無理させてるんじゃないかとか……どうせそうやってうじうじしてたんでしょ？」

「……だって！　だってそうでしょ？　わたしは那織《なおり》が純《じゅん》のこと好きなの知ってたし、純《じゅん》が那《な》織《おり》のこと好きなのも知ってたし、純《じゅん》はわたしと居るとき趣味《しゅみ》の話できないし、無理させてるのかなって思ったの！　だから、わたしは身を引こうって——」

「ほんとにバカだよねぇ。それで一年だけ付き合って別れたんでしょ？　『違和感《いわかん》があったって言うか、なんか違《ちが》ったんだよね、わたしたちはやっぱりただの幼馴染《おさななじみ》だった』なんて白々しいこと言ってさ。言葉に真実味が無いんだよ。用意してた感ありありだよ」

「あの時は本気でそう思った。純《じゅん》から女扱《おんなあつか》いされてないと思ってた。わたしだって色々悩《なや》んだんだよ。ホントは、もっと早く別れようと何度も思った。でも、ちょっと冷たい態度をとったり、沈《しず》んでたりすると純《じゅん》が心配してくれて——それが余計に申し訳なくて、『なんか悪いことしたか？』なんて言われて、それで別れようなんて言えなくなって……そーやってズルズルするのも違《ちが》うなって。こんなんじゃ那織《なおり》に申し訳ないとか、告白なんてしなきゃ良かったとか。わたしだってそうやって悩《なや》んでたんだよ。それを真実味がないとか言わないでよっ！」

　何よ。何なのよ。

　どうしてそんなこと言われなきゃいけないの！

　あの時、どんな気持ちで決断したのか知らないでしょ！

「負い目があるから、私には相談出来ずに、ね。自分だけで抱《かか》え込《こ》んで、どうにかしようと思って、勝手に納得《なっとく》した振《ふ》りをして、自分を騙《だま》してまで捻《ひね》り出《だ》した結果がこれだよ。『愛《あい》の渇《かわ》き』よりはマシだけどね」

「そうやって自分はいつも関係ないみたいな顔して、それでいてわたしのことなんて全く気にしないで——いっつも自分だけ純《じゅん》と親し気に話して、邪魔《じゃま》しちゃ悪いなって思いながら那織《なおり》のこと羨《うらや》ましく思って……」

　だからあの時、わたしは我慢《がまん》できずに純《じゅん》に告白したんだ。

　こんなことになるなら、やっぱり告白なんてするんじゃなかったよ。

「大体さ、いつ私が別れて欲しいなんて言った？　言ってないよね？　琉実《るみ》が勝手にそう思っただけでしょ？　それに、私は情けを掛《か》けられるのが一番嫌《きら》いなの。同情なんて真っ平だ。私はそんなに弱くない。そんなに莫迦《ばか》じゃない。自分でどうにかする術《すべ》くらい知ってる。てか、何？　こんなんじゃ那織《なおり》に申し訳ないって。それどういうつもりで言ってんの？　自己犠牲《じこぎせい》の精神ってヤツ？　やめてよね。冗談《じょうだん》じゃない。反吐《へど》が出る」

「あぁっ、もうっ。なんであんたにそこまで言われなきゃなんないのよっ。いいわよ、わかったわよ。大事な妹の為《ため》にって考えてたわたしが愚《おろ》かだったってことね。もうたくさん。何よ、わたしの気も知らないで……あんたなんかもう知らない。妹でも何でもない。勝手にしてっ」

わたしはもう殆《ほとん》ど叫《さけ》んでいた。支離滅裂《しりめつれつ》なのは自分でもわかった。

手の平に食い込んだ爪《つめ》が痛くて、握《にぎ》り締《し》めた拳《こぶし》を緩《ゆる》めると、堰《せき》を切ったように感情が雪崩《なだ》れ込《こ》んでくる。大きなうねりとなって濁流《だくりゅう》になったそれを、わたしは止めることができずに闇雲《やみくも》に吐《は》き出《だ》していた。そして、目の前の妹を勢いに任せて拒絶《きょぜつ》してしまった。

「分かった。そうしようよ。私だって、ずっと姉ではない神宮寺《じんぐうじ》琉実《るみ》と話がしたかったんだ」

那織《なおり》が穏《おだ》やかな表情《かお》でそう返して、ゆっくりと立ち上がってわたしの足元にしゃがみ込んだ。

「……え？」

那織《なおり》の言葉がうまく理解できなかった。

私の妹は何を言っているの？

「たかだか数分早く外界の空気を吸い込んだくらいの差なんて、そろそろ忘れない？　琉実《るみ》は昔からお姉ちゃんという響《ひび》きに優越感《ゆうえつかん》を感じていたようだし、別に私はそういうことに頓着《とんちゃく》しないからお姉ちゃんって呼んでたけどさ、それに苦しめられるのってバカらしくない？　同意してくれるなら、私も妹役おりる。どう？　お姉ちゃん、いい、か、お姉ちゃん」

那織《なおり》がそんなことを考えているなんて、夢にも思わなかった。

わたしが姉という役に酔《よ》っていたのは本当だ。

お姉ちゃんだもんね。お姉ちゃんは我慢《がまん》できて偉《えら》いね。お姉ちゃんは強い子だね。

大人の言葉が、幼いわたしの自尊心を満たしてくれた。

那織《なおり》は昔から賢《かしこ》かった。頭の回転が速かった。そして、自由でわがままだった。

わたしは勉強で那織《なおり》に勝てなかった。負けっぱなしだった。唯一《ゆいいつ》勝てたのは、運動だけ。

それでも、わたしには那織《なおり》を諌《いさ》める資格があった。

わたしは那織《なおり》のお姉ちゃんだから。

言ってしまえば、姉という立場と運動だけがわたしの領域だった。

だったら、あなたのお姉ちゃんでなくなったわたしは、一体、何？

「わたしの妹は嫌《いや》……なの？　こんな頼《たよ》りなくて自分勝手なわたしはお姉ちゃん失格……ってことだよね。当然だよね。さっきもひどいこと言っちゃった。ごめんね。那織《なおり》……ごめん」

喉《のど》が苦しい。蓋《ふた》をされてしまったように苦しい。

「そういうとこ、本当にアホの子だよね。行間を常にマイナスに読む特殊能力《とくしゆのうりよく》でも持ってるの？　そんなこと言ってないじゃん。あ、でもちょっと失格なとこはあるかな。それを言ったら、私も人のこと言う資格無いから気にしないで。そんなことよりさ――

私たちは他人として知り合ったら、絶対に仲良くなれないって前に言ってたよね。でも、こうして同じ両親に育てられて、同じ家に住んで、同じ学校に通って、同じ男の子を好きになったんだ。仲良くなれたんだ。だから、姉妹《しまい》なんてしがらみに縛《しば》られるの勿体《もったい》ないよ。姉だから。妹だから。そういう社会的な枠組《わくぐ》みなんて忘れようよ。続柄《つづきがら》なんてどうでもいいじゃん。戸籍謄本《こせきとうほん》の記載事項《きさいじこう》に過ぎないよ。そう、呼称《こしょう》なんてどうでもいいんだ。都合が良くて、便利なだけ。それを利用するのはいいけど、縛《しば》られるだけだと不幸だよ。

お勉強が苦手なお姉ちゃんの為《ため》に要約してあげると、もうお姉ちゃんだからとか妹だからとか下らない役割は捨てようよ、ってこと。私たちはお母さんのお腹《なか》の中で一緒に育ったんだ。外に出た順番なんて忘れようよ。ね、琉実」

わたしの妹は昔から賢《かしこ》くて、変わり者で、自由だった。
こんなこと言われたら、わたしの立《た》つ瀬《せ》がないじゃん。

「那織《なおり》と他人で、仮にクラスが一緒《いっしょ》になったとしても、仲良くなれる自信……ぜんっぜん無いや。理屈《りくつ》っぽくて、思ったことずけずけ言って、自信過剰《じしんかじょう》で、平気で私は可愛《かわい》いからなんて言えちゃって、テストなんて普段《ふだん》からやってれば大したことないよって澄《す》ました顔で言っちゃうところとか、もうマジで苦手なタイプ。オタクだし。意味不明なことばっか言うし。知り合いにはなれても、親友にはなれない」

「私も琉実《るみ》みたいに、男女問わずすぐ仲良くなって、教室で騒《さわ》いで、大脳皮質《だいのうひしつ》が未発達でまともな言語野《げんごや》があるのか疑わしいボキャブラリーで会話する人、凄《すご》く苦手。スーパーとかに置いてあるポップコーンマシーンの方が語彙力《ごいりょく》あるんじゃない？　ずっとハンドルぐるぐる回していればいいのに。あと、体育の時だけイキるヤツ。絶滅《ぜつめつ》して欲しい。ヘイパスとかナイシュートとか言って、玄人感《くろうとかん》を出して悦《えつ》に入ってる姿が痛々しい。ヘイヘイうるさい。ヘイガニなの？」

「ちょっと、悪口が過ぎない？　わたしそこまで言ってなくない？　っていうか、わたしじゃなくて、特定のグループを敵に回そうとしてない？　そういうことを言うから……ほら、小学校の時──ごめん。今のは無し。ちょっと言い過ぎた」

　つい余計なことを言ってしまった。

「また懐《なつ》かしい話を。別にいいよ。気にしてないから」

「うん、ごめん」

「気にしてないって言ってるでしょ。大体、琉実《るみ》から言い出したんだからね。仲良くなれる自信がないとかなんとか。実の妹に対して。ひどくない？　それについてはどうなの？」

「だからごめんって。でも、なんでうちらってこうなんだろうね。双子《ふたご》なのに」

「二卵性《にらんせい》だからでしょ？　一卵性《いちらんせい》だって育っていくうちに遺伝情報に差異が発生するんだよ。

ほら、よく一卵性《いちらんせい》はDNAが一緒《いっしょ》とか言うけどさ、成長と共にシトシンにメチル基が——」

「それ長くなるならやめて。微塵《みじん》も興味ない」

「せっかく一卵性双生児《いちらんせいそうせいじ》の入《い》れ替《か》わりトリックを、遺伝子の観点から科学的に否定する根拠《こんきょ》を説いてあげようかと思ったのに。生物の知識が役立つ話なのに向学心が無いなぁ」

「てか、わたしが言ってるのは、そういうとこだからね」

「それはお互《たが》い様《さま》だよ。そこを詳《つまび》らかにしたところで、何にも先に進まない」

しゃがんでたら足痛くなったと言いながら伸《の》びをして、那織《なおり》がベッドに倒《たお》れ込《こ》む。

「お互《たが》い様《さま》、か……。確かに、今さらどうしようもないよね」

「そうだよ。だからと言って私たちは離《はな》れられるわけじゃない。だからさ、純《じゅん》君のことだって無理に諦《あきら》めることないんじゃない？」

「それはもういい。気持ちに整理つけたから」

那織《なおり》がむくりと身体《からだ》を起こし、伏《ふ》し目《め》がちに神妙《しんみょう》な顔をした。

「私ね、今日、純《じゅん》君と初体験済ませてきたんだ。正直、まだ違和感《いわかん》が残ってる」

お腹《なか》の下あたりをさすりながら、那織《なおり》が言った。

「……え？」

……そう……なの？　早くない？　まだ付き合って……っていうか付き合ってないし……。

待って。ほんとに？　純《じゅん》が……那織《なおり》と——

「何その顔。気持ちに整理つけたんじゃないの？　信じられな〜い。超《ちょう》ショック〜マジありえな〜いって顔してるよ」

「し、してないっ！　そんなバカっぽい喋《しゃべ》り方《かた》もしてないっ！　てか、そんなことはどうでもよくて……え、マジでしてきたの？」

わたしが越《こ》えられなかった一線。越《こ》えようとしたのに、越《こ》えられなかった壁《かべ》。

純《じゅん》が越《こ》えてくれなくて、わたしがその原因を作った未知の領域。麗良《れいら》のステージ。

「冗談《じょうだん》だけどね」

こいつっっっっ。どこまで人のことをおちょくれば——

マジで友達になれないっ！

絶対に友達になんてなってやるかっ！　ふざけんな！

「あんたねぇ……人をバカにするのもいい加減にしなさいよっ！」

「まだ好きなんでしょ？」

「知るかっ！　もうやだっ！　話したくないっ！」

「今日のキスは夢に見そうだなぁ」

唇《くちびる》を指でなぞりながら、那織《なおり》が視線を思わせぶりに落とす。

「その手にはのるかっ！」

「最初は拒絶気味《きょぜつぎみ》だったのに、あんな情熱的なのされちゃうとなぁ……しかも舌まで」

「し……舌までっ？」

バカ。わたしのバカ。何のっちゃってんのよ！

「もう意地張るのやめようね、琉実《るみ》。しっかし、百面相みたいにころころ表情が変わるよねぇ。やっぱ、自撮《じど》り慣《な》れしてる人は表情筋が柔《やわ》らかいのかなぁ。すぐ友達と写真撮《と》るもんね。キラキラした投稿《とうこう》ばかりだもんね。私なんて自分の胸とか脚《あし》しか撮《と》らないもんなー」

「ちょちょちょ……ちょっと待って！　最後の聞き捨てならないっ！　最初のも聞き捨てならないけど！　最後のはどー考えてもおかしいっ！　胸とか脚《あし》の写真って何？　まさか裏アカとかやってんじゃないわよね？」

「やだなぁ、やってないよぉ」間延びした声で那織《なおり》が言う。

「言い方！　もっと断定的な否定の仕方あるでしょ！　なんでそんな弱々しいのっ？」

「大丈夫《だいじょうぶ》だって、インスタにはあげてないから。見る専だし。知ってるでしょ？」

「今、には言《い》って言わなかった？　ツイッターとかにあげてるってオチじゃないよね？　ツイッターやってるならアカウント教えなさいよっ！」

「まさかぁ。心配しすぎだよ～」

「軽い！　反応が軽い！　本当にやってないでしょうね？」

確かにこんな妹のお姉ちゃんなんて、わたしには務まんないかも……。

「それより、私はもう手加減しないからね」

「ん？」

「純君《じゅんくん》のこと」

「そ……それはさっきも言ったでしょ」

「がっつり引《ひ》き摺《ず》っておいてよく言うよ。どうせ、別れる前日だって、思い出作りとか言って最後までしようと意気込《いきご》んで、結局出来なくて余計に引《ひ》き摺《ず》っちゃったパターンでしょ？」

まさか、純《じゅん》……言ったの？

あのことは誰《だれ》にも言ってないのに……那織《なおり》に言ったの？

この裏切り者っ——

「黙《だま》り込《こ》むってことは、やっぱりそうなんだ。思考だだ漏《も》れだよ。にしても、浅はかだねぇ」

「なぁぁぁおぉぉおりぃぃぃぃっ！！！　あんたカマかけたわねっ！！！」

那織《なおり》の言う通りだ。あの日、わたしはそうしようと思っていた。

それですべて終わりにするつもりだった。

そういう雰囲気《ふんいき》にもなった。お互《たが》いにそういう空気があった。

ただ、来週くる予定だったあれが、来てしまった。そういう時に限って——

気遣《きづか》ってくれたのは嬉《うれ》しいけど……ああ、やめよう。思い出したくもない。

「琉実《るみ》は単純すぎるんだよねぇ。あの日、嗚咽《おえつ》がもれてたもん。別れた日もそうだったけど。

そして始まる、あの悪夢のようなテイラー・スウィフトのヘビロテ祭り。気が滅入《めい》るかと思ったよ。テイラー・スウィフトって、発端《ほったん》はティーンとカントリーの組み合わせであって、歌詞が良《い》いとかそういう話じゃないでしょ？　国も立場も違うセレブの歌詞に自己投影《じことうえい》してたとしたら寒いよ？　もしかして琉実《るみ》って、ありがちな失恋《しつれん》ソングに自己投影《じことうえい》して浸《ひた》っちゃう系だった？　わかるぅ〜とか言いながら泣いちゃうタイプ？　あー、私そういうの苦手だわ」

「な、泣いてなんかいないっ。そしてテイラー・スイフトをバカにするなっ！」

「はいはい。私が言い過ぎました。すみませんね。あ、そだ。ついでにひとつ。この前、リビングのソファで寝《ね》てた時、寝言《ねごと》で、純《じゅん》……そこは……だめって艶《つや》っぽい声出してたよ。巫山《ふざん》の夢だね。お父さんいなくてよかったね。ちなみにお母さんは、聞こえない振《ふ》りして、無表情のままテレビ観《み》てた。間違《まちが》いなく聞こえてたと思うけどね。横目で一瞥《いちべつ》くれてたし」

「い……言ってないっ！」

え？　言ったの？　わたしそんなこと言ったの？

寝言《ねごと》だと……自信ない……。寝言《ねごと》の話って否定できないじゃん！

本当に言ったんだとしたら恥《は》ずかしすぎるんですけどっ！

那織《なおり》だけじゃなくて、お母さんにも聞かれてたの？

それはキツい。マジでキツい。耐《た》えられない。死ぬ。もう死ぬ。

っていうか一思いに殺して。

「まぁ、そういうわけだから、遠慮《えんりょ》はいらないよ。ただ、あとで後悔《こうかい》しても遅《おそ》いよとだけ言っておく。時には自分のやりたいように、素直《すなお》に生きた方が得だよ」

何麗良《れいら》みたいなこと言ってんのよ。「……考えとく」

「そうだっ。さっき琉実《るみ》が言いかけた話だけど、フルフル――あ、古瀬《ふるせ》のことね、あいつ今はカナダに留学してるらしいよ。外国人の彼氏《かれし》作るって息巻いてた」

「え、そうなの？　そっか、千夏《ちなつ》って留学してるんだ。知らなかった。てか、なんでそんなこと知ってるの？」

「インスタで。普通《ふつう》にいいね押し合う程度には繋《つな》がってる」

んん？　いつの間に？　那織《なおり》にそんな社交性あったの？　だって千夏《ちなつ》とは――。

古瀬千夏《ふるせちなつ》、久しぶりにその名前を口にした。


小学五年生の時、那織《なおり》はクラスで孤立《こりつ》したことがある。わたしがさっき言いかけてやめた話。今でこそ那織《なおり》は、外で――と言うか仲のイイ人の前以外で――ずけずけとした物言いをしなくなったけど、以前は平気で口にしていた。その結果、周りの女の子たちから距離《きょり》を置かれたことがある。古瀬千夏《ふるせちなつ》はその中心だった。

クラスでリーダー格だった千夏《ちなつ》が根回しした結果、クラスの女子の殆《ほとん》どが那織《なおり》を無視するようになった。わたしは別のクラスだったけど、さすがにこの手の話はすぐ耳に入った。

那織《なおり》は「あいつらマジで子供過ぎてドンびきなんだけど。あんな奴《やつ》らと喋《しゃべ》ったら、こっちの頭まで幼児退行しそう。こっちから無視してやる」って強がっていたけど、ことあるごとに溜め息《いき》をつく姿を見ていると、それなりに堪《こた》えていたんだと思う。

気の強い那織《なおり》が、しばらくすると「余計なこと言ったのは事実だよね……」なんて弱々しく言うようになった。だから「タイミングを見て謝った方がいいよ。きっかけは那織《なおり》なんだからさ」みたいなことをアドバイスしていた。しかし、その日は来なかった。

今にして思えば、話しかける隙《すき》すら与《あた》えられなかったんだろう。

そして、わたしが耐《た》えられなくなった。

那織《なおり》の話題を意図的に避《さ》ける友人に。なんだか大変みたいだねと那織《なおり》の様子を窺《うかが》いに来る、い、い、い、い、い、いい、そんなに話したことない女の子たちに。おまえの妹、ヤバくね？　などと囃《はや》し立《た》てる男子に。

——那織《なおり》が悪いのはわかってるけど、さすがに感じ悪いよ。

クラス合同の体育の時だった。わたしは千夏《ちなつ》にそう言った。

改めて考えると、わたしの言い方も結構きつかったと思う。

その日から、わたしもそのグループのターゲットになった。

クラスが違《ちが》うから、通りすがりに陰口《かげぐち》を言われるとかその程度だったけど。

ありがたいことに、わたしには助けてくれる友達が沢山《たくさん》いた。その中には男子もいて、千夏《ちなつ》が好意を寄せている子もいた。周りの友達に色々訊《き》いて回《まわ》った結果、那織《なおり》の口の悪さももちろんだけど、どうやらその男子が告白したのを那織《なおり》が断った一件が起因しているようだった。

それからはもうお決まりの「あの子、ちょっと勘違《かんちが》いしてない？」みたいなヤツ。

そして千夏《ちなつ》からすれば、その男子と仲良くしているわたしのことも当然気に入らないし、挙句に気に障《さわ》ることを言われたからとか——蓋《ふた》を開けてみればそんなありがちな話だけど、小学生にとって結構な問題だったのは確か。

どうやってこの一件を片付けようかと悩《なや》んでいたある日、友達に急《せ》かされて那織《なおり》のクラスに行ってみると、純《じゅん》に手を引かれた那織《なおり》が頭をちょこっと下げたところだった。

——次は古瀬《ふるせ》の番だ。

どうやら純《じゅん》が無理やり那織《なおり》を謝らせたらしい。次は千夏《ちなつ》に謝らせるってことか。なるほど。

千夏《ちなつ》は最初ごにょごにょ口ごもっていたけど、純《じゅん》が「聞こえないんだけど」と冷たく言うと、小さな声でようやく「ごめん」と言った。

顔を上げた純《じゅん》が、わたしを見付けた。那織《なおり》の手を離《はな》してわたしの方に来ると、今度はわたしの手を取って、千夏《ちなつ》の前に引っ張り出した。

困惑《こんわく》しているわたしをよそに、「琉実《るみ》にも言うことがあるだろ？」と千夏《ちなつ》に言い放った。

千夏《ちなつ》は下を向いたまま、ぽつり「ごめん」と言った。

突然《とつぜん》のことに戸惑《とまど》いつつ、「えっ……と、こっちこそキツいこと言ってごめん」と返す。

純《じゅん》はそれを見て満足したのか、「あとは任せた」と言い置いて、わたしと那織《なおり》をその場に残したまま教室を出て行った。

え？　この場に放置？　ちょっと純《じゅん》、フォローくらいしなさいよ——と言いたかったけど、声を大にして言いたかったけど……わたしは緩《ゆる》みそうになる顔を隠《かく》すのに必死だった。

あいつ、やるじゃん。ああもう、ずるいなぁ。こんなことされたら、もっと好きになるって。

那織《なおり》を盗《ぬす》み見《み》ると、わたしと同じ反応をしていた。

騒《さわ》ぎを聞きつけた先生が教室に来る頃《ころ》には、すべてが終わっていた。

小学生の時の、わたしにとって大切な思い出のひとつ。多分、那織《なおり》にとっても。

だって、この一件以来、那織《なおり》は前以上に純《じゅん》とべったり喋《しゃべ》るようになったから。


「ま、それはそれとして——」

久しぶりに会った親戚《しんせき》の子みたいな——何だか不思議な気持ちで、那織《なおり》をまじまじと見る。

そっか、那織《なおり》は那織《なおり》なりに変わっていたんだ。勝手に不器用だと決めつけてた。千夏《ちなつ》と和解できるような器用さが、わたしの妹にはあるんだ。そんなこと知らなかったよ。

ね、純《じゅん》は知ってた？　おそらく、きっかけをくれたのは純《じゅん》だよ。

「とにかく、何事も気持ちは口に出して、言葉は行動で示さなきゃ伝わらないからねー」と意味深に言い残して、わたしが口を開く前に那織《なおり》は部屋を出て行った。

生意気な——けど、見直した。やっぱり、ああやって自分だけはわかってますっていう態度は気に食わないけど、那織《なおり》になら言われても仕方ないって思える。うん、素直《すなお》に凄《すご》いよ。

マジで尊敬する。那織《なおり》、あんたは凄《すご》いよ。

そして、ありがとう。

わたしの為《ため》に憎《にく》まれ役《やく》になってくれてありがとう。那織《なおり》がここまでしてくれなかったら、多分、わたしはずっとお姉ちゃんを引《ひ》き摺《ず》っていたと思う。

何が妹役をおりる、よ。

ひねくれてて、理屈屋《りくつや》で、口が悪くて、とっても優《やさ》しい姉想《あねおも》いの妹じゃない。

わたしは那織《なおり》の姉で良かった。本当に良かった。

那織《なおり》、あんたは一生わたしの大切な妹だからね。おりさせてなんてあげない。

エピローグ

（白崎《しろさき》純《じゅん》）

僕は那織《なおり》との関係を解消しようとしていた。でも、その必要は無かったし、那織《なおり》を悲しませるようなことにもならなかった。だからこれで丸く収まったと言える。僕が望んだ状態になった。それなのに、どうしてこんなに——そうか。そういうことか。

僕の初恋《はつこい》には十分な酸素が送り込まれていたのだ。灰燼《かいじん》になんかなっていなかった。

琉実《るみ》を好きという気持ち。

那織《なおり》を好きという気持ち。

結果として、そこに差が生まれなくなってしまった。動かせる駒《ステイルメイト》がない。

我ながら優柔不断《ゆうじゅうふだん》にもほどがある。嫌気《いやけ》がさす。那織《なおり》と別れて気持ちを整理する、なんて動機を抱《いだ》いて勇んでいたけれど、僕は何をどう整理するつもりだったんだ。都合が良くて、耳心地《みみごこち》のいい言葉をあてがっていただけじゃないか。

結局のところ、心のどこかで、琉実《るみ》の所へという想《おも》いがあったのだ。だから、同じ重さになってしまったこの気持ちに、優劣《ゆうれつ》を観測させないこの気持ちに、混乱しているのだ。

那織《なおり》から「私、純《じゅん》君と付き合ってるつもりはないんだ」と告げられた翌日の日曜日、相談したいことがあると教授に言ったら、理由も訊《き》かず二つ返事でOKしてくれた。僕はファストフード店で洗《あら》い浚《ざら》い吐《は》き出《だ》した。そうでもしないと頭が、気持ちが、整理出来なかった。

　僕の話をひとしきり聞いた教授は、「なんでそこでヤらないいんだよ！　どうかしてるんじゃないのか？　女に恥《はじ》かかすなんて最低だぞ。不能か？」などと言い放ちやがった。

「恥《はじ》かかすって言ったって、あの状況下《じょうきょうか》でそんなこと出来るわけないだろ。僕は那織《なおり》との関係を解消しようとしていたんだから」

「だからこそ、最後に想《おも》い出《で》作《づく》りに勤《いそ》しむのが健全な思考パターンだろ？」

　全く、この男は。言うと思ったよ。

　最後の想《おも》い出《で》作《づく》り、か。琉実《るみ》とそういう空気になったのも、まさにそれなんだよな。もっともあの時は、翌日別れを告げられるなんて露《つゆ》ほども思わなかった。付き合って一年経《た》つし、そ、い、いうことだよな、い、い、程度にしか琉実《るみ》の意図を酌《く》んでいなかった。

　実際、僕だって健全な中学生としてそういうことに興味はあったし、あの日はいつも以上に琉実《るみ》が積極的で——あの日のことを思い出すのはやめだ。今はその話じゃない。

「そんな無責任なこと出来るかよ」

「お前には出来ねぇよな。白崎《しろさき》がそういう男だからこそ、神宮寺《じんぐうじ》も思い切ったんだろうし。で、それはそれとして、おまえはこれからどうすんだ？」

「どうするって言ってもなぁ……どーするも何も、どうもしないよ」

「は？　頭にウジでも湧《わ》いてんのか？　神宮寺《じんぐうじ》にそこまでさせておいて、何もしないってどういうことだよ？　あいつの行動は水の泡《あわ》ってことか？　あいつはおまえに選択肢《せんたくし》を与《あた》えてくれたんだぞ？　そんなことくらいわかってるよな？」

わかってる。よくわかってるよ。だから僕は、どちらも選択しないことにしたんじゃないか。

「ああ。那織《なおり》のおかげでよくわかった。今の僕は、二人に優劣《ゆうれつ》なんてつけられない」

「は？　優劣《ゆうれつ》？　おまえは一体何様なんだ？　何にもわかってねぇよ。そーやっていつまでも自分がボールを持っていられると思ったら間違《まちが》いだぞ。いいか白崎《しろさき》、おまえは選択しないことを選んだんじゃない。選択《せんたく》を放棄《ほうき》しただけだ。それを履《は》き違《ちが》えるな。ボールってのは、持ってるだけじゃ試合にならねぇ。神宮寺《じんぐうじ》にしろ、姉にしろ、ちゃんと行動してるじゃねぇか。何にもしてないのはおまえだけだ。おまえは、参加した気になってるだけなんだよ」

そう言って教授が、呆《あき》れた顔でコーヒーを口に運ぶ。

つられて僕もコーヒーを含《ふく》む。口腔《こうこう》に広がった苦みが喉《のど》にちくりと刺《さ》さる。

痛いとこを突《つ》かれた。教授の言う通りだ。体《てい》のいいことを言って、僕は逃《に》げただけだ。

わかってる。わかってるよ、そんなこと。けれど——どう考えても答えなんて出ない。

「教授の言いたいことがわからないわけじゃないんだ。けど……」

「けど、なんだよ？」

「……正直なところ、どうしたらいいかわかんないんだ」

「は？　なんだそれ？　そんなんどっちを好きかって話だろ？」

「だから、それが……どっちも同じくらいと言うか……ああもうっ、わかんねぇんだよっ」

結局のところ、これが嘘偽《うそいつわ》りのない本心だ。

「なぁ、白崎《しろさき》。おまえは物事を難しく考えすぎなんだよ。いいか、もっとシンプルに考えようぜ。つまり――おまえは、どっちとヤりたいんだ？　オカズにした比率はどんくらいだ？」

「てめっ、人が真面目に相談してるのに――」

「こっちだってマジメなんだよっ！！！　おらっ、どっちなんだっ！　白状しろっ！」

「あー、もういいわ。教授に相談した僕が愚《おろ》かだった」

「なんでだよっ。これ以上ないくらいシンプルなジャッジだろ。……あと、ここだけの話、俺は神宮寺《じんぐうじ》でヌいたことがある。言うなよ？　あと姉様でヌいたことはないからな、念のため」

「知らねぇよ。つーか、そんなのアホみたいなＡＶ観《み》てる時点で察したわ」

「ま、それは冗談《じょうだん》として――今はそれで通るかも知れないが、そうやっていつまでも優柔不断《ゆうじゆうふだん》で居ると、すべてを失うぞ。俺が言いたいのは、少しくらいバカになれってことだ」

冗談《じょうだん》かよ、と突《つ》っ込《こ》みたくなる気持ちを抑《おさ》えながら聞いた言葉は、なるほど、教授らしいものだった。と言うか、最初からそう言えばいいものを。わかりづらいんだよ。

「確かに、もう少し気楽に考えた方がいいのかもな」

二人には今まで通り接しよう。いや、もっと二人に向き合おう。

そうして、僕は僕の結論を見付けなきゃいけないんだ。

「しかし、傑作《けっさく》だな。神宮寺《じんぐうじ》は凄《すげ》ぇよ。感服の至り此処《ここ》に極《きわ》まれりだ。あんな女なかなか居ねぇぞ。どう考えてもそのまま付き合ってた方が――」

「だから付き合ってなかったんだって」

「そうだけど、白崎《しろさき》は別れるつもりだったんだろ？　それがありえねぇって言ってるんだよ。俺だったら、言われるがままヤってるわ。断る自信がない。そもそも断る意味もわからんが」

それは教授が、と言《い》い掛《か》けてやめた。

「……やっぱ勿体《もったい》なかったか？」

那織《なおり》がいい女なんて百も承知だよ。だから僕は好きになったんだ。

「ああ。せめてあの胸くらいは堪能《たんのう》するべきだったな」

「それはちょっとだけ……思わなくはない。あの肉の暴力は死ぬかと思った」

「おまえっ！　その言い方、ちょっと堪能《たんのう》しただろっ？」

教授が吠《ほ》えた。店内の視線が一気に集まる。

「バカっ。声デカイって」

「ぜってぇ許さねぇ。俺がどんだけの想《おも》いで……今度、詳細《しょうさい》なサイズ訊《き》いてこいっ！」

「なんで僕が訊《き》かなきゃいけないんだよっ。そういうのは教授のキャラだろ？」

「うっせぇ。いいから訊《き》いてこいっ！　……で、どうだった？　どんな感触《かんしょく》だったんだ？」

どうだった？　そんなもん柔《やわ》らかかったに決まってるだろ。

教えてやらなかったけどな。


定期考査が来週から始まる。

その為《ため》、今週から部活動や委員会は一切《いっさい》の活動が停止される。それはつまり、三人で登校するということ。どんな顔して二人に会えばと心配していたが、それは杞憂《きゆう》だった。

いざ顔を合わせてしまえばいつも通りで、そこには特別変わった様子など無かった。

気付かれないように、隣《となり》を歩く那織《なおり》をちらっと盗《ぬす》み見《み》る。教授の言葉が思い起こされる。

訊《き》けねぇよ。サイズなんて訊《き》けるかっ。

ただ、那織《なおり》のことだから「お？　遂《つい》に純《じゅん》君も私の身体《からだ》に対して並々ならぬ劣情《れつじょう》と興味を抱《いだ》いてくれるようになったのか。しょうがないなぁ。特別に教えてあげよう」なんて言って普通《ふつう》に教えてくれそうなのがまた困る。

実際、どれくらいなんだろうな。琉実《るみ》のカップサイズだって、詳《くわ》しくは知らない――

「今回のテストは本気でいくからね。覚悟《かくご》してて」

那織《なおり》がいきなりこっちを向くので、がっつりと目が合ってしまった。

土曜日のあれこれがフラッシュバックしてくるが、それを片隅《かたすみ》に追いやりながら、「前回のは授業のクラス分け用とかそういうので、僕たちには関係なかったもんな。ただ本気出すのはやめてくれ。那織《なおり》に本気を出されるといよいよ僕の身も危ない」と返す。

「やだ。純君《じゆんくん》は私の前にひれ伏《ふ》すのだ。隷属《れいぞく》させてやる。暗黒面《ダーク・サイド》のパワーを味わうがいい」

「あんたたちは良《い》いわよね、呑気《のんき》で。わたしなんて来週のこと考えただけで憂鬱《ゆううつ》になるのに」

琉実《るみ》が小さく溜《た》め息《いき》をひとつ加える。

目の下に薄《うつす》らとクマが出来ている。恐《おそ》らく深夜まで勉強していたのだろう。

「呑気《のんき》なんかじゃない。真剣《しんけん》だよ！　今回は一位を獲《と》るって決めたんだから。私は一位を獲《と》ってすべてをやり直すんだ。それは良《い》いとして、大体、琉実《るみ》は普段《ふだん》から勉強しないから土壇場《どたんば》になって焦《あせ》るんだよ。自業自得《じごうじとく》だ。呪《のろ》うなら己《おのれ》の怠惰《たいだ》な性格を呪《のろ》いなよ」

僕は小さな違和感《いわかん》を覚えた。

「は？　何それ」

「だぁーかぁーらぁー、テスト前にあれこれ詰《つ》め込《こ》もうというのが愚《おろ》かだってこと。私のように勉強する習慣をきっちりつけなよ。そうすればテスト前は、抜《ぬ》けとか漏《も》れを確認《かくにん》して、そこを補強するだけでいいんだから。大体、定期考査は教師が作るテストなんだから、授業を聞いてれば、何処《どこ》が点数を取らせる為《ため》の内容か、差をつける内容なのか、予想はつくでしょ。どうせ、琉実《るみ》は授業中も変なことばっか考えて話聞いてないんでしょ。無理して特進に入るからそういうことになるんだよ。所詮《しょせん》、私や純君《じゆんくん》と離《はな》れるのが寂《さび》しかったってのが理由でしょ？」

「そこじゃなくってっ、一位を獲《と》ってすべてをやり直すってどういうこと？　あと、変なことなんか考えてないし、寂《さび》しくて特進を希望したわけじゃないからっ」

「僕もそこが気になったんだが……」

「は？　変なことなんて考えてないって言ってるでしょっ！　あんた隣《となり》の席なんだからわたしが真面目にノート取ってるの知ってるでしょっ！　それに寂《さび》しくて特進ってのは――」

「ちがっ、琉実《るみ》の話じゃなくて……そのすべてをやり直すって――」

「あ、そっちね」隙《すき》を突《つ》かれて琉実《るみ》が真顔になったのも一弾指《いちだんし》、再び険しい顔になって「ほらっ那織《なおり》っ、答えて。さっきの話はどういうことなの？　まさか純《じゅん》に――」と詰《つ》め寄《よ》る。

「うん。交際を申し込もうかと思ってる。もう隠《かく》すこともないじゃん。私たち三人はすべて曝《さら》け出《だ》したんだよ？　琉実《るみ》の気持ちと、私の気持ち。そして、元カノへの未練と初恋《はつこい》で揺《ゆ》れる優《ゆう》柔不断《じゅうふだん》のサブカルクソ野郎《やろう》。単純明快な三角関係でしょ？　バカな姉妹《しまい》とバカな男のしょうもないよくある話《ラブコメ》に帰結したんだよ。まずはそれを受け入れなきゃ」

「……ねぇ、純《じゅん》。この女どう思う？　ここまで気持ちよく開き直られるとちょっとムカつく」

「奇遇《きぐう》だな。僕もそう思った」これに関しては琉実《るみ》に同意。

「僕は申し込まれても困るぞ。暫《しばら》くそういう事とは距離《きょり》を置くと決めたんだ」

「距離《きょり》を置く、ね。しかしながら、純《じゅん》君はあれこれ理由を述べながらも流される所があるからね。言い訳を欲《ほ》しがる女の子みたいだよ。さぁて、十代の迸《ほとばし》る情欲《じょうよく》をいつまで抑《おさ》えられるのか見物だね。この前だって……ねぇ？」

小首を傾《かし》げた那織《なおり》が、上目遣《うわめづか》いに僕を見る。目の奥に不穏《ふおん》な揺《ゆ》らめきが見《み》え隠《かく》れする。

「そ、そんな目でこっちを見るなっ！」

やめろ。そこに触《ふ》れるな。ってか、琉実《るみ》はどこまで知ってるんだ？

「……ちょっと那織《なおり》、またよからぬこと考えてるんじゃないでしょうね？　大体、何が交際を申し込むよ。少しは――」

「うるさいムッツリーニ。気を利《き》かせて知らない振《ふ》りしてあげてたけど、私の部屋から『フィフティ・シェイズ・オブ・グレイ』を勝手に持って行ったの知ってるんだからねっ」

知らないタイトルだなと思って、僕は深く考えずに「それ何だ？　小説？」と尋《たず》ねた。

すると琉実《るみ》が、手をバタバタさせ、見るからに狼狽《ろうばい》しながら「えっと……海外の恋愛小説《れんあいしょうせつ》だから……その純《じゅん》は多分趣味《しゅみ》じゃないと思うよっ！」と言って、那織《なおり》の首根っこを押さえこんで何やら小声でゴニョゴニョと話し始めた。那織《なおり》の脇腹《わきばら》に拳《こぶし》が入ったように見えたのは錯覚《さっかく》か？

あの慌《あわ》てよう、絶対に普通《ふつう》の恋愛小説《れんあいしょうせつ》じゃないな。エロいヤツだな。ふーん、琉実《るみ》がねぇ。

同じ服を着た先を歩くグループに目を移すと、視界の端《はし》に薄《うす》い紫色《むらさきいろ》が飛び込んでくる。意識をそちらに向けると、民家の生《い》け垣《がき》にライラックが咲《さ》いていた。小さな花が房《ふさ》になり、幾《いく》つも並んでいる。毎朝通っている道なのに気付かなかった。

何だか今年の五月はいつもより濃密《のうみつ》で、長かった気がする。

そして、僕はさっき抱《いだ》いた違和感《いわかん》が何なのかようやく分かった。

「なぁ、那織《なおり》。どうして琉実《るみ》のことを琉実って呼んでるんだ？」

琉実《るみ》が僕の声に反応して力を緩《ゆる》めた瞬間《しゅんかん》——那織《なおり》が猫《ねこ》のような身のこなしで抜《ぬ》け出《だ》して、僕の背後に回る。琉実《るみ》が冷ややかな視線を投げ、短く嘆息《たんそく》をもらす。

那織《なおり》が琉実《るみ》のことを名前で呼ぶのは、喧嘩《けんか》した時だけだ。だが、今朝の二人を見ている限り、そんな雰囲気《ふんいき》は感じられない。え？　喧嘩《けんか》してるって？　この双子《ふたご》は昔からこんな感じなんだ。千古不易《せんこふえき》に常住普段《じょうじゅうふだん》。おっと——不断《ふだん》の間違《まちが》い。

「もう妹はやめたの」

「どういうこと？」

「それ、那織《なおり》が勝手に言ってるだけ。那織《なおり》はいつまでもわたしの妹だよ」

「うざっ。姉面《あねづら》うざっ」背中越《せなかご》しに琉実《るみ》を罵倒《ばとう》したあと、那織《なおり》は僕の横に来て「と言うか、気付くの遅《おそ》くない？　家出た時からずっとそう呼んでたんだけど。もしかして、私の声が届いていなかったの？　こんなに愛らしくて子猫《こねこ》みたいな声が？」と毒吐《どくづ》いた。

「じゃあ、わたしも愛らしくて子猫《こねこ》みたいな声ってことでいいのね？」

琉実《るみ》が振《ふ》り返《かえ》って後ろ向きに歩きながら、意地悪そうに笑った。

学校のみんなは、琉実《るみ》と那織《なおり》の顔が似ていると口々に言う。同じ髪型《かみがた》にしたら見分けがつかなそうなんて話を、しょっちゅう耳にする。

二人の顔つきはもちろん似ているけれど、よく見れば違《ちが》う。例えば、琉実《るみ》はちょっと奥二重気味で、那織《なおり》ははっきりとした二重。黒子《ほくろ》の位置だって、琉実《るみ》は口元に薄《うす》い黒子《ほくろ》があるのに対して、那織《なおり》は左の目元に黒子《ほくろ》がある。他にも二人の違《ちが》いはあるが、それは重要じゃない。何故《なぜ》なら僕は、そんな差を逐一《ちくいち》探さなくても、二人を見分ける自信があるからだ。

そんな僕でも間違《まちが》えるのは——声だ。

琉実《るみ》が言っているのはそういうことだ。子供の頃《ころ》、電話口で二人が入《い》れ替《か》わるいたずらをされたことがあった。子供の頃《ころ》からずっと聞いている声なのに、電話口で口調を真似《まね》されると本当に分からない。機械越《きかいご》しってのを勘案《かんあん》しても、聴《き》き分《わ》けられないくらい二人の声は似ている。妻は目でなく耳で選べと言ったのは誰《だれ》だっけ？　そいつに言ってやりたい。声が同じだったらどうするんだ、と。妻を選ぶつもりはないけどさ。

三限目の英語《コミユニケーシヨン》の授業を受けていると、琉実《るみ》からノートの切《き》れ端《はし》を渡《わた》された。

《例の場所でお昼一緒《いつしよ》に食べない？》

丸っこい字でそう書いてあった。学校で琉実《るみ》とお昼を食べたことなんてなかった。付き合ってる時だって、そんなことはなかった。それなのに——琉実《るみ》の方を向くと、頬杖《ほおづえ》をついたまま、教師にバレないようにわずかに顔を僕の方に傾《かたむ》けていた。

琉実《るみ》と視線が交わる。僕を見る琉実《るみ》の目は、心なしか昔の色味が籠《こ》もっていた。

僕が頷《うなず》くと、琉実《るみ》は瞬《まばた》きと同時に視線を黒板に戻《もど》す。

一体どういうつもりだ？

それからお昼休みまでの間、琉実《るみ》と会話はもとより、目が合うことは無かった。授業の終わりを告げるチャイムが鳴り、教師が教室を去るや否《いな》や、琉実《るみ》はクラスメイトの所に行って片手でごめんのポーズをしながら言葉を交《か》わし、すぐに出て行った。その姿をぼんやり眺《なが》めていると、例の如《ごと》く教授が、コンビニ袋《ぶくろ》を片手に僕の所にやって来た。

「すまん。今日は先約があるんだ。だからお昼は付き合えない」

「マジか。ちなみに男？　女？　女だったら——」

「双子《ふたご》の片割れ」

教授は「なら仕方ねぇな」と言って踵《きびす》を返し——こっちを振《ふ》り向《む》いて「死ねっ」と言って中指を立てながら立ち去った。マジで涙《なみだ》が出るほど良《い》い友達だわ。本当に。

階段を上《のぼ》ると、琉実《るみ》が座っていた。

「遅《おそ》い」

「すまん」琉実《るみ》の左隣《ひだりどなり》に腰《こし》を下ろして、膝《ひざ》の上に弁当を広げる。

「二人きりでお昼なんて初めてだな。どうしたんだ？」

「言われてみれば初めてだね」琉実《るみ》が膝《ひざ》の上で弁当袋《べんとうぶくろ》のチャックを開け、中から弁当箱を取り出す。「那織《なおり》から聞いた。なんだかわたしたち、あの子の手の平の上で踊《おど》らされてたんだね」

「最初から全部見抜《みぬ》かれてたみたいだな。やっぱり那織《なおり》には敵《かな》わないよ」

「勉強も?」

琉実《るみ》が唐揚《からあ》げを口に入れて、僕の方を見る。

「かも知れない。恐《おそ》らく、那織《なおり》が本気出したら簡単に越《こ》されると思う。見直し無しのタイムアタックをしてあの順位だぞ。僕なんて時間を掛《か》けて解いても何点か零《こぼ》すんだから」

「取りこぼすって言っても、数点じゃない。百点だって幾《いく》つか取るし。そこは自信もちなよ。何だかんだ言っても、純《じゅん》は中等部の頃《ころ》から学年一位をキープし続けてるんだしさ。それに、もし純《じゅん》が負けたら——」

僕は朝の話を思い出す。「交際を申し込もうかと思ってる」那織《なおり》はそう言った。

「それに関しては朝も言った通り、受ける気はないよ。なんか、疲《つか》れた」

琉実《るみ》が顔を手で覆《おお》いながら下を向く。肩《かた》が震《ふる》え、笑い声が漏《も》れる。

「何だよ。変なこと言ったか?」

「疲《つか》れたって……ふふっ……純《じゅん》らしいなって」琉実《るみ》が顔を上げて、「それはそれとして、那織《なおり》とキスしたんだってね。流される所がある……だっけ?」むくれながら咎《とが》める目で僕を見る。

「……すまん。でもあれは——」

僕は思わず謝ってしまった。琉実《るみ》に謝る必要なんて……ないのに。

「なんで謝るの? わたしと純《じゅん》はもう何でもないんだから関係ないでしょ。でも——」

琉実《るみ》が目を伏《ふ》せて言《い》い淀《よど》む。「そ、その……し……舌までっていうのはどうなのっ?」

次第《しだい》に力が込《こ》められて、語尾《ごび》なんて殆《ほとん》ど怒《おこ》っている時の言い方だった。

琉実《るみ》の視線が僕を射貫《いぬ》く。

「――っ。那織《なおり》……そんなことまで」

あいつっ、バラしやがったなっ！

「軽蔑《けいべつ》するなぁ。結局、そうやって押されたら何でも受け入れちゃうんだ。付き合ってると勘《かん》違《ちが》いしていたにしても、まだ一ヶ月も経《た》ってないのに、そういうことしちゃうんだ。わたしとするまではあんなに時間掛《か》かったのに。五ヶ月近くも掛《か》かったのに。那織《なおり》だったらすぐしちゃうんだねぇ。へぇー。何だか複雑だなぁー」

怒《おこ》ってますね。相当怒《おこ》ってますね。ちらっと見える真顔が凄《すご》く怖《こわ》いんですけど。

……琉実《るみ》はこんなこと言う為《ため》に僕を呼び出したのか？

「途中《とちゅう》で止《や》めたからっ！　思《おも》い留《とど》まったからっ！」

「ふーん。そうなんだぁ」

平易なトーンで言うなっ。そういう怒《おこ》ってるアピールが一番怖《こわ》いんだよ。

なんで那織《なおり》と付き合えって言った張本人に責められてるんだ！

ああもう、言ってやるよ！　言えば良《い》いんだろ！

言わなかったからダメだったんだろっ！

「……る……琉実《るみ》の顔が頭に浮《う》かんだから……その……止《や》めたんだよっ！」

（神宮寺《じんぐうじ》琉実《るみ》）


な……なんて言った？

わたしの顔が浮《う》かんだから止《や》めたって言った？

ほんとに？　リップサービスとかじゃなくて？

やば。

いやいやいや。それはだめだって。それは反則だよ。


待って、めっちゃ嬉《うれ》しい。


もう！　にやけそうになるからダメだって。

よくそんなことを恥《は》ずかしげもなく――横を向くと、純《じゅん》はわたしから顔を逸《そ》らして俯《うつむ》いていたので、表情はよく見えない。だけど、髪《かみ》から覗《のぞ》く耳が真っ赤だった。

もしやと思って、屈《かが》んで覗《のぞ》き込《こ》むと、紅潮した頬《ほお》が見えた。

はぁぁぁぁぁぁぁぁっめっちゃ可愛《かわい》いぃいいいいいい！！！

マジでそれは反則だからっ！　だめだめだめだめ。めっちゃキュンと来た！

語彙力崩壊《ごいりょくほうかい》するっ。

やればできるじゃん！　そういう感じで来てくれるなら、もう文句ないって。付き合ってくれなんて言われたら、もう秒だよ。秒で落ちるよ。

「……わたしのこと思い出して……やめたの？」

嬉《うれ》しくなって、わたしは確認《かくにん》する。何度でも聞きたい。

「……そう言ったただろ。姉妹揃《しまいそろ》って難聴《なんちょう》なのか？」

鼻の辺りに拳《こぶし》をあて、俯《うつむ》いたまま純《じゅん》が言う。

わたしはお弁当を口に運ぶ。今日のお弁当凄《すご》く美味《おい》しい。めっちゃ美味《おい》しい。

「ほらっ、照れてないで早くご飯食えっ！」

わたしはそう言って純《じゅん》の背中を叩《たた》いた――、

いったぁぁぁぁぁあっ！！！


純《じゅん》は隣《となり》に座っていて、それはわたしの左側で、つまるところ、少しずつ痛みが引いて来ているとは言え、ねん挫《ざ》してロキソニンを貼《は》ってる左手で叩《たた》いてしまった。ださっ。

てか、超痛《ちょういた》い！　ださっとか言ってる余裕《よゆう》ないっ！

「痛《い》ってぇなぁ！　いきなり何だよ！　……って、ちょっ、大丈夫《だいじょうぶ》か？」

涙目《なみだめ》で左手を押さえるわたしを、純《じゅん》があたふたしながら心配する。

「ダメ。泣きそう。あ――――――超痛《ちょういた》いっ！」

脚《あし》をバタバタさせながらしばらく悶《もだ》える。痛みが引くのを待つしかないのが辛《つら》い。

「保健室行って冷却剤《れいきゃくざい》とか薬を――」

ねぇ、と立《た》ち上《あ》がり掛《か》けた純《じゅん》を呼び止める。

「痛みは暫《しばら》くすれば治まると思うから――その……お弁当食べさせて」

これくらい甘えてもいいよね？　もう我慢《がまん》しなくていいんだもんね。

「なんでそこまでっ……大体、右手は使えるだろっ！」

「左手をさすらなきゃいけないから無理。つまり両手が塞《ふさ》がっちゃった。完全に手詰《てづ》まり」

純《じゅん》がこれみよがしに大きく溜《た》め息《いき》をついて、わたしの膝《ひざ》からお弁当を取ると、「で、何から食べたいんだ？　肉か？　米か？」とぶっきらぼうに言った。

なんだか夢を見てるみたい。左手をさするのをやめても、純《じゅん》はそのまま続けてくれた。でも、わたしに食べさせてくれている間、純《じゅん》は自分のお弁当を食べられないわけで、さすがに申し訳なくなってきた。「……ありがと。もう大丈夫《だいじょうぶ》」

「普段《ふだん》だったら絶対しないからな、こんなこと。大体、自分で僕のことを叩《たた》いておいて、手が痛いから食べさせろってどんだけ横暴なんだよ」

「……元はと言えば純《じゅん》が悪いんだからね」

「は？　何でだよ」

那織《なおり》とディープキスするから。それにあんなこと言うから。

「何でもない。叩《たた》いてごめん！　あと、あ・り・が・と！」

「怒気《どき》を込《こ》めて謝罪と感謝を並べるな！」

「うるさいっ！　この節操無しっ」

「だからそれはさっきも言ったように――」

わたしだって言ってやる！

「めっちゃ嬉《うれ》しかった！　凄《すご》く嬉《うれ》しかったのっ！　だからっ、だから――つい叩《たた》いちゃった」

「……なっ！　だったら……だったらそう言えよ！　……どんだけ脳筋《のうきん》なんだよ」

「脳筋《のうきん》とか言うなっ！　折角、純《じゅん》のこと見直したのにっ」

「はぁ。どうしてあの時、こんなめんどくさいヤツの顔が思《おも》い浮《う》かんだんだろう」

「わたしのことが好きってことでしょ？」

「よく言うよ。それより――」純《じゅん》が逃《に》がさないという風にわたしの目を捉《とら》える。

何か企《たくら》んでる顔だ。わたしはちょっと身の危険を感じた。嫌《いや》な予感がする。

「『フィフティ・シェイズ・オブ・グレイ』ってどんな小説なんだ？」

純《じゅん》がにやにやしながらこっちを見る。鋭《するど》い目が意地悪く光る。

――こいつ、さては調べたなっ！

「知らないっ！　那織《なおり》に訊《き》けば？」

「訊《き》いてもいいんだな？」

「……くっ……そうよっ！　読んだわよっ！　その顔から察するに、どうせ内容知ってるんでしょ？　ホッント、性格悪い。マジないわ。それにあれは元々那織《なおり》の――」

「たまにはこうして昼飯食べような」

さっきとは違《ちが》う真剣《しんけん》な顔で、わたしとかつて付き合っていた人が、そう言った。

普段《ふだん》だったら、「しょうがないなぁ。純《じゅん》がそう言うなら」なんて皮肉めいた返しをしちゃうとこなんだけど、まさか純《じゅん》からそんなこと言ってくれるとは微塵《みじん》も思ってなくて――

「うん。たまにはいいよね」

わたしたちは、多分、もう大丈夫《だいじょうぶ》だ。

もう一度、夢見てもいいんだよね？　やり直していいんだよね？

那織《なおり》がくれたチャンスだもん。大切にする。ありがとう、那織《なおり》。

でもね、那織《なおり》。今度手に入れたら、もう譲《ゆず》らないから。

「しかし琉実《るみ》がＳＭ小説に興味あるとは思わなかったなー」

やっぱりこんな男要《い》らないっ！　にやにやすんなっ！　死ねっ！

（神宮寺那織《じんぐうじなおり》）

※　※　※

「誰《だれ》が負けヒロインだって？」

　お昼を食べ終わった私と部長は、空き教室で時間を潰《つぶ》していた。

「だって、話を聞く限り明らかにそうじゃん。確かに白崎《しろさき》君の初恋《はつこい》の相手っていうとこに賭《か》けて、最後まで計画通り進めたのは先生らしいとは思うけどさぁ、どう考えても琉実《るみ》ちゃんの方が有利じゃない？　塩を送るどころか、満漢全席《まんかんぜんせき》を振《ふ》る舞《ま》ったんだと思うよ。そこまで行くと、負け犬とか噛《か》ませ犬感《いぬかん》が凄《すご》いよ」

　相も変わらず、部長はのっけから毒舌《どくぜつ》の限りを尽《つ》くしてくる。

「犬犬言うなっ」

「犬よりもマナティー先生だっけ？」

「そこは猫《ねこ》と言いたまえ」

「泥棒猫《どろぼうねこ》？」

「どう足掻《あが》いても私は主役じゃないと言いたいようだね」

「マナティー先生って、引《ひ》っ掻《か》き回《まわ》すだけ引《ひ》っ掻《か》き回《まわ》して、最終的に元の二人の結束を強めるだけのポジションでしょ？　その為《ため》の舞《ぶ》台装置《たいそうち》でしょ？　道化《どうけ》でしょ？」

「だとしても！　そうだとしても！　私は純《じゅん》君にそれなりの衝撃《しょうげき》を与《あた》えることが出来た！　道化《どうけ》だっていつかはジョーカーになれるんだっ！」

「とどのつまり驚《おどろ》かせただけだ。それって瞬間的《しゅんかんてき》なものでしかなくて、持続を望むのは難しくない？　大きな波の後は引くだけだよ。しかもジョーカーって最後はやられるじゃん」

　私の力説もむなしく、部長は平気でこんなことを言いのける。

「言うじゃないか。でも、この私に言い寄られたんだよ？　キスされたんだよ？　穏《おだ》やかでいられるわけないでしょ。穏《おだ》やかに見えても、離岸流《りがんりゅう》に気をつけろってことだよ。だから、夜な夜な思い出しては悶《もだ》えてるに違《ちが》いない。私はなんて罪な女なんだろう」

「その溢《あふ》れ出《で》る自信を、半分ほど分けて欲しいくらいだよ」

「客観的に判断してもそうでしょ？　私は可愛《かわい》いし、初恋《はつこい》の相手だし、琉実《るみ》より胸が大きいし、抱《だ》き心地《ごこち》だって私の方が上に決まってる。琉実《るみ》なんて骨と筋肉しかなくて硬《かた》そうじゃん。それに、筋肉って案外重いんだよ？　体重なら琉実《るみ》の方が上の可能性だってあるよ？」

「そだね。体重と見た目って比例しないとこあるよね。数字至上主義からの脱却《だつきゃく》は、私たちに課せられた使命だよね。意識改革じゃ。宗教改革じゃ。ルター先生はおらんかねっ？　ただ、体脂肪率《たいしぼうりつ》は間違《まちが》いなくマナ先《せん》の方が上だよねー」

「……何が言いたい？　それにマナ先《せん》言うな」

「べつに～」部長が明後日《あさって》の方を向いて、口笛でも吹《ふ》きだしそうな口をして言う。

　って、小声でたゆんたゆんとか言うんじゃないっ！　しっかり聞こえてるよっ！

「そりゃ私の方が体脂肪率《たいしぼうりつ》は上だよ。認めるよ。でも、私は胸にニワトリを二羽《わ》飼ってるということを忘れないで頂きたい。これでもトップは九十二あるんだよ？」

「私の英語の点数の方が僅差《きんさ》で勝ってる！　というのは冗談《じょうだん》だとして。いつもやたらに誇《ほこ》ってくるからなんぼのもんじゃいと思ってたけど、そんなにあるんだねぇ。胸囲なんてちょっと前に下着屋さんで測ったっきりだなぁ。そっか。ということはだよ、私はここ一年ほど成長がないってことだよねぇ。先生の所為《せい》で、嫌《いや》なことを実感しちゃったよ」

ああ、部長がめんどくさい顔してる。地雷《じらい》を踏《ふ》んだ感《かん》が否《いな》めない。

「まぁ、まだ成長の余地はあるよ。うん。若いんだし」

「おかげ様で体重やら体脂肪率《たいしぼうりつ》やらも変わらないけどねー。先生と違《ちが》って」

「私の体脂肪率《たいしぼうりつ》の大半はおっぱいの所為《せい》だから」これが私の贖宥状《しょくゆうじょう》。ルター先生よろしく。

「お姉さんと胸のサイズが同じでも体脂肪率《たいしぼうりつ》は先生の方が上だろうねー」

「……ああそうだよ！　私は運動しないからな！　あんな回転車をずっと回してるハムスターみたいな真似《まね》しないからね！　……でも、太ってるってわけじゃないでしょ？」

最近、ちょっとキツい気がしてるけど。ブラのホックを一番外側にしてるけど……そこはほら、まだ成長期だし、なんならバストサイズ上がったって可能性も捨てきれないよね。

うん、それだ。ちゃんとマッサージして育ててるし、そういうことにしておこうっ！

ん？　この前三キロ太った？　あー、なんか言った？　ごめ、ちょっと聞こえない。

「そうだね。太ってるとは思わないよ。先生はどっちかって言うと、下半身だよね。脚《あし》とかお尻《しり》。でも、むっちりちょい手前くらいで程《ほど》よい感じだと思う」

「あんまり褒《ほ》めてくれるな。調子に乗っちゃうだろ」

「乗りに乗りまくってるけどね。それに、ちょっとは皮肉も込《こ》めてたんだよ。それなのに、字《じ》面通《づらどお》りに受け取っちゃうんだもん。う～んとね、私が言いたいのは、そういう開き直る感じが腹立たしいってことなんだよね。私は身長も胸も、希望的観測込みで平均とかその辺だろうし、だからと言って大きな不満は抱《いだ》いていないけど、やっぱり人並みにあぁだったらなぁ、こうだったらなぁって思うわけですよ」

私は、うん、と相槌《あいづち》を打って、その先の言葉を促《うなが》す。

「つまり、そういうのを全く感じさせないその茫漠《ぼうばく》な自尊心とやらが、私は妬《ねた》ましいのだっ」

「その中島敦《なかじまあつし》みたいな毒の吐《は》き方《かた》は見習おう。にしても、部長はそれをどうこう言える立場じゃないでしょ？　作画資料として私の身体《からだ》の写真が欲《ほ》しい、お願いだから自撮《じど》り送ってってって散々言ったのは部長じゃん。恥《はじ》を忍《しの》んで撮《と》ってあげたのに」

「それについては感謝してるよー。ほんとにありがとうって思ってる。おかげでいいイラストが描《か》けた。まぁ、恥《はじ》を忍《しの》んでなんて枚数じゃなかったけどね。どう見てもノリノリだったけどね。そこに関しては何も言わないであげる。ただ……Ｔバックの写真が無いのが心残りなんだよねぇ。バックショットを描《か》きたいのー。お尻《しり》を描《か》きたいのー。ダメ？」

「……あれは流石《さすが》に送れない」

あのデートのあと、ガーターベルトをネットで注文したのはここだけの話。もう失うものなどない。とことん着飾《きかざ》ってやるのだ。私は私の理想を求めるのだ。ファッションとは自分の為《ため》にあるのだっ！　遠慮《えんりょ》などしちゃいられない。可愛《かわい》さに上限など無いのだっ。

忘れてもらっちゃ困るが、私は頭が良《い》いのだ。母親の目なんぞ恐《おそ》るるに足らない。この世にはコインランドリーなるものがあるのだっ。面倒臭《めんどうくさ》がる琉実《るみ》を連れて訪《おとず》れた家近のコインランドリーで、Tバック洗濯問題《せんたくもんだい》はあっけなく解決した。ぬいぐるみを洗うとか適当なことを言って、コインランドリーに行けば良《い》いということを導き出したのだ。

大型のドラム式洗濯機《せんたくき》の窓から覗《のぞ》く、ぐるぐる回るクロミとクッキーモンスター。その他《た》諸々《もろもろ》。私のライナスの毛布たち。子供の象徴《しょうちょう》。そして、Tバック。なんと前衛的《アヴァンギャルド》な光景。デュシャンの『泉』に匹敵《ひってき》するかも、なんて。でもでも、その様は少女と大人の境って雰囲気《ふんいき》で、まさに私の年齢《ねんれい》って感じがして、これぞもののあはれだと浸《ひた》っていたのに、冷ややかな目で見守る琉実《るみ》が「下着とぬいぐるみを一緒《いっしょ》に洗うって何かイヤ」と言ったことだけは絶対に忘れない。下人め。死人の毛でも漁《あさ》ってろっ。

ペットボトルの蓋《ふた》に手を掛《か》けて紅茶を飲もうとすると、「うー資料に使いたい！　私は写真を出せと言ってる！　さもなくば裏垢《うらあか》作ってあの自撮《じど》り写真《しゃしん》をバラまいてやる」と部長が言うので、私は口を付けずに紅茶を戻《もど》す。紅茶には早すぎるよね。

「それは強請《ゆす》りだぞっ！　完全に反社勢力のやり口だっ！」

「うるせぇコノヤロー♪　とっとと写真だせバカヤロー♪」

部長が身体《からだ》を揺《ゆ》らしながら、鼻にかかったロリ声で北野武《アウトレイジ》みたいな台詞《せりふ》を吐《は》く。

「可愛《かわい》く恫喝《どうかつ》すんなっ！」

「もう強情《ごうじょう》だぞっ。このヘゲモニーめ」

「中原中也《なかはらちゅうや》みたいなこと言うな。……よし分かった。交換《こうかん》ならいい。私が今ここで部長の下着を撮《と》る。それなら差し出してやろう。兌換《だかん》と相成ろうじゃないか」

「結構です。要《い》りません。人様に下着を見せるような破廉恥《はれんち》な教育は受けておりません。私の廉恥心《れんちしん》を甘く見ないで下さい。冗談《じょうだん》はさておき、先生は今後の展開をどう考えてるの？　何か策はあったりするの？」

「話の戻《もど》し方《かた》っ！　まぁ、いつものことだからいいけど。それに関しちゃ、なるようになるでしょ。最悪、既成事実《きせいじじつ》さえ作れば、あとはゴリ押しっていうパターンも良《い》いかなって」

「襲《おそ》い受《う》けで成功しない典型的な負けヒロインの匂《にお》いがぷんぷんする発言だけど、その辺について は自覚しているの？」

「凧《たこ》に向かう凧が最も高く揚《あ》がる。風と共にある凧《たこ》ではないって言うでしょ」

「その言葉に倣《なら》うなら、向かい風に吹《ふ》き飛《と》ばされる可能性が大きいのでは？　ということを私は言いたいんだけどな。その辺についてはどう？」

「那織《なおり》は今でも魅力的《みりょくてき》で、僕の大切な人だって言ってくれたっ！　私はそれだけで――」

「まるで浮気相手《うわきあいて》を繋《つな》ぎ留《と》めておくみたいな言い方だ。そして、指摘《してき》についての明言を避《さ》けたね。やっぱり、思うところがあるんだね。頑張《がんば》ってご自慢《じまん》の身体《からだ》を使ったのに、手出してもらえなかったもんね。先生の好きなチャンドラー曰《いわ》く、女にとって、善良な女にとっても、自分の肉体の誘惑《ゆうわく》に抵抗《ていこう》できる男がいると悟《さと》ることは、とても辛《つら》いことだ、だっけ？」

言うなよ。それを言うなよ。さっきは強がったけど、ちょっと引《ひ》っ掛《か》かるとこあるんだよ。

「……でも、耐《た》えるの大変って言ってくれたよ？」

「んーと、心で通じてる感じがしないのは私だけかな？　それって色仕掛《いろじか》けに対する感想じゃない？　先生はセフレ志望なの？　白崎《しろさき》君が応じてくれるとは思わないけど」

もうっ！　もうっ！　そういうこと言うなよっ！

「……ぶちょうぉぉ、どうしよぉぉぉ。やっぱダメかなぁ？？？　やっちゃったかなぁ？」

正鵠《せいこく》を寸分の狂《くる》いなく射る部長の言葉に、本音を吐露《とろ》せずには居られなかった。あの時は目的を達成したことが嬉《うれ》しくて、見落としていた。舞《ま》い上《あ》がっていた。純《じゅん》君から大切とか耐《た》えるの大変とか言われたけど、直接的なことは言われなかった。言ってくれなかった。

だから今朝だってどうにか気を引こうとして、強がってあんなことを言ってしまった。

「母音《ぼいん》の小文字が付くと、一層、巡査部長感《じゅんさぶちょうかん》が増しちゃうね。砂の器《うつわ》じゃなくて亀有公園前《かめありこうえんまえ》だね。私の姓《せい》は大原《おおはら》かな？」部長がよしよしと言いながら私の頭を撫《な》でる。「全く素直《すなお》じゃないんだから。最初から不安なら不安だって言ってくれればいいのに。すぐ意地張るんだから。でも安心して。ここは私に任せなさい！」

「お？　秘策あるの？　なになに？」

一応、訊《き》いてみる。恐《おそ》らくどうしようもない案に決まってる……けど藁《わら》でもいいっ！

「えっちな自撮《じど》りを送り付けよう！　男子なんて下半身で物を考える生き物だっ！」

それ藁《わら》にもなんないっ！　ほんとにどうしようもないっ！

「さいてー。控《ひか》えめに言って最低。下らないこと言えないように猿轡《さるぐつわ》ですね」

「竹でいい？」小首を傾《かし》げながら、部長が巫山戯《ふざけ》てかわい子ぶる。

本当に仕草だけはっ！　このっ！　悔《くや》しいけど似合う。可愛《かわい》い。

「コスになるからダメ。ボールギャグ」

眼鏡を外してウィッグ被《かぶ》れば通用しそうだから却下《きやつか》。

「よだれがダラダラ垂れるいやらしいヤツっ！　頭ん中が淫乱《いんらん》だっ！」

「人のこと言えるとは思えない数々の発言は忘却《ぼうきやく》の彼方《かなた》なの？」

「もう冗談《じようだん》だよー。真面目な話、いっそのこと、もうちょっと可愛《かわい》らしくて、世話焼きな感じを出してみたら？　毎朝、起こしに行くとか。幼馴染《おさななじみ》と言えば定番イベントじゃない？」

「だるい。どちらかと言えば起こして欲しい。どうせなら、ちゅーで起こして欲しい。お母さんの怒声《どせい》で起きるのはいい加減うんざり。それに、そういうのは早起きが趣味《しゆみ》のババ臭《くさ》い琉実《るみ》の方が――」私は妙案《みようあん》を思い付いた。「琉実《るみ》が純《じゆん》君を起こして、純《じゆん》君が私を起こしにくればいいんだ！　マジで私天才じゃない？　そして……あっ、よだれが垂れてたら嫌《いや》だから、キスは顔を洗ったあとがいいなぁ」

「欲《ほ》しがりすぎじゃない？　てか、それもう起きてるし。私は先生のそういう発言にうんざりだよっ！　それこそ、琉実《るみ》ちゃんが白崎《しろさき》君をキスでってパターンも――」

「ないない。あの女にそんな芸当は出来ないよ。だから、そこを狙《ねら》う方が効率的――」

「もう諦《あきら》めよう。変なこと言ってごめん。すべて諦《あきら》めよう。先生には無理だ」

「冷たいじゃないか。と云《い》うかだね、私はそんなことしなくてもモテるんだよ？　告白だってされたことあるんだよ？　男子に話《はな》し掛《か》けられるのなんて日常茶飯事《にちじょうさはんじ》だよ。それなのに――」

「でも、大半の男の子は告白する前に離《はな》れていっちゃうんだよねー」

「だってさぁ、ガチで告白されたら面倒《めんどう》じゃん。その前に退路は作りたいじゃん。距離感《きょりかん》は重要だよ。断るのって面倒《めんどう》なんだよ。小学生の時なんて、涙目《なみだめ》で縋《すが》りつかれたことある……あ、ラブレターなら何通か貰《もら》ったよ？　対面じゃないとハードル下がるんだろうね」

「ラブレターっていうのが風流で良《い》いよね。和歌があれば完璧《かんぺき》だね。クラスのグループは別として、先生は滅多《めった》なことじゃ男子にＩＤ教えないし、見た目と何重にも被《かぶ》ったわざとらしいくらいの猫《ねこ》に騙《だま》された人はそうするしかないもんね。で、面と向かって告白されたのはどれくらいだっけ？　三回くらい？」

部長が手元を見ながら、左手の指を折って数える。

「そう三回。今、四年生になりたてだから、年イチペースで関所を突破《とっぱ》してくるんだよね」

「勧進帳《かんじんちょう》レベルのガバガバな関所ってわけでもないのに、怖《こわ》いもの知らずなのか、怖《こわ》いもの見たさなのか、ともかく勇猛果敢《ゆうもうかかん》な弁慶《べんけい》ご一行様が少なくともこの学年には三人も居たんだね。最初は文芸部の人だっけ？」

「ううん。最初はただのやっかいなオタク。一年生の時だね。でも、思い返せば、あれが一番まともな告白だったよ。文芸部はその次。文芸部のアニメオタクには、君をヒロインにして小説を書きたいって言われた。あれは冴《さ》えカノに影響《えいきょう》されてたね」

「最後は？」

「写真部だったか漫研《まんけん》だったか忘れたけど、レイヤー専門のカメコ。そいつにはごと花《はな》のコスプレをせがまれた。私に誰《だれ》をやれと？」

琉実《るみ》ならショートヘアだし――あ、胸が足りないや。残念。

「りっぱな姫《ひめ》だね。オタサーの姫《ひめ》だ」

「オタサーの姫《ひめ》って今までちやほやされなかった人が、非モテのサークルで神輿《みこし》になって勘違《かんちが》いするパターンなんじゃないの？　……あれ？　もしかして私は一般受《いっぱんう》けしない……の？　こんなに可愛《かわ》いのに？　私はそういう相手じゃないとこの外見をフル活用出来ないの？」

「だーかーらー、先生が可愛《かわ》いのは認めるって。学年でも十分トップクラスだよ。でも、陽キャには受けないタイプだよね。集団行動とか嫌《きら》いだもんね。やっぱり、陰《いん》キャの姫君《ひめぎみ》だ」

こ、この私を、陰《いん》……陰《いん》キャ呼ばわりしやがったっ！

「……っで、でも、性格暗くないよ！　部長以外の女子とも話すよ！　社交的だよ！」

「うん……ただ、ちょっとアレな扱《あつか》いだよね。それに、琉実《るみ》ちゃんの友達……浅野《あさの》さんなんかには近付こうともしないよね」

　いとしのレイラか……あれはどっちかって言うと向こうから避《さ》けられてるんだよね。

「……バスケやってる女子なんて、どうせ気が強くて、承認欲求《しょうにんよっきゅう》が強くて、ちやほやされたい性格の悪い人ばかりじゃん。文句があるとすぐボールをぶつけてくるに決まってる」

「気が強くて性格が悪いのは先生だよ。それはもう完全な言いがかりだよ？　琉実《るみ》ちゃんや浅野《あさの》さん以外にもバスケ部の人を何人か知ってるけど、そんな人ひとりも居ないからね。先生は自覚ないみたいだけど、そういう発言が陰《いん》キャなんだって」

「はいはい。私が悪ぅございやした。どうせ私は日陰者《ひかげもの》ですよ。でもこれだけは言わせて。琉《る》実《み》は絶対にボールぶつけてくるタイプだから。心の中じゃ投げまくり」

「どうして先生はこんなに歪《ゆが》んでいるんだろうね。今後の人生が心配になっちゃうよ。いっそのこと、運動部にでも入ってみたら？　今からでも入れるでしょ？」

「そーやってすぐ極論垂れるのやめてよね。どうせ入るなら、オタ系のサークルの方がマシ」

「確かに先生の見た目と知識ならやっていけそうだけど……絶対に行かなくなるよね。中等部の時、家庭科部だって満足に参加しなかったよねー」

「だってやりたいことがあって入ったわけじゃないもん。強制だから入っただけだもん」

「もんもんうるさいよ。もんもん、終《つい》に死を決するに至ってしまえっ」

「それなんだっけ？」

聞いたことあるフレーズだけど、ぱっと出てこない。ああ、悔《くや》しいっ。

「藤村操《ふじむらみさお》」

部長の少し得意げな顔。この小娘《こむすめ》め。「華厳《けごん》の滝《たき》から身を投げた人か」

「それ。一高の生徒さんはひとまず良《い》いとして、どうせなら美術部入ってみる？」

「やだ。どうせ画伯《がはく》とか言われて部長からバカにされる」

「そこまで下手ってほどじゃないじゃん。ま、いいや。よし、オタサーで帝国《ていこく》を築こうっ！」

「やっぱ、私はオタク《ナード》を誘惑《ゆうわく》して生き残る運命なんだ……」

嗚呼《ああ》、私のような女が生き残る道はそれしかないのか。なんと無情な。

「それでこそパルパティーン先生だっ！　行けっパル先っ！　童貞狩《ジェダイが》りの始まりだ！　スリーピー・ホロウだ！　デュラハンだ！」

「……同じオタクなら、やっぱり純《じゅん》君がいい。あと首なしは嫌《いや》だからサキュバスにして」

「ご自慢《じまん》の可愛《かわい》い顔を無きものとして扱《あつか》おうと思ったのに。残念。それはそうと、もう六月だよ。高等部にあがってから、もう二ヶ月だよ？　やばくない？」

「早いよね。この調子であっという間に夏休み……になってくれないかなー」

でも、暑いのは嫌。汗かきたくない。クーラーないと死んじゃう。

「その前に定期考査だよ。そして、梅雨《つゆ》！　衣替《ころもが》え！　梅雨《つゆ》と言えば、ヘアオイル買わなきゃ。そろそろ切れそうだったんだ。帰り薬局ね」

「りょ。ヘアオイルかぁ。大切だよねぇ。湿気《しっけ》でうねるもんねぇ。そして梅雨《つゆ》と言えば、不意のブラ透《す》けに男子の意識が集中しますなぁ。あれは、ただただ視線が鬱陶《うっとう》しい」

「ちゃんと対策してても、濡《ぬ》れちゃうとね。てか、前も言ったけど、先生はそもそも対策しようよ。私はちゃんと下着の色だって考えてるよ？　白とかピンクは透《す》けやすいとか。先生も暑がってないで、ちゃんとキャミとか着ようよ。雨とか関係なく透《す》けるじゃん」

「あと、汗《あせ》を吸うから——でしょ？」はいはい、わかってますよ。「いっそのことガードの緩《ゆる》い私は、傘《かさ》を忘れた振《ふ》りして純《じゅん》君と相合傘《あいあいがさ》でも狙《ねら》うべき？　突然《とつぜん》の雨だったらブラ透《す》けイベントも……って、それはさすがにベタすぎるよね。自分で言っててちょっとひく」

それに、今さらあの唐変木《とうへんぼく》がブラ透《す》け程度でどうこうなるとは思えない。なんなら、土曜日にお気にのパンツ見せつけたばかりだし。てかTバックも見られたし。

窓の外に目を向ける。鈍色《にびいろ》には程遠《ほどとお》い。

「そうだよ。乙女《おとめ》思考《しこう》は似合わないよ。そこは、ノーブラ絆創膏《ばんそうこう》で誘惑《ゆうわく》するくらいじゃないと負けヒロインとして失格でしょ？」

「ばかたれ」

やらないよ？

（了《りょう》）

あとがき

小津安二郎《おづやすじろう》と云《い》う著名な映画監督《えいがかんとく》がいます。彼は映画の脚本《きゃくほん》を書く時、ダイヤ菊《ぎく》という日本酒と共に長野の旅館に籠《こも》ったと聞きます。そこで私もお酒の力を借りることにしようと、さればダイヤ菊《ぎく》をと思ったのですが、健康診断《しんだん》で肝臓《かんぞう》がフォアグラ一歩手前だと脅《おど》されたのでやめました。ゆえに、ダイヤ菊《ぎく》に限らずお酒は鉄の意志で一滴《てき》も飲んでおりません。否、ちょっと飲みました。嘘《うそ》です。普通《ふつう》に飲みました。さらば、肝臓《かんぞう》。この小説を書くためにはお酒が必要なのだ。犠牲《ぎせい》となってくれ給《たま》え。つまるところ、この小説は死んだ肝細胞《かんさいぼう》で錬成《れんせい》しました。

学生時代、私は文学部に在籍《ざいせき》していました。そこは多種多様なオタクの蠢《うごめ》く、とても居心地《いごこち》の良《い》い場所でした。小説や映画、漫画《まんが》、アニメ、音楽についてひたすら語り合いました。ゼミの終わりに行く馴染《なじ》みの居酒屋では、それこそ閉店まで語り合いました。薄《うす》いハイボール。衣《ころも》と脂身《あぶらみ》だらけの串《くし》カツ。煙草《たばこ》の脂《やに》が染《し》みた壁《かべ》。建付けの悪い入口の引き戸。酔《よ》って声が大きくなる大学生やサラリーマン。無遠慮《ぶえんりょ》に鳴るコップ。座《すわ》り心地《ごこち》の悪い椅子《いす》。閉店後に転がり込む友人の狭《せま》いワンルーム。同じ服で行く大学。当時は太宰治《だざいおさむ》も涼宮《すずみや》ハルヒも同じ地平でした。

大学を卒業し、仕事に追われる日々の暮らしの中で本を読むことは無くなりました。映画もアニメも漫画《まんが》も音楽も、新しい物に触《ふ》れる回数は目に見えて減りました。語り合う仲間とも疎《そ》遠《えん》になりました。それから何年も経《た》ったある日、ふと、あの居酒屋が無性《むしょう》に恋《こい》しくなりました。

だから、かつて自分が好きだったもの、友人が好きだったもの、それらを散りばめたのです。それがこの小説です。またいつの日か、今はまだ叶《かな》いませんが、今度はこの小説も肴《さかな》に加えてかつての仲間と語り合いたいです。なんて、良《い》い話風にまとめましたが、白状します。完全に盛りました。

つまり、そういうことです。物書きの言葉は鵜《う》呑《の》みにしないこと。文学部の鉄則です。聡明《そうめい》な読者諸氏《どくしゃしょし》はお気付きだと思いますが、これはクレタ島民《エピメニデス》の自己言及と同じです。というわけで、割とそれっぽい言葉で締《し》まった気がするので、この辺にしておきます。お手に取って下さった皆々様《みなみなさま》、ここまでお付き合い頂き誠《まこと》にありがとうございました。再びお目にかかれることを祈《いの》りつつ、どうか皆《みな》さま〝長寿《ちょうじゅ》と繁栄《はんえい》を〟

【すぺしゃる・さんくす】

担当編集者様、ここまで連れて来て下さり誠《まこと》にありがとうございます。本になるなんて夢にも思いませんでした。あるみっく様、素敵《すてき》な絵をありがとうございます。厄介《やっかい》な女の子たちが有り得ないくらい可愛《かわい》いです！　そして、編集部含《ふく》めこの本の出版に携《たずさ》わった方に、お手に取って下さった読者の方々に――すべての人に、ありがとう。私の肝臓《かんぞう》に、さようなら。

また、冒頭でオマージュさせて頂いた『人間失格』、『痴人《ちじん》の愛』、『よだかの星』を始めとした数々の作品に敬意を表しつつ、この場を借りてお詫《わ》び申し上げます。

【引用・出典】

■本書４０頁／13行目《エリ・エリ・レマ・サバクタニ《わが神、わが神、どうしてわたしをお見捨てになったのですか》》
↓『英和対訳 新約聖書 マタイによる福音書』（第27章46節）
■本書４４頁／10行目《God's in his heaven――All's right with the world.》
↓ブラウニング 富士川義之編『対訳 ブラウニング詩集 ―イギリス詩人選６―』岩波文庫（岩波書店、二〇〇五年）４刷、２６頁
■本書６１頁／６行目《撃っていいのは撃たれる覚悟のある奴だけ》
↓※著者注：レイモンド・チャンドラー 双葉十三郎訳『大いなる祈り』創元推理文庫（東京創元社、一九五九年）76版、２５６頁では「もっと腕前が上がるまで、人様を射っちゃいけないぜ。いいかい？」となっている。
■本書１４３頁／11行目《I thought what I'd do was, I'd pretend I was one of those deaf-mutes.》
↓Ｊ．Ｄ．サリンジャー『The Catcher in the Rye』（講談社、一九九一年）35刷、３０３頁
■本書１７１頁／13行目～14行目《しっかりしていなかったら、生きていられない。やさしくなれなかったら、生きている資格がない。》
↓レイモンド・チャンドラー 清水俊二訳『プレイバック』ハヤカワ・ミステリ文庫（早川書

房、一九七七年）11刷、２３２頁

■本書２０６頁／13行目～14行目《すべてがわかったようなつもりでいても、双方の思い違いは間々あることで、大形にいうならば、人の世の大半は、人々の［勘ちがい］によって成り立っている》

↓池波正太郎『真田太平記　五　秀頼誕生』（朝日新聞社、一九七七年）2刷、３４７頁

■本書２２４頁／17行目《人は女に生まれるのではない、女になるのだ》

↓ボーヴォワール『第二の性』を原文で読み直す会訳『決定版　第二の性　―Ⅱ　体験　上巻―』新潮文庫（新潮社、二〇〇一年）１２頁

■本書２４３頁／16行目《日西に垂れ、景樹端に在り、之を桑楡と謂う》

↓『初学記』（天部上、日）※広辞苑第六版「桑楡」の項より

■本書２５２頁／8行目～9行目《母はいつでも二度考えなければならない。一度は自分のために、もう一度は子どものために》

↓ソフィア・ローレンの言葉　※参照元（https://meigen-ijin.com/）２０２1年4月7日時点

■本書３０8頁／9行目《妻は目でなく耳で選べ》

↓トーマス・フラーの言葉　※参照元（https://meigen-ijin.com/）２０２1年4月7日時点

■本書３２3頁／2行目～3行目《女にとって、善良な女にとっても、自分の肉体の誘惑に抵抗できる男がいると悟ることは、とても辛いことだ》

↓レイモンド・チャンドラー　双葉十三郎訳『大いなる眠り』創元推理文庫（東京創元社、一九五九年）76版、189頁

【参考文献】

永田守弘《もりひろ》編『官能小説用語表現辞典』ちくま文庫（筑摩《ちくま》書房《しょぼう》、二〇〇六年）
セシル・サカイ　朝比奈弘治《こうじ》訳『日本の大衆文学』（平凡社《へいぼんしゃ》、一九九七年）

◉高村資本著作リスト

「恋は双子で割り切れない」（電撃文庫）

本書に対するご意見、ご感想をお寄せください。

ファンレターあて先
〒102-8177　東京都千代田区富士見2-13-3
電撃文庫編集部
「高村資本先生」係
「あるみっく先生」係

本書は第27回電撃小説大賞に応募した作品『神宮寺那織は、そんな結末（ラスト）じゃゆるさない』に加筆・修正したものです。

電撃文庫

恋《こい》は双子《ふたご》で割《わ》り切《き》れない

高村資本《たかむらしほん》

◆◇◇

2021年５月10日　初版発行
2024年６月15日　７版発行

発行者　山下直久
発行　株式会社KADOKAWA
〒102-8177　東京都千代田区富士見2-13-3
0570-002-301（ナビダイヤル）
装丁者　荻窪裕司（META＋MANIERA）
印刷　株式会社 KADOKAWA
製本　株式会社 KADOKAWA

ISBN978-4-04-913732-3　C0193　Printed in Japan

電撃文庫　https://dengekibunko.jp/

電撃文庫創刊に際して

文庫は、我が国にとどまらず、世界の書籍の流れのなかで〝小さな巨人〟としての地位を築いてきた。古今東西の名著を、廉価で手に入りやすい形で提供してきたからこそ、人は文庫を自分の師として、また青春の想い出として、語りついできたのである。

その源を、文化的にはドイツのレクラム文庫に求めるにせよ、規模の上でイギリスのペンギンブックスに求めるにせよ、いま文庫は知識人の層の多様化に従って、ますますその意義を大きくしていると言ってよい。

文庫出版の意味するものは、激動の現代のみならず将来にわたって、大きくなることはあっても、小さくなることはないだろう。

「電撃文庫」は、そのように多様化した対象に応え、歴史に耐えうる作品を収録するのはもちろん、新しい世紀を迎えるにあたって、既成の枠をこえる新鮮で強烈なアイ・オープナーたりたい。

その特異さ故に、この存在は、かつて文庫がはじめて出版世界に登場したときと、同じ戸惑いを読書人に与えるかもしれない。

しかし、〈Changing Times,Changing Publishing〉時代は変わって、出版も変わる。時を重ねるなかで、精神の糧として、心の一隅を占めるものとして、次なる文化の担い手の若者たちに確かな評価を得られると信じて、ここに「電撃文庫」を出版する。

1993年6月10日
角川歴彦

電撃文庫DIGEST　5月の新刊

発売日2021年5月8日

創約　とある魔術の禁書目録《インデックス》④

【著】鎌池和馬　【イラスト】はいむらきよたか

ついにR＆Cオカルティクスに対する学園都市とイギリス清教の大反撃が始まるが、結果は謎の異常事態で……。一方、病院送りになった上条当麻のベッドはもぬけの殻。──今度はもう、『暗闇』なんかにさせない。

学園キノ⑦

【著】時雨沢恵一　【イラスト】黒星紅白

「みなさんにはこれから──キャンプをしてもらいます！」。腰にモデルガンを下げてちょっと大飯喰らいなだけの女子高生・木乃と、人語を喋るストラップのエルメスが繰り広げる物語。待望の第7巻が登場！

俺を好きなのはお前だけかよ⑯

【著】駱駝　【イラスト】ブリキ

ジョーロに訪れた史上最大の難問。それは大晦日までに姿を消したパンジーを探すこと。微かな手がかりの中、絆を断ち切った少女たちとの様々な想いがジョーロを巡り、葛藤させる。最後、物語が待ち受ける真実と想いとは──。

娘じゃなくて私《ママ》が好きなの!?⑤

【著】望 公太　【イラスト】ぎうにう

私、歌枕綾子、3ピー歳。仕事のために東京へ単身赴任することになり、住む部屋で待っていたのは、タッくんで──！えぇぇ！　今日から一緒に住むの!?

豚のレバーは加熱しろ（4回目）

【著】逆井卓馬　【イラスト】遠坂あさぎ

闇躍の術師を撃破し、ひとときの安寧が訪れていた。もはや想いを隠すこともなく相思相愛で、北へと向かう旅を楽しむジェスと豚。だがジェスには気がかりがあるようで……。謎とラブに溢れた旅情編！

楽園ノイズ2

【著】杉井 光　【イラスト】春夏冬ゆう

華園先生が居なくなった2学期。単独ライブ・そして11月の学園祭に向けて練習をするPNOメンバーの4人に「ある人物」が告げた言葉が、メンバーたちの関係をぎこちなくして──高純度音楽ストーリー第2幕開演！

隣のクーデレラを甘やかしたら、ウチの合鍵を渡すことになった2

【著】雪仁　【イラスト】かがちさく

高校生の夏臣と隣室に住む美少女、ユイが共に食卓を囲む日々は続いていた。初めて二人でデートとして花火大会に行くのがきっかけとなり、お互いが今の気持ちを考え始めたことで、その関係は更に甘さを増していく──

となりの彼女と夜ふかしごはん2
～ツンドラ新入社員ちゃんは素直になりたい～

【著】猿渡かざみ　【イラスト】クロがねや

酒の席で無理難題をふっかけられてしまった後輩社員の文月さん。先輩らしく手助けしたいんだけど……「筆塚マネージャーの力は借りません！」ツンドラ具合が爆発中!?　深夜の食卓ラブコメ、おかわりどうぞ！

グリモアレファレンス2
貸出延滞はほどほどに

【著】佐伯庸介　【イラスト】花ヶ田

図書館の地下に広がる迷宮を探索する一方で、通常のレファレンスもこなす図書隊のメンバーたち。そんななか、ある大学教授が貸し出しを希望したのは地下に収められた魔導書で──!?

午後九時、ベランダ越しの女神先輩は僕だけのもの2

【著】岩田洋季　【イラスト】みわべさくら

ベランダ越しデートを重ねる先輩と僕に夏休みがやってきた。二人きりで楽しみたいイベントがたくさんあるけれど、僕たちの関係は秘密。そんな悶々とした中、僕が家族旅行に出かけることになってしまって……。

新作 **恋は双子で割り切れない**

【著】高村資本　【イラスト】あるみっく

隣の家の双子姉妹とは幼なじみ。家族同然で育った親友だったけど、ある一言がやがて僕達を妙な三角関係へと導いていった。「付き合ってみない？　お試しみたいな感じでどう？」初恋こじらせ系双子ラブコメ開幕！

新作 **浮遊世界のエアロノーツ**
飛空船乗りと風使いの少女

【著】森 日向　【イラスト】にもし

壊れた大地のかけらが生みだした島の中で生活をしている世界。両親とはぐれた少女・アリアは、飛行船乗りの泊人を頼り、両親を捜すことに──。様々な島の住人との交流がアリアの持つ「風使い」の力を開花させ──。

二月 公
イラスト／さばみぞれ
声優ラジオのウラオモテ
#01 夕陽とやすみは隠しきれない？
オモテは元気＆清楚なアイドル声優／
ウラはギャル＆根暗地味子な女子高生!?
プロ根性で世界をダマせ！
バレたらアウトの声優ラジオ
Now On Air!!
第26回
電撃小説大賞
大賞
受賞
電撃文庫

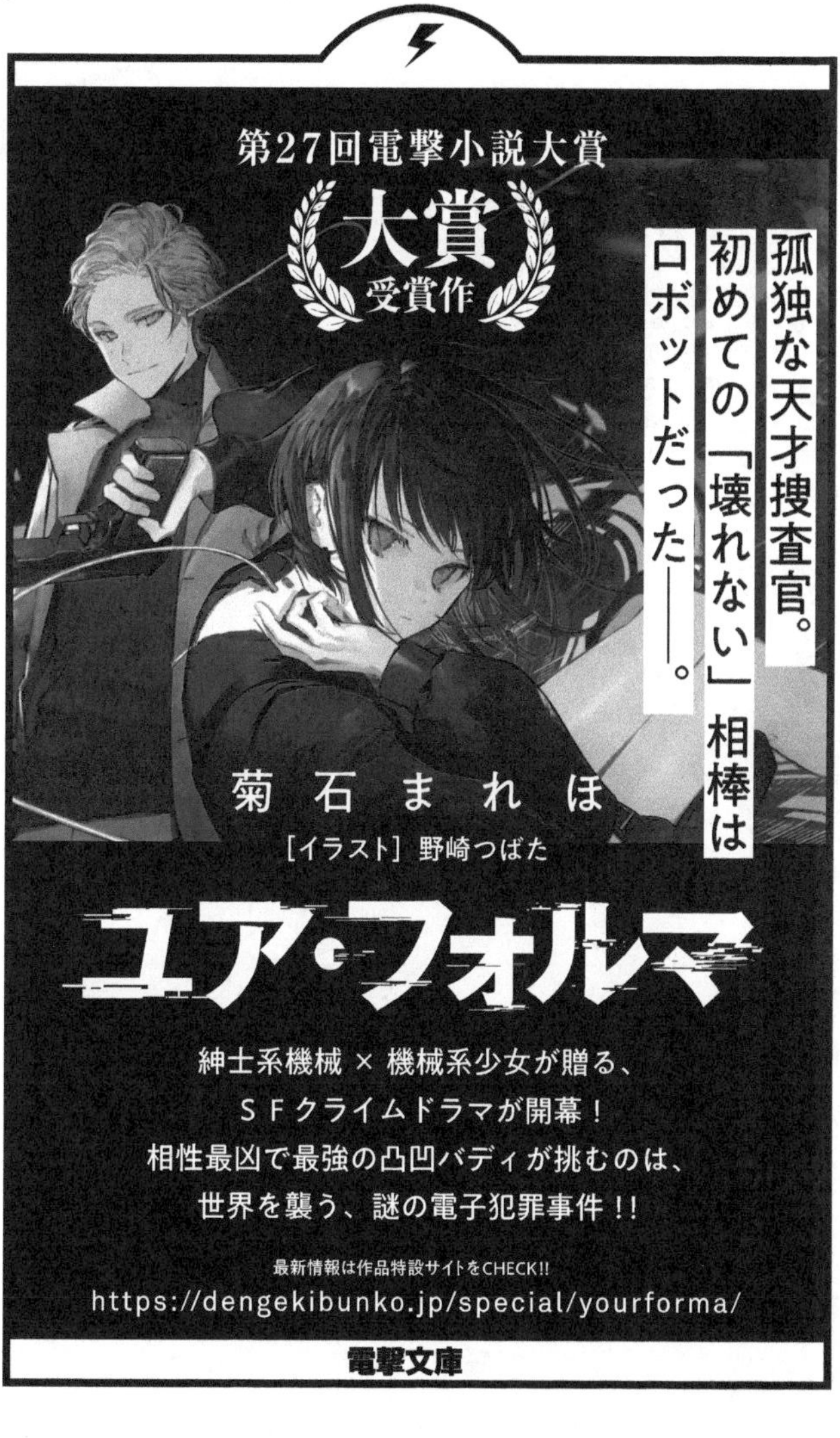

第27回電撃小説大賞
大賞
受賞作
孤独な天才捜査官。
初めての「壊れない」相棒は
ロボットだった——。
菊石まれほ
[イラスト] 野崎つばた
ユア・フォルマ
紳士系機械 × 機械系少女が贈る、
SFクライムドラマが開幕！
相性最凶で最強の凸凹バディが挑むのは、
世界を襲う、謎の電子犯罪事件！！
最新情報は作品特設サイトをCHECK!!
https://dengekibunko.jp/special/yourforma/
電撃文庫

インフルエンス・インシデント
Influence Incident
SNSの事件、山吹大学社会学部『白鷺ゼミ』が解決します!(多分)
駿馬 京
illustration◊竹花ノート
女教授と女子大生と女装男子《インフルエンサー》が
インターネットで巻き起こる
事件《インシデント》に立ち向かう!
第27回
電撃小説大賞
銀賞
受賞
電撃文庫